三山齋集

이 책은 2013~2017년도 정부(교육부)의 재원으로 한국고전번역원의 지원을 받아 수행된 '권역별거점연구소협동번역사업'의 결과물임.

This work was supported by Institute for the Translation of Korean Classics - Grant funded by the Korean Government.

韓國古典飜譯院 韓國文集校勘標點叢書 / 成均館大學校 大東文化研究院

三山齋集 1

金履安 著　　李霜芽 校點

凡例

1. 이 책은 金履安의 文集인 《三山齋集》을 校勘·標點한 것이다.
2. 이 책의 底本은 韓國文集叢刊 第238輯에 실린 《三山齋集》이다.
3. 底本에 쓰인 異體字와 俗子는 代表字로 고치고 校勘記를 달지 않았다.
   代表字의 판단은 韓國古典飜譯院 '이체자 검색시스템'을 準據로 하였다.
4. 筆寫 과정에서 관행적으로 通用하던 글자는 文脈에 맞게 고쳐 쓰고 校勘記
   를 달지 않았다.
   例) 己 已 巳
5. 이 책에 사용한 標點符號는 다음과 같다.

   。　　疑問文과 感歎文을 제외한 文章의 끝에 쓴다.

   ?　　疑問文의 끝에 쓴다.

   !　　感歎文이나 感歎詞의 끝, 강한 語調의 命令文·請誘文·反語問의
   　　끝에 쓴다.

   ,　　한 文章 안에서 일반적으로 句의 구분이 필요한 곳에 쓴다.

   、　　한 句 안에서 병렬된 語彙 및 名詞句 사이에 쓴다.

   ;　　複文 안에서 竝列·漸層·因果 등으로 긴밀하게 연결된 句節 사이에
   　　쓴다.

   :　　직접인용문을 제기하는 말 뒤 및 話題 혹은 小標題語로서 文章을
   　　이끄는 語句 뒤에 쓴다.

   " " ' '　　引用 또는 强調하는 말을 나타내는 데 쓰되, 1차 引用에는 " "를, 2
   　　차 引用에는 ' '를, 3차 引用에는 「 」를 쓴다.

   【 】　　原文의 註를 나타내는 데 쓴다.

   ·　　書名號(《》) 안에서 書名과 篇名 등을 구분하는 데 및 모점(、) 하위
   　　단위의 병렬에 쓴다.

   《 》　　書名, 篇名, 樂曲名, 書畵名 등을 나타내는 데 쓴다.

   ＿　　人名, 地名, 國名, 民族名, 建物名, 年號 등의 固有名詞를 나타내

는 데 쓴다.

▨   훼손된 글자의 자리에 쓴다.

目次

三山齋集　卷二

疏

書啓

議

三山齋集　卷三

書

三山齋集 卷四

書

三山齋集　卷五

書

三山齋集　卷六

書

三山齋集 卷七

書

三山齋集

卷一

詩

詩

送徐士毅【迥修】還京

東風吹習習，溪水日西流。

行人懷遠途，征馬亦悠悠。

中夜不能寐，攬衣步庭幽。

平生易別離，云何使余憂？

良友自遠方，永託同聲求。

《太極》濂翁圖，《小學》考亭謨。

雖無德與子，言談每綢繆。

今朝一遠別，誰與窮居儔？

晨光入園柳，春色滿南州。

努力慎跋涉，山川一何脩？

延佇悵日暮，新梅攬遠洲。

夕景

風滿高林夕氣清，溪村寂歷棲禽鳴。

今宵池上應生月，坐待西峰半郭明。

陪家君，訪應天寺，敬次席上韻

叱牛清溪聲，深霧暗山路。
坐來紅日轉，亭亭映古樹。

上元夜，諸人步出溪上，余病未從

清歡未共此宵閒，深臥遙看煙外山。
明月獨憐騷客病，分留清影照愁顏。

山陽洞小集，得"陰"字

聞說山陽洞，經春茂樹林。
招邀逢谷日，爛漫入松陰。
細瀑絲蘿濕，蒼厓錦竹深。
壺傾人欲散，相送囀山禽。

雲臥广遇雨

偶牽幽興出，亭午見青岑。
入谷雲生屐，憑巖雨滿襟。

暝煙隨野犢，遠勢失山禽。

渾欲迷歸路，聞鐘洞盒深。

贈別宋生【烜】

牢落懷離別，南來歲五周。

偶逢丹峽客，一說驪江遊。

鞍馬川原曠，衣裘雨雪浮。

今朝君又送，攀桂若爲留？

出勝川店，候宋參奉叔【約欽】不至，歸路有賦

立馬危橋山色赤，行人不見獨來還。

風煙撩亂千村暗，皓月相迎碧嶂間。

九日

九日荒臺樹，斜陽對遠川。

天青孤鳥外，葉赤古橋邊。

綠髮難長駐，寒花如去年。

親朋在漢北，把酒一怊然。

憶士毅

黃花白酒古琅州，親友相思漢北秋。
京闕青雲方意氣，可憐今日獨登丘。

對菊

疏枝渾不畏輕霜，百朵齊開滿砌香。
憐此幽芳誰與玩？故人明月共茫茫。

卽事

雖無風與雨，高樹日看零。
柴門明落照，白鳥下空庭。

題金士信【允熙】齋壁

霜天日落孤鴻去，古木煙平樵客廻。
憑欄坐見平沙色，暝意蒼然十里來。

望山下人家

誰人之宅青松下？門出清川對遠野。
日午孤煙籬落疏，隔林遙見觀耕者。

與弟敬以"鴻雁"聯句

秋天高不極，【正禮】鴻雁日南征。
蕭蕭雲中翼，【敬以】蕭蕭林外聲。
霜寒何處宿？風急自相驚。
水國多罾繳，【禮】翱翔慎勿輕。【敬】

既望夜，陪家君出溪上，里中人皆至。呼"山"字

霜落溪流潔，相隨集一灣。
携樽坐白石，隔水對青山。
雁叫平沙外，月高古杏間。
星河看未轉，取醉莫催還。

穫豆

日落柴門煙氣昏，田家穫豆夜喧喧。
兒童笑報西峰白，知是遙林月出痕。

十八夜候月

西臺候素月，林樾夕風清。
繁星麗樹杪，淡靄與山平。
飛鳥亦已息，砧杵相和鳴。
似與故人期，悢悢多苦情。

冬夜書懷，示諸友

玄天密轉移，日月互出沒。
四時自成序，草木榮且歇。
人生寄其間，忽如流電掣。
愚人苦營營，達士重名節。
生時不努力，死與蜉蚑滅。
季冬集霜雪，日夜玄冰結。
嗟哉吾黨士，勉之慎莫忽！

月夜，送人溪上

相送淸溪曲，深宵月吐光。
星河垂古木，天地有嚴霜。
駐屐憐鷗夢，停杯惜雁翔。
玄冬易爲感，少別亦彷徨。

鎮川途中

盡日驅荒野，頹然倦客情。
忽逢官閣聳，如覺馬蹄輕。
邑底風煙合，春還楡柳平。
往年懷遠畧，已厭莽蒼程。

首夏

首夏槐陰滿一家，開簾臥愛鷰飛斜。
茶鐺煙歇松扉靜，自酌淸泉澆砌花。

昏投素沙

我行競落日，入村見華月。
行人各自定，歌笑紛已發。
嗟我候僕夫，竚立不遑歇。

天安歸路，憶龍山二弟

詠歸亭上人倚樓，銅雀江邊客喚舟。
回首龍山何處是？一天風雨下歡州。

隣舍夜酌

青燈掛壁數朋同，秋雨園林有北風。
歲晏百憂頗煩洞，賴君樽酒洗胸中。

普光寺，贈雪岑上人

老釋清宵坐，禪房春雪深。
客來亦不語，澄月到池心。

山映樓，上元夜

樓頭明月坐良宵，強把山醪慰寂寥。
遙想古槐疏影下，幾人同踏壽村橋？

再遊山陽洞，次席上韻

南碉經疏雨，西隣有好人。
林花已滿洞，我輩復尋春。
盂谷門應閉，金池草又新。
從來多世故，沉醉度良辰。

石林夏夜，次主人從舅洪公【橦】韻

過雨茅簷月，涼風在古松。
誰家吹玉篴？數子少塵容。
倚杖臨清沼，持杯望遠峰。
琴師候不到，怊悵二更鐘。

翌夜，又次諸人韻

月連前夜好，風動小窗開。
松影依欄靜，鐘聲度壑來。
諸君皆逸興，病我亦深杯。
轉覺塵蹤遠，白雲生古臺。

端午，楊山道中

午日都門外，紅塵撲醉顏。
取途芳草上，驅馬垂楊間。
乍喜清川渡，飜愁大嶺攀。
僕夫搔首語，雲際是楊山。

還京

有路遵西麓，林風時拂巾。
野花紛照日，徑草長過人。
眼得江光迥，詩成鳥語新。
無端又出谷，奔走愧山神。

成歡曉發

成歡驛舍鷄三鳴，馬渡冰川碎月明。
野闊稀逢行客度，天空獨與旅鴻征。
紅雲乍湧星初落，白雪微消日漸生。
遮莫曉風寒透骨，隔林遙辨酒旗橫。

還家

別日花圍路，歸程雪擁山。
川原迎馬首，僮僕拜林間。
歲暮慚貂弊，天長伴雁還。
白雲籬外度，留與爾同閒。

發天安

悠悠抱旅思，夢短不到鄉。
蒼茫天安曉，趁此纖月光。
雖喜積雨霽，險巇苦多方。
崖傾畏泥滑，橋坼恨川長。
馬爲回首鳴，人爲暫彷徨。
借問同征客，何不臥君堂？

秋雲眺稜稜，俊鶻參翱翔。

浮生百年內，名利共奔忙。

與叔輔【庶再從叔弼行】拈唐人韻，共賦

慚愧無樽酒，寥寥一室寒。

此中君得趣，深夜坐能安。

又拈唐人韻，要和

穿林一徑在，巾袂每從容。

散步多澄沼，微吟或古松。

孤鴻霜外度，數舍月中春。

此夜懷難極，清談賴子逢。

用晦翁別南軒韻，贈別洪德保【大容】

端居抱幽憂，瀟灑度光陰。

窈窕石華村，閉戶松檜深。

有來自城闕，雪落郊原初。

下馬入我室，共此年華徂。

情言到舊遊，揮淚向青山。

開箱出典謨，誦說何漫漫？

天機闚玉衡，時事感幽州。

謂此甚適耳，云胡不遲留？

自古惜離群，匪伊情綢繆。

竚立以黃昏，荒途來樵謳。

楚楚軒，與士毅·存吾【從弟履獻】聯句

落落懷交友，窮巷寡參尋。【正禮】

邂逅已云奇，爛漫況如今？【士毅】

雪窓長對榻，寒埃每聯衾。【存吾】

懽然一月會，詼笑間規箴。【禮】

初年學道願，至今有餘心。【毅】

蹉跎無所成，皓髮行不禁。【存】

中宵起撫枕，感激淚橫襟。【禮】

千古遺心法，兢兢深淵臨。【毅】

昕夕敢忘茲？鬼神旁森森。【存】

冠紳對黃卷，隻字抵千金。【禮】

《殷盤》響聱牙，《戴經》理深沉。【毅】

所憂志則退，誰言力不任？【存】

高談及理亂，憤慨倏交侵。【禮】

思從擊筑飲，踽踽羞青衿。【毅】

吾儒有正路，是心或浸淫。【存】

斂袵謂吾友，此言真頂鍼。【禮】

俗物多齷齪，塵土翳球琳。【毅】

青雲繞京闕，吾道正山林。【存】

敢忘顏氏樂？復懷諸葛吟。【禮】

輪囷說無處，已矣藏牙琴。【毅】

玄冬積霜雪，萬壑絕飛禽。【禮】

晨月照書帷，寒燈度雞音。【毅】

天機撫剝復，掩卷意何深？【禮】

窮通故無端，天理豈終陰？【毅】

沉吟念聚散，牢落看商參。【禮】

終南與八角，歸意浮青岑。【毅】

可道莽蒼別？歲律忽駸駸。【禮】

歸人候遠鐘，滯客坐清砧。【毅】

何以緩君驅？樽醪綠可斟。【禮】

不須多惘悵，春來更盍簪。【毅】

靜觀 李先生【端相】延諡，次主人韻【代人作】

九天華誥闡揚真，百載休光煥若新。

未說高名增嶽斗，即看徽典聳簪紳。

文章餘事猶傳世，丘壑清標豈少人？

最是儒林加額意，重宸緬憶讀書臣。

其二

末路迷方涕幾滋？　蕭條吾不及公時。
先人永託金蘭好，　晚學能忘江漢思？
風躅空餘煙鎖洞，　襟期猶遣月涵池。
典刑獨喜阿孫在，　寄與青青歲晏枝。

和寄士毅

松風吹月落簷端，　永夜寒齋着睡難。
何日親朋相見否？　殘書獨自就燈看。

其二

相思忽若隔雲端，　風雪荒郊道路難。
別後寒梅花欲動，　數枝那得寄君看？

其三

世路蒼茫有百端，　一樽佳會也知難。
煙松小逕橫殘照，　爾到應成畫裏看。

可久堂除夕，次《三淵集》中韻

斂笑停杯坐曉天，共驚鬢髮欲蒼然。
相看盡道流光惜，又度來年如去年。

其二

長吟不睡對寒天，無數深杯轉愴然。
忍想維楊雪裏塚，明朝餅果作新年。

其三

短劍猶堪倚塞天，書生初意勒燕然。
即今塊伏靑門舍，虛度重瞳西渡年。

其四

萬事終無奈彼天？不如談笑且歡然。
微醺起看星河色，鐘動鷄鳴又一年。

土毅入城，次《簡易集》韻

春至苦無樂，所思在漢城。
騎驢一夕到，卜夜小齋清。
乍醉微風入，高吟遠月生。
知君易話別，佳節未能輕。

朴士混【達源】別歸淸州，口號以贈

遙岾雲陰變，惘然起別愁。
誰能繫客馬？空欲掩書樓。
驛路春還樹，銅江雪裏舟。
君行須自愛，三日路猶脩。

次《簡易集》韻，奉別權戚丈【震應】

聞說君須明發去，徑來把酒永春宵。
晴窓講《易》爐煙合，華簡題詩燭影搖。
從古人生多聚散，秖今吾道在漁樵。
可堪匹馬西歸後，門柳庭松畫寂寥？

夜風甚，敬次《三淵集》韻

達夜風濤撼海門，不知身在此林園。
未應春事仍蕭索，何乃天心太惱煩？
急雪侵帷書帙冷，亂雲透戶燭花翻。
寒梅一樹憐無恙，且撥閒愁倒綠樽。

翌日，天氣晴暄，又疊前韻

風雪多時只掩門，今朝愛暖涉荒園。
偶逢隣子成談笑，閒眺春岑散鬱煩。
遠樹孤煙渾澹泊，游鱗浴羽共飛翻。
那能坐待林花發？即席先宜醉一樽。

寄德保

今夜鳴簷雨，懷君臥小廬。
樽餘相送酒，篋有未論書。
松氣涼侵壁，煙光濕滿除。
青燈對不睡，冥坐老僧如。

其二

故人棄我洛城去，韓子南歸更隔宵。
漸覺親朋星落落，無如病思日搖搖。
晴峰氣變朝憑几，雪屋寒開午爇樵。
豈有珍翁來伴榻？吾今空谷臥寥寥。

次韻，贈別韓生【聖路】

藹藹門前柳，千枝過雨新。
何曾繫客馬？日日度歸人。

其二

松檜沉沉曉色微，小齋燈燭送將歸。
今宵月出何村宿？枕上應聞旅雁飛。

其三

別路楊枝嫩欲低，南歸芳草定萋萋。
二年積雪青門外，千里春風滄海西。

征馬那能終夕駐？幽禽空自盡情啼。

臨歧且喜前期近，花發林園好更攜。

偶吟，次唐詩韻

睡覺仍成臥，青山當戶前。

池虛鳥一度，松靜日高懸。

陰徑春冬雪，晴林朝暮煙。

何妨城市近？雲物秘壺天。

夜訪叔輔

君來日能開愁顏，我慵不報憨慢頑。

今宵月出看青峰，信步偶得扣君關。

主人飯後曳履出，一笑遙揖雙松間。

雙松鬱鬱月迢迢，倚松看峰心更閒。

延入書齋燈燭光，文窗窈窕爐煙環。

為君高讀案頭詩，酒酣意氣傾嵩山。

忽憶昔居南州時，山川間之音書艱。

縱有土人與結隣，豈得如今共追攀？

誰家搗練月輪高？相攜出門霜花斑。

夜深何須遠來送？謝君入宿微吟還。

入城

匹馬吾何事？寒山日上時。

終成入市去，定負看花期。

曉氣陵松得，春心苑柳知。

沉吟有所感，十里未圓詩。

閔大之【百兼】挽

今代名賢後，何人最範型？

高門宜俊嗣，妙藝自髫齡。

儀采鸞停竹，詞鋒劍發硎。

稟精元玉石，襲訓又家庭。

步武規繩正，衣冠蕙茝馨。

居然衰末俗，得見老成刑。

瑞物歸麟鳳，華譽並鶄鶄。

機、雲羞作賦，靜、嘿喜傳經。

昭代虛文館，儒林視德星。

斯人還草草，此理信冥冥。

射斗龍泉秘，先秋錦樹零。

聲華餘白膀，志業翳玄扃。

憶把春湖酒，猶懷月柳形。

蘭金申契好，冰玉洞襟靈。

晚暮期情素，飄搖阻眼青。

天時驚涸沍，吾道盡伶仃。

郢斧揮無質，牙琴拊孰聽？

修文空說卜，短簡竟憐邢。

已報埋深土，長嗟滯遠坰。

山陽他日淚，忍灑水邊亭？

柳季方【義養】大夫人挽【代人作】

淑聞惟聯閫，懿容亦上堂。

重因朋好密，益仰母儀光。

後事悲涼絕，中年涕淚長。

泉臺親愛滿，持此莫深傷。

即事，敬次家君韻

繁木多清風，逍遙散午睡。

晴峰無限佳，隨處宛相值。

可久堂夜酌，次諸人韻

蕭然池上閣，吾叔每清幽。
愛菊隣家送，邀賓永夜留。
蟲哀寒壁底，月正古樓頭。
曉徑須防虎，言歸始欲愁。

其二

信屐荷池近，張燈菊院幽。
松疏風淅瀝，庭曠月遲留。
邂逅皆青眼，驩娛且黑頭。
隣居勤會合，貧病不須愁。

其三

起視寒星轉，池園夜色幽。
偶從隣子至，漫被菊花留。
爛醉窺杯面，高哦倚檻頭。
諸公揮翰疾，催迫欲生愁。

其四

杪秋霜露積，不厭小齋幽。

伴卷清燈宿，分牀老菊留。

郊居聊得趣，世事只搔頭。

薄酒能醺客，相看無一愁。

上遣官，賜祭于顯節祠，同諸人往參。歸後諸人有詩，次韻【代人作】

近侍齋恩綍，諸公有古祠。

山河留義烈，城郭憶艱危。

胡運今猶旺，人綱更孰持？

風泉紆聖感，要遣舊臣知。

送通信使之日本【代人作】

上价承綸泛大瀛，天寒龍節背王城。

陽侯避檝驚濤晏，羲仲迎帆出日明。

專對端應酬聖簡，壯遊況復答平生？

蓬桑有願嗟虛負，夢逐仙槎繞太清。

九日，登釋耒亭舊址，同諸君飲酒，次少陵韻

穫稻郊原秋色寬，佳辰登眺一爲歡。
含霜列出青圍席，向日高楓赤映冠。
野菊盈頭聊供笑，村醪上面不知寒。
微吟政值松間月，笑挽諸君坐共看。

病裏又疊

病思搖搖常未寬，窮廬秋老轉無歡。
癯容薄醉聊憑鏡，亂髮新梳不耐冠。
廣陌煙沉霜氣重，高梧葉盡月輪寒。
川原杳杳親朋隔，且把殘書臥獨看。

寄贈洪文哉【榑】

淸州長命村，去京三百里。
其土饒桑麻，其俗賤人士。
茅屋二三椽，翳然巖石裏。
門前陰朽柳，籬下橫溝水。
吾友居其間，瀟灑古冠履。
隣人或傍伺，炊煙晚不起。

而能爲儒業，開口談孔子。

絶意窺群書，邪說混朱紫。

性不喜詞章，雕蟲乃末技。

惟此屬己事，敢不誓生死？

三經及四子，聖路坦如砥。

牙籤儼滿丌，曉讀窮昏晷。

有如秋蟲吟，天機不知止。

又如《韶護》奏，五聲諧宮徵。

四十八卷文，旣周還復始。

繞屋多田疇，禾黍秋薿薿。

輸入富家場，歡笑及僕婢。

過門爲相勞，奚獨苦如此？

君始漠不應，有頃但莞爾。

與子初相知，太歲在丁巳。

蒼然樸茂態，未甚見可喜。

十載爲隣曲，漸能心腹披。

雪屋青燈懸，春溪白石齒。

投綸命觴間，子必携書史。

奧義析蠶牛，疑文破亥豕。

斯時色敷腴，意欲窮年紀。

從容嘗爲言，貧賤非所恥。

永懷親年老，一子以爲倚。

所須寄微官，無憂供甘旨。

仄聞古先正，多由明經仕。

學也祿在中，此義云何似？

且以從吾好，猶勝負耒耜。

聞之為感歎，言亦大有理。

近世業經人，大不與前比。

秖能數行墨，一第斯可矣。

欲與論其趣，懵不復省視。

聖朝設科意，斷知不如彼。

君復囅然笑，而我豈為是？

先王德教遠，士習日以鄙。

名關與利場，萬車同一軌。

稍欲見頭角，譏嘲已成市。

況子窮鄉人，乃不為所徙？

奚論戒業深？所貴志尚美。

祈君為聖賢，凜然起頹靡。

遂令附驥者，迷塗得南指。

或云比年來，頗為妻兒累。

是實妨遠業，傳言殆妄耳。

別來曾幾時？流光如激矢。

奈何不疾驅？前路故匪邇。

矢詩雖樸陋，君子宜細揆。

石室除夕，次《三澗集》韻

寥落覊懷坐短更，縱令沉醉也難平。
偶逢遠客邀聯枕，共剪寒燈話到明。
骨肉分離誰最健？鬢毛蒼老各相驚。
朝來解手何年見？別恨稠於春意生。

其二

嗚呼歲律又看更，舍弟新墳宿莽平。
每到空成瞻髣髴，一尊那得敍幽明？
宵筵秉燭懽誰與？夕露滋庭履若驚。
膈膊荒雞何苦急？人今垂首百哀生。

其三

伊來世故飽曾更？每遇茲宵輒不平。
書劍十年心獨壯，滄桑百變眼空明。
松楸鬱鬱冰霜積，星漢垂垂雁鶩驚。
卻怪村童多樂事，喧呼直到曙光生。

其四

自笑豪情逐歲更，竟將何事擬生平？
前人永有門楣托，聖道昭垂簡策明。
詞翰才低休自苦，窮通時至莫須驚。
雞鳴却喚靈臺主，嘿驗澄空皦日生。

其五

去年何地此宵更？回首閒樓宿霧平。
曲室薰爐春酒暖，終筵授簡曉燈明。
同時坐雨人誰在？荒峽聞雞夢自驚。
滾滾悲懽兼聚散，少年頭上雪莖生。

喜雨。次<u>少陵</u>韻

<u>旱魃</u>驕何在？皇天惠眾生。
泠泠一夜雨，渠磡有新聲。
餘雲和樹暗，空水上畦明。
直待傾三日，觀瀾到北城。

訪曹溪

竹杖芒鞋匏子壺，春風携客訪名區。
蓮峰粉堞晴委曲，柳店花庄遠有無。
坐久清川人或渡，行穿密樹鳥相呼。
到頭未說巖泉勝，一路先疑入畫圖。

曹溪

日午空山殷珮聲，林蹊渡盡石梯橫。
飜驚雪瀨襟前落，更喜春潭屐底清。
掃壁誰能揮彩筆？臨流吾且濯塵纓。
蒼苔古礎何年跡？空見前人出世情。

其二

崖上春松蔭白雲，幽禽啼近傍花樽。
潭虛日寫魚鰕影，湍潔風舒繡縠文。
從古青山連市郭，百年浮世易朝昏。
懸知客散廻仙侶，天樂依俙出洞聞。

西平君亭子

西平亭子鎖清幽，墻裏飛花逐水流。
幾度欲歸還更駐？數禽聲在晚峰頭。

古寺

古寺春深碧柳陰，獨將斜日遠來尋。
山人供客無餘味，巖下清泉見佛心。

玉流洞，敬次稼齋從曾祖韻

歇馬來深洞，蕭然林壑間。
泉聲徹穹石，樹色帶晴山。
先輩何年度？靈區半日閒。
南崖美可憩，吾欲樹荊關。

金流洞，得"天"字

玉洞事已窮，聖殿安在焉？
仰面直西視，斜日透林煙。

危礎抱山腰，走入團團天。
壯哉金流壁，一勢謝雕鐫。
飛泉出無際，奮怒落我前。
燦開綺穀文，爽撥琴筑絃。
僧言夏大雨，橫亘爲長川。
此觀可不謀？懸想猶灑然。
朱甍隱林表，蘿蔦互蔽穿。
我來適昏黑，燈影照參禪。
莊嚴畫圖絢，瀟灑窗牖鮮。
遺墟吊東林，蒼茫溫祚年。
悅卿棲隱處，奇雲護絕巔。
古人如流水，吾曹且聯翩。
星河夜磊落，纖月墮楓梅。
高踞劃長嘯，意欲招群仙。
泠風忽微怒，竅穴聲相傳。
寒溜以叫號，棲鳥起屢遷。
涼知天闕近，靜覺人境懸。
懵然撫魂神，醉歸禪房眠。

還至玉流洞，次士毅韻

笑談隱隱聞，初日散青山。
轉出層蘿外，相驚亂石間。

臥壺添水滿，嘶馬待人閒。

共問仙巖路，雲霞更幾關？

追次士毅《聖寺》韻

迢迢星漢萬峰巔，臥覺招提近九天。

怒瀑自飛明月裏，孤雲還宿碧松前。

高僧行滿魔能伏，遠客神清夢未圓。

勝地一宵仙分在，焉知山外不經年？

題畫扇

山上寒城落日，津頭煙樹人家。

欲喚樵船急渡，滿江無限風波。

前江觀漲，同俞季積【彥銖】、尹伯常【蓍東】、洪伯能【樂舜】各拈一韻輪次

浩浩來無盡，危樓望轉迷。

平埋屯地小，灟入廣津低。

帆檣乘樵路，魚龍舞荣畦。

群仙知不遠，因欲問青溪。

次伯常韻

劇雨垂垂響夜樓，聯床歸客莫須愁。
朝來身在天河上，極目銀濤入戶流。

次季積韻

輕舟過超忽，柳末對平流。
褰篷多少客，看我坐高樓。

次伯能韻

賒取漁村濁酒杯，孤帆待向月明開。
如今水濶魚龍惡，隔岸親朋可得來？

次伯常韻

浩浩奔流集幾川？危樓如托六鰲然。

平分大地多應水，遙識滄溟舊是田。

鷗鷺移棲依古木，蛟螭逐勢上青天。

南隣有客詩爭敵，可是儷豪屬少年。

其二

不分簷霤學鳴川，一望西南始豁然。

青草遙排山下岸，黃雲斜奪陌頭田。

漂連木石塡窮渤，漲合星河灌大天。

江上老人還百慮，洪流又見戊申年。

十五夜，德保、李敬之【翼天】自石室棹小舟而來，呼“天”字

所謂人何在？煙波正淼然。

扁舟當夜至，晴月趁期圓。

星漢褰篷外，魚龍灑墨前。

應須興盡散，休報五更天。

松都

四百年前是盛時，名都尙說舊高麗。

山河寥落今如許，士女嬉游已不悲。
滿月臺邊無古木，崧陽廟下有荒碑。
譙樓日色垂垂盡，畫角聲酣管理司。

清香閣

名都塡咽市塵埃，忽得淸塘滿地開。
更有紅亭供下釣，可憐青嶽對含杯。
游魚自破浮萍出，倦鳥還從垂柳廻。
好是臨流看走影，行人來去莫須猜。

崧陽書院

泉寒木瘦共巖阿，祠廟仍傳是故家。
聞說憂時多獨立，荒庭無處覓名花。

其二

麗代衣冠三代人，丹青歲久凜猶新。
傳神最是階前栢，霜後高枝轉見眞。

其三

東土千年免作夷，淵源灑落接殷師。
如何一部《義經》裏，今古同悲地火辭？

善竹橋

決決田頭水，百步聞嗚咽。
荒橋復何有？古道無車轍。
云何使余來？重是侍中血。
四顧為踟躕，行復讀短碣。
麗政昔失紀，天人久所絕。
乘運在眞主，翊戴皆英傑。
先生獨何者，區區補天裂？
揮涕謝禪偈，抗歌矢臣節。
廢興亮有命，義分所自竭。
炯炯此心明，捐生非決烈。
永惟君民學，在古儷夔、卨。
惜哉時不祥，何由見施設？
自昔喪亂際，遭罹必聖哲。
湛夷在一身，人綱寄不滅。
天意信在茲，志士莫寃結。

滿月臺

馬嘶衰草裏，訪古上層臺。
層臺不可上，一上復難廻。
灌莽被脩阪，飄飄疾風來。
陵谷久已遷，何況池館哉？
舊物獨石礎，埋沒半蒿萊。
橫縱識位置，雄麗費民財。
皐門抗平直，華闕標崔嵬。
信哉帝王居，河嶽鬱盤回。
麗祖實英偉，統三赫業開。
歷世多令德，乘運出儁材。
堂堂萬年基，孰云今可頹？
非惟聖人出，後王自庸才。
古來興廢地，長使過客哀。

訪瀑路中

理屐山門曉，新曦散谷嵐。
荒蹊多抱石，窪水盡名潭。
聽碓依疏木，看碑上絶巖。
朴淵行自到，隨處不妨淹。

瀑布

傑壁參天天爲低，公然積水墮無倪。

泠風倒捲彌山霧，晚日斜明飲海蜺。

潭龍瑟縮那成睡？崖鶴廻翔未擬棲。

痛飲只須扶醉去，休將拙語妄評題。

其二

百曲靈源漵已廻，飛流終訝碧虛來。

冥濛洞口千年雪，噴薄潭心十月雷。

過客幾人留傑句？化翁此地費全才。

殷懃且共山靈約，更待炎天積雨開。

望萬景臺絶頂，日暮未上

積石岧嶢倚碧空，登臨此地眼何窮？

孤雲晚照依依近，那得褰衣馭谷風？

寂照菴遺墟

寂照舊知名，携僧訪遺址。

繫馬城西門，笻屐自兹始。

危磴抱山腰，盤紆脩竹裏。

樵蘇久已斷，何況幽討士？

叢榛或冒幘，斷石恐墜履。

不有游歷勞，焉得登望美？

荒臺一舒嘯，佳境信在此。

羣峰儼列侍，萬壑瞭可指。

巍峨萬景臺，負勢特雄峙。

天寒萬木疏，石角露齒齒。

楓藤耐霜紅，點綴成文綺。

西南眺大海，眼力窮千里。

落日閃餘照，天水一色紫。

披襟藉草飲，浩歌爲之起。

頹碑不堪讀，廢興多歲紀。

自非冥寂人，誰能久居止？

陋哉此山僧，營生甚俗子！

遂令幽絕界，未保一蘭寺。

徘徊不可駐，暝色生荊杞。

百花潭少憩

歇馬楓厓逐礀行，澄潭白石幾廻縈？
逢人應怪清眉髮，贏得終朝臥水聲。

逝斯亭

一曲蒼崖老，飛泉不自休。
古人那復見？落日倚虛樓。

洪生【健】同遊山中，臨別口號

君思南土我先東，逢別忽忽盡客中。
三日仙游應入夢，更携明月會禪宮。

別季珍翁

滿月臺前草草杯，天寒旅思苦難開。
歸對阿郎傳信息，鄉書愁絶不須裁。

臨津舟中

昨日天磨峰上遊，遙看碧水入雲流。
晴嵐疊翠依依是，還向臨津倚小舟。

尹水原【瀹】挽

梧陰五世範型眞，魁傑風流自巨人。
落落疏財驚薄俗，恢恢試手活窮民。
通才可道緋衣貴？晚契方紆紫綟新。
無祿王廷方嶽失，相悲不獨在朋親。

其二

抵老師門江漢思，慇懃爲我故家兒。
停杯淚入滄桑盡，跋燭談從雪嶽遲。
玉塵楸枰如昨日，盆花塘草又芳時。
門庭寥落孤孫少，應過槐堂話此悲。

陶谷拜墓

悽愴丘原氣，深知昨夜霜。
松楸此爲別，江漢永相望。
績火親敎讀，盤魚每賜嘗。
兒孫今老大，流轉在他鄉。

南漢山城

直謂峻嶒到碧空，那知驅馬路仍通？
百年雉堞浮雲上，九月人家紅樹中。
事去金湯還有險，時清鼓角不勝雄。
枕戈亭裏輕裘將，倘許臨危効赤忠？

西將臺。次俞興之【漢禎】韻

隣朋相召菊花杯，長劒扶吾上帥臺。
此地今人探勝至，往時胡騎唱歌廻。
天低古壘蒼雲結，日射寒城錦樹開。
安得携如滄海士，金椎一擊汗峰摧？

其二

四顧茫然失酒杯，一天秋色赴危臺。
山縈峻堞巉巉出，江劃平圻滾滾廻。
東土關防如此險，西門鎖鑰至今開。
寧陵見說松千尺，回首寒雲膽欲摧。

顯節祠

圍城當日事蒼黃，吾祖痛哭於都堂。
未有千年國不破，誰言萬曆帝能忘？
鬼神應食奸臣肉，篇翰長摧烈士腸。
爲問儲胥增設備？五賢祠宇半荒涼。

次杜詩《秋興八首》韻

向晚商歌在北林，江湖秋盡見蕭森。
哀鴻一道投雲際，紅葉千家帶夕陰。
偶得朋來仍縱目，眞成禪定久忘心。
年華滾滾身多病，拄杖移時聽遠砧。

西將臺臨漢日斜，清秋於此望中華。

書生謾擊伊吾劍，使者還乘博望槎。
風悲野渡高碑碣，月壯關河靜鼓笳。
隣近先公祠廟在，百年心事祭黃花。

洛陽城郭麗朝暉，濟濟仙官拱紫微。
秋色樓臺相與起，朝回鞍馬揔如飛。
梁鴻漢闕哀歌動，審戚齊車素志違。
珍重漁翁佳約在，蘆花初白鱸魚肥。

老大朋親似散碁，眼前存沒更堪悲。
英姿半隔丘原夜，厚祿還慙里巷時。
日月驚人丹鼎晚，江湖滿地素書遲。
獨憐城西病朝士，肯枉車騎話相思。

東韓雪嶽及楓山，知與匡廬伯仲間。
造化經營方試手，神仙出入此爲關。
秋來枕席空回夢，歲暮金丹豈駐顏？
寄謝述郎相待久，他時鸞鶴許同班？

無事晨興倚檻頭，敗葭疏柳轉窮秋。
煙濤一瀉終何極？雲雁群號彼底愁？
却下空陛扶臥菊，轉過沙渚起眠鷗。
忽思春漲丹丘水，料理輕帆泝峽州。

今秋亢旱失田功，十月農夫尙野中。

近日朝廷推德澤，先王民庶泣仁風。

畦蔬拂露朝盤碧，園栗封灰夜銼紅。

隨分迂儒糊口足，天寒生事詫隣翁。

寒山入戶靜透迤，玄夜星河繞渼陂。

<u>三洲</u>水落魚龍窟，萬木天陰鳥雀枝。

卜居偶愜江湖樂，投老偏驚節候移。

何限男兒天下事？紙窗燈火鬢雙垂。

九月，大雷電以雨

丹衷宜無闕，青臺每告災。

那知歲九月，忽以電兼雷？

玉女胡然笑？阿衡敢自才。

諸公應草疏，坐待午門開。

其二

震燁飜疑夏，淋浪遂入昏。

同聲江捲岸，得勢虎窺垣。

撫枕能無淚？焚香始有魂。

時危一病士，萬事信乾坤。

士毅來訪，拈韻共賦

郊扉不厭僻，佳客亦欣迎。
馬入疏籬逈，人憑小檻清。
晚盤當嶽色，暝燭入灘聲。
薄酒應留醉，能辭野友情？

其二

愛君存拙道，城市罕將迎。
散帙床帷窄，休官僕馬清。
雲飜看世態，淵默抱雷聲。
眞率江湖趣，頻來話舊情。

其三

閉戶三宵話，門無一客迎。
談並阿連劇，詩賡老杜清。
急觴吞月魄，哄笑破江聲。

祗恐明朝別，難爲後夜情。

崦嵼店舍

青山如斂袵，蒙密數家煙。
老屋霜匏下，矮籬水稻前。
迎人忙展席，秣馬苦辭錢。
但使年常熟，民風本自然。

即事

危樓通夕望，洲渚迥蒼蒼。
遠堞飛霞赤，高帆落日黃。
有懷親友遠，多病舊書荒。
暝坐樵謳度，遙和《伐木》章。

雪

慘慄初冬候，林風日夜聞。
一天初下雪，萬壑盡同雲。
漲合蒼煙化，空明碧水分。

寒梅携入戶，小酌發微醺。

其二

高閣臨風色，豪吟倚酒缸。
崩雲低大野，繁雪落長江。
寒入藏梅室，明歸點《易》窗。
朝來送宿客，盡日不聞跫。

有懷諸友【三首】

吾愛洪厓子，囂塵臥巷深。
借書常滿架，留客共分衾。
激切憂時語，眞誠向友心。
沈痾藥効未，三日不通音。

右屬伯能

天寒問病弟，眠食近如何？
隣友誰頻見？床書應獨哦。
杜門終養疾，服藥易傷和。
努力跨鞍馬，江軒暖日過。

右屬存吾

杪秋尹夫子，呼我醉其家。

朱筆三場草，陶盆數朵花。

蹭蹬心獨壯，悃愊語無華。

遙憐泮水曉，相憶雪雲賒。

右屬體健【尹勉升】

有感

秋陰一以盛，滌滌嘉木園。

榮華滋其根，盛德在泉源。

不有斂養厚，奚致發育繁？

君看閣中梅，春至不再芬。

所以君子德，處世若愚昏。

逢時一奮飛，事業照乾坤。

其二

晨興攬余衣，仰視天宇廓。

衆星何晱晱？太白盛芒角。

吁嗟爾太白！無伴獨自行。

努力愛光輝，哀此下土冥。

天高莫余聽，三歎涕沾纓。

其三

日暮淒風定，江水正凝綠。
深知大冬逼，日夜玄冰塞。
哀爾水府寒，蛟螭焉所托？
出門逢漁父，利斧攜在握。
行將斫文鯉，狼藉充炮炙。
天意本同仁，無乃爾忤逆？

其四

吾愛寒梅樹，凌冬發孤芳。
嚴霜十月中，採取入我房。
陶盆灌華液，土爐扇清香。
護惜良已勤，花心一寥落。
初寒入簾帷，脉脉封素萼。
望厚報已眇，貌冶實非眞。
行被桃李笑，不如斫爲薪。

遊南山

步屧隨秋色，不知磵路深。

飛樓聳絶壁，石梁通喬林。
日斜赤葉明，愛此楓樹陰。
邂逅卽同志，幽事欣共尋。
憑欄孤嘯發，白雲凝遠岑。
悽飆忽橫集，水石激清音。
余情有所觸，悄坐久整襟。
誰云非絶境？且得丘中心。

李功甫【亮天】挽

謫降應星宿，生來不世氛。
心肝元玉雪，骨髓是皇墳。
學士旌前字，親朋篋裏文。
摠爲游戲跡，超灑謝人群。

其二

供世佻兒得，持身靜女爲。
虛舟還遇怒，明月豈沽知？
交際朱輪絶，呻吟素竹隨。
古來觀長者，居謗理如斯。

其三

緋玉來如浣，勾雷壓愈伸。
面應無食肉，忠已不謀身。
黑水新經出，丹霄舊跡陳。
傷時猶性氣，密友見沾巾。

其四

歷歷從遊舊，文園歲月深。
西巖春試屐，南郭雨連衾。
道拙何窮達？心長極古今。
論懷阿伯在，無暇慰亡琴。

金仲佑【相翊】宅小集，得"秋"字

靜士琴書地，林園雨送秋。
天時一以驟，我輩數相求？
酒惜踰年別，花憐抵雪留。
歸鞍應秉燭，落日未言愁。

李寢郎【慶甲】作打魚之會，有詩索和

聞說清遊再，多君宦累輕。
詩篇渾野趣，樽酒極朋情。
未枉池邊騎，空愁谷裏鶯。
《陽春》雖強和，調古竟難成。

與金弁【必恭】遊懿陵池上

一路嬌鶯並，山行俛翠柯。
移笻迴碧嶂，息屨面洪波。
岸柳風牽久，洲花雨泛多。
時清閒壯士，蕭散共長哦。

石室書院聯句

有美滄江曲，儒宮特壯夸。【正禮】
二州連壤界，三嵒落天涯。【士毅】
軒豁川原曠，崇深土木奢。【禮】
眼中饒勝槩，世外絕塵譁。【毅】
簾箔城浮漢，階庭水迸巴。【禮】
船通南與北，客湊近兼遐。【毅】

夷夏尊祠廟，春秋潔荔芭。【禮】

風聲人已逖，禮貌士猶嘉。【毅】

絃誦長時滿，衿紳逐歲加。【禮】

經冬曾負笈，慣路豈須車？【毅】

率爾衝冰雪，翩然會弁丫。【禮】

洪濤沿浩渺，古壑越嵖岈。【毅】

松逕穿初出，翬甍望已呀。【禮】

村煙行處遠，山日坐來斜。【毅】

息屨依寒沼，凭軒想露葩。【禮】

林廻疑佛宇，門闕儼公衙。【毅】

畫壁塡雲水，幽簷禁雀鴉。【禮】

中唐聯袂進，往躅撫碑嗟。【毅】

鳳曆多年紀？虬文半土花。【禮】

典刑瞻髣髴，咨滯絕萌芽。【毅】

塵戶嚴初啓，神筵秩有差。【禮】

千秋同血食，一帷凜烏紗。【毅】

赤焰英靈返，黃圖毅節姱。【禮】

南朝唯李子，北獄又文爺。【毅】

秦地滄溟大，周天日月華。【禮】

德隣宜配位，學邃況承家？【毅】

百揆瞻紳笏，群經待櫛爬。【禮】

急流仙不遠，戚畹玉無瑕。【毅】

舊社猶雲鳥，高蹤宛露葭。【禮】

聞風心幾醉，展敬手頻叉。【毅】

詩　81

帝甸時胡羯，儒林日黽蛙。【禮】

刧灰經丙子，黨錮自黃蛇。【毅】

箱篋邦衡草，金繪博望槎。【禮】

微吟庭有樹，遐矚水連沙。【毅】

月峽春生浪，雲岑晚送霞。【禮】

名區成邂逅，塵慮失紛挐。【毅】

暮讀聞咿喔，寒棲喜奧窊。【禮】

村朋驚我至，斗酒送人賒。【毅】

窓昳容抽帙，爐薰繞煎茶。【禮】

篤工誠可敬，薄宦豈敢誇？【毅】

學海觀桴筏，詞壇閲鼓笳。【禮】

服膺須簡策，進德在蓬麻。【毅】

名祖餘風烈，童孫愧惰窊。【禮】

講筵方始爾，吾道復行耶？【毅】

灑掃家仍近，游迥路不遮。【禮】

世情從此薄，永矢侶魚鰕。【毅】

次尹學士【集】旌閭時軸中韻

燕歌欲放劍生濤，天地還容羯虜臊。

獨使諸賢扶世教，空將萬死博宸褒。

睢城有厲玄氛結，滄海無人碧浪高。

青史應編忠烈傳，長令志士願同袍。

仁元王后挽詞【代人作】

沒世周王慕，　猶瞻聖姒尊。
柔恭承大德，　窈窕出名門。
儷日民爭覯，　崩天事忍言？
閔勤爲丕子，　泮渙屬初元。
五廟孤危甚，　群兇震撼繁。
中宵哀札降，　匝域喜聲喧。
當日元良得，　于今大國存。
驥機隨有運，　盛烈斂無痕。
晚景慈顏解，　終身睿孝敦。
徽稱隆太母，　斑戲逮曾孫。
紫闥薰和氣，　青丘駐瑞暾。
自應綏福履，　彌克秉謙溫。
戚里誰乘駿？　宮筵每却樽。
花籌方普祝，　鸞馭奄逶騫。
籲絕攀穹昊，　悲連坼厚坤。
珠襦深日月，　蔥珮閟晨昏。
象設雙陵並，　蜃儀百隸奔。
器仍先寢儉，　貨紓小民煩。
尚見如傷意，　眞無未究恩。
揄揚文子述，　昭揭史臣論。
臨穴天容慘，　攀輀雨淚飜。
抱弓餘舊物，　哭送倍傷魂。

詩　83

朝起，江氷益解

眠深不覺雨，曉看窓櫺濕。
知道江氷開，春聲動浴鴨。

其二

春風捲雪濤，泛我房櫳碧。
未可試漁舟，流澌大如席。

訪李胤之【胤永】，梅花始開。主人有詩，次韻

入戶梅花動，應期病子來。
名香添藥鼎，古籤出桃杯。
客榻玄陰暮，仙壺暖日開。
幽扉須再扣，終惜此宵廻。

胤之又以詩來，次韻以送

靜士幽棲地，寥寥似梵房。
天時關戶密，吾道擁衾長。

古壁名山畫，欹瓶老菊香。
林暉容息屨，多覺向來忙。

疊“來”字

好在新梅樹？通宵雪驟來。
寒應親小銼，狂豈戀深杯？
海嶠神長注，塵城眼未開。
秖須與數子，歲暮往仍廻。

疊“房”字

狹路交華轂，高門對曲房。
天寒裘袂艷，朝退珮聲長。
病枕丹丘夢，書箱竺國香。
由來從所好，不必較閒忙。

再疊“房”字

窮陰群物息，余亦愛深房。
土埃鋪衾穩，篝燈誦《易》長。

江梅句夢思，璧月會心香。
難了惟詩債，飜成靜裏忙。

三疊"房"字

雪裏罕人事，孤清掩小房。
枯荄收殺活，《大易》玩消長。
地轉潛雷響，花回古幹香。
陽春行不遠，君子未渠忙。

再疊"來"字

暮出無誰語，秖應與我來。
簾霜圓結繡，簷月細窺杯。
久客寒燈守，長懷古帙開。
終宵悔鞍馬，虛放二難廻。

三疊"來"字

夫子詩情妙，應從陶、謝來。
希文包襞錦，淡水貯匏杯。

古籀彝盤出，新圖海嶽開。
他時要墨跡，亂灑百緃廻。

胤之又寄二詩索和

城寒易暮色，宮樹迥朧朧。
宿雪霾煙碧，歸禽曳日紅。
江湖無動物，天地有成功。
感歎窮廬士，白頭宛稚蒙。

其二

少年學詞賦，初亦慕功名。
漸看雲塗隘，仍知世累輕。
渼陂書屋小，丹峽釣磯清。
一水沿洄計，扁舟幾日成？

四疊"來"字

晨興念夜雨，泥滑有誰來？
膧旭水銷硯，茶煙露結杯。

倦憑書帙臥，閒把藥囊開。
頗怪煩襟盡，前宵訪隱廻。

四疊“房”字

風行列禦寇，壺隱費長房。
城市隨緣暫，雲林托夢長。
歸鴻燈外急，叢桂月邊香。
朝來風雪惡，拂衣可道忙？

疊“朧”字

雨窓終日夢，雲水與朦朧。
紙幌虛通白，香鑪靜駐紅。
怡神觀象戲，妨疾減書功。
祇恐兒曹効，深乖聖養蒙。

疊“名”字

高賢豈絕世？要不愛榮名。
賣藥城闉近，看雲冕紱輕。

詩篇聊爾俗，鬢髮使人清。
我欲從之隱，金丹許共成？

再疊"朧"字

東湖今夜月，煙瀨浩朣朧。
雪憶書樓爽，燈知釣艇紅。
思親多亂夢，爲客少眞功。
旅榻殘年計，隨身有啓蒙。

再疊"名"字

鐘動街如洗，千家夢利名。
梧庭人影小，銀渚雁飛輕。
大地於斯靜，寥天一得清。
朝來難了事，錐末競虧成。

三疊"名"字

晚食庭中步，疏星稍可名。
歸雲將鳥盡，流月向人輕。

密室復堪息，寒燈聊自清。
有懷西郭隱，孤夢此間成。

三疊"朧"字

孤懷倏不樂，天醉壹朦朧。
長磧星輈黑，中原火獵紅。
寧王鳴甲志，芭老枕戈功。
此事吾猶述，堪悲小子蒙。

四疊"名"字

麟臺有繪像，藝苑亦蜚名。
自古論脩促，於吾未重輕。
春風顏巷暖，夜月邵窩清。
愧汝無奇志，誰言學不成？

四疊"朧"字

晨窗抽古帙，細字半朦朧。
道術違心素，年華損頰紅。

為農終不餒，干策晚何功？
多謝仙壺子，新詩解牖蒙。

贈別姜季昇【鼎煥】

從師千里共諸生，三伏炎蒸屋數楹。
每有巖間棲定鸛，夜深飛舞讀書聲。

其二

槐花時節萬人忙，銅雀囂塵不可當。
獨有武夷山下客，一鞭歸臥舞壇涼。

洪克之【樂眞】**來留石室書院，半月而後告歸。臨行出詩索和，步韻爲別**

江上秋山繞畫屏，薄雲寒籟澹園亭。
數君步屧還遙院，九日花枝也小庭。
沙岸楓松留急景，野盤饈菓發微馨。
此中未話明朝別，叵耐哀鴻叫晚汀。

次韻，贈別黃永叟【胤錫】

江漢秋多雁，遊人始憶家。

登舟此風浪，分袂即天涯。

客路生圓月，離亭駐晚花。

心期如可保，何必詠同車？

湖南三賢來留院中，臨別書贈

聽說江南勝，秋來樂有餘。

家園收橘柚，海岸拾鰕魚。

道拙甘衣褐，時危羨卜居。

晨窗聞過雁，一一向青、徐。

贈金生天衢

兩世登壇號郡君，秖今淪落爲清門。

耕桑鍾鼎渾餘事，忠孝傳家是令孫。

其二

月山南望路千重，吾祖離騷作此中。
海國秋來稻蟹好，他時匹馬逐歸鴻。

病中，次友人韻

百囀簷間雀，晴曦滿屋東。
擁衾恰旬日，開戶好春風。
幽獨只能懶，謳吟那復工？
因觀湖上作，歸意浩難窮。

其二

九陌融殘雪，層城散彩霞。
輕寒不禁柳，小雨又催花。
滿目傷人事，狂歌答物華。
芳辰勤取樂，白日莫教斜。

陪家君及櫟泉宋叔【明欽】遊俗離山。夜宿福泉菴，謹次宋叔韻

幸有名區供勝遊，雙臨杖屨萬峰頭。
暫拋朱墨來清曉，恰值霜楓駐晚秋。
日落松嵐沉遠岫，夜闌篝火在深樓。
此中正發乘桴歎，列侍何人是仲由？

稽山小集

棠苡歌惟舊，干旄事又今。
招呼爲雅集，談笑見同心。
酒憶燈前醉，詩傳馬上吟。
茲鄉留勝躅，日月後人尋。

除夜，與諸友飲酒

今夜稽山館，孤懷殊未開。
偶成同志會，俱自異鄉來。
冉冉天星轉，騰騰儺鼓催。
流光有如此，童子莫停杯。

鄭南爲【東翼】**、李明叟**【敏哲】**有詩求和，却寄**

稽山一夜雨，綠遍溪邊柳。
何用慰君愁？半壺新熟酒。

其二

衙罷澹無營，鳥啼墻角柳。
何由致上客，共瀉花間酒？

兩賢勉余以學，政用見寄韻爲別，兼道愧謝之意

此地相逢眼倍明，德言多少荷提醒。
他時更解徐公榻，倘有絃歌滿武城。

草江觀梨花，書示金欽哉【勳】

大草湖邊千樹梨，家家花發映疏籬。
一年一至狂歡去，留與稽人喚習池。

題韓重文【思愈】雲山書屋。用軸中韻

滄浪一曲釣竿收，門掩荒山碧潤流。
讀遍床書人不識，白雲飛舞萬峰頭。

訪李景兪【濟翔】山居。次主人韻

籬落蕭然麥隴傍，山蔬供客滿盤香。
世間榮落何須說？只有林居韻味長。

宗老僉知【天行】過余稽山，有詩要和

壯心不與鬢俱化，人事紛紛閱代謝。
快嚼冰瓜談海山，能令坐客忘朱夏。

登水晶峰

籃輿迢遞度深松，山氣蕭森見孟冬。
莫道登臨還暮色，何人看月水晶峰？

余宰報恩時，陪家君及櫟泉宋叔宿福泉菴，今爲八年，而宋叔已下世矣，感而賦之

三入靈區鬢已華，山僧不識舊官家。
福泉菴裏橫經處，筧水依然晚響多。

和陶詩三篇，酬金季潤【相肅】

穆穆良辰，陰陰山雨。
我馬悠悠，于澗之阻。
念彼幽人，床琴獨撫。
披帷而笑，勞矣延佇。

我蹜挿嶺，零雨其濛。
我陟自階，浩如飜江。
中堂懸燭，流雲入窓。
厭厭宵飲，飫及僕從。

超超我友，遺外世榮。
偶寄縣綬，丘壑是情。
逝將振袂，與子偕征。
同心之言，吐我平生。

既雨以霽，濯濯庭柯。
溪山掩映，雲日澄和。
爰有寒泉，花木孔多。
駕言同遊，其樂如何？

【右《山雨》。和《停雲》。】

溶溶谷嵐，媚兹晴朝。
薄言幽尋，已欣芳郊。
白水滿地，青嶂列霄。
嘉彼農夫，浩歌灌苗。

遵彼清漪，我纓既濯。
雲壁亭亭，延我遐矚。
晤言在兹，與日俱足。
有鳥嚶嚶，亦樂其樂。

豈其風浴，必魯之沂？
我有好襟，聊與同歸。
章成共咏，觸至卽揮。
良辰冉冉，孰云可追？

懷哉芭翁，於焉結廬。
我求遺躅，雲木窅如。
安得誅茅，托兹方壺？

《高山》之詩，三復感余。

菀彼嘉樹，布陰于茲。
適見滿地，顧而失之。
大化密運，百物趨時。
終朝掩書，嘅其思而。

菀彼嘉樹，花落辭根。
雖傷今凋，春至更存。
人生去去，如旅出門。
不朽有道，惟德之敦。

顏氏如愚，甘彼巷陋。
子夏戰勝，顏貌改舊。
珮玉匪華，結駟匪富。
五十無聞，余是用疚。

先民有言，臨淵恐墜。
持茲遺體，孰敢不畏？
如途千里，我無良驥。
勉勉我友，提挈以至。

和陶詩《贈族祖長沙公》韻，又酬金季潤

渾渾斯人，誰親誰疏？
賢愚殊趨，友道伊初。
我有長懷，感此年徂。
同心難遇，顧影躊躇。

昔余遨嬉，水晶之堂。
覽子墨跡，驚若圭璋。
忽忽存亡，有鬢如霜。
不意南陬，爰接清光。

孔樂新知，韻味攸同。
雲松一岡，我西子東。
有如元、白，蘇、杭隔江。
新詩朝鶩，尺牘宵通。

尊俎之懽，嗒爾成言。
愧茲斗祿，羨彼名山。
始悟昔賢，賦歸飄然。
此願甚真，君我誰先？

自白馬江舟下鏡湖，夜宿八卦亭。金斯文季說【相丁】携酒來話，呼韻共賦

吹笛江湖濶，孤亭勢欲飛。

天風收繫纜，巖月照披衣。

地老松篁大，時危道術微。

隔林遺廟在，三歎願同歸。

沈一之【定鎮】新宅，與諸友共賦

青山入疏籬，霽日滿高軒。

靜士莞簟潔，床有羲、文言。

親友爲君集，欣瞻棟宇尊。

中庭列鞍馬，內舍出杯樽。

酒酣歌頌發，古義競相敦。

憐君身計拙，老大無田園。

棲棲驪、漢間，無處覓桃源。

漂搖風中花，歲暮還故根。

佳哉洛城東，風流自古論。

里閈多舊顏，塤箎叶弟昆。

環堵信蕭瑟，經綸頗復存。

移荷擬鑿沼，傍柳將設門。

時輸太倉米，炊煙驚隣村。

況有階庭物，問字任啾喧。
此中有眞樂，可以永晨昏。
病子江湖迥，別來勞夢魂。
晚契須鷗鷺，前言能不諼？

李僉正仲玉【珪鎭】用《氷湖帖》韻，有詩要和

留客庭槐每覆鞍，沙洲門巷未全寒。
靑氈有業多新什，白首隨緣作小官。
北里滄桑千刧轉，東湖氷月幾回團？
籬邊正漲桃花水，一棹能來續舊歡？

長溪君【棟】挽

三朝恩遇篤周親，鶴立班聯見貴人。
皓髮猶存薑桂性，朱軒自視水雲身。
安平淡草屏風古，躑躅高花院落春。
每許郎官攀嘯詠，秪今回首已前塵。

金水亭

翠壁遙看麗，危欄出樹間。
溪山此廻合，歧路暫躋攀。
草綠迷平野，花明照淺灣。
仙翁不相待，怊悵下雲關。

歇惺樓。敬次清陰祖考板上韻

危樓悄對雪峰明，脚底風微萬壑聲。
一雨應添瀑布大，朝來理屐弄新晴。

宿正陽寺，雨無霽意。戲次金天季【一默】韻

匹馬尋靈境，東來路半千。
如何臨眺處，坐我混沌天？

雨後，登歇惺樓

雨後高樓望，羣峰何所似？
亭亭白芙蓉，洗出秋潭水。

天季與李君德哉上毗盧，余未能從

奇遊獨許少年爲，落日香城倚杖時。
爲報群仙莫惆悵，海天明月又前期。

登萬景臺。見曾祖考日記，嘗題名此處，而今不可求矣

吾祖曾遊地，荒臺閱幾秋？
剛風松檜短，晴日海山稠。
蘿逕行應遍，苔巖字不留。
無人問往跡，笙鶴晚悠悠。

鉢淵歸路，得佳處小憩

籃輿轉出萬松幽，坐愛飛花泛綠流。
惆悵暮禽啼送客，彩雲一朵幾回頭？
【彩雲，峰名。】

玉流洞

越壑穿林問幾重？ 洞門開處駐遊筇。

貪看石上流離水，幾失雲間縹緲峰？

叢石亭。次天季韻

地盡通州北，滄溟馬首來。
吾將窺大壑，天故設危臺。
浩刦經來石，神仙坐處苔。
何由驂白鶴，遍踏十洲廻？

又賦

誰將積石擬天傾？刻削應經鬼斧成。
插入厚坤誰敢拔？噴來高浪謾相爭。
四仙遠矣瑤花老，獨鶴寥然雲水平。
遠客孤舟當落日，不知何處問蓬、瀛。

泛海，訪金襴窟

叢石亭前海色高，帆風拂拂滿輕袍。
金襴勝賞還餘事，自倚豪情駕碧濤。

洛山寺

十日行吟大海邊，洛山寺外更無天。
年來漸覺區中隘，便欲乘風訪列仙。

鏡浦臺。謹次止菴從叔父韻，奉贈江陵府伯【族侄魯淳】

名區一日抵三秋，湖海奇觀此檻頭。
人物宜經栗翁出，鸞笙尙說永郞遊。
天晴遠樹濃相映，波暖輕鷗澹不愁。
爲語吾宗賢太守，承明未必勝斯州。

又次天季韻

長堤十里抱危臺，海色湖光表裏開。
白鷗問汝何爲者，隨意煙波飛去來？

德哉自原州先歸，臨別書贈

老去猶孤興，相隨喜有君。
聯翩三匹馬，出入萬重雲。

絶巘扶危屨，荒村護病勤。
那堪歧路別？啼鳥雨中聞。

洪僉知【章漢】挽

海上聞公遽返眞，那堪先友日凋淪？
孤生白首追陳跡，稽館逢迎也勝辰。

其二

常持盃酒懶簪纓，倚醉歌呼萬事輕。
末路訾嗷足兒輩，向時追逐盡豪英。

其三

游戲風埃數轉官，丹旌寫出夕陽寒。
如今瑣瑣論榮悴，只好雲間拍手看。

其四

伏枕荒江積雨晨，城西車馬遠傷神。
白鬚紅頰思如昨，可惜青山葬古人。

盈德清心樓

海上孤城夕照橫，朱欄影落半江明。
南樓勝賞何須較？且倚金樽臥水聲。
【時余宰密陽，有以此樓與密陽之嶺南樓，論其優劣者故云。】

余既罷官，即發海上之行，路中有賦

解組身始輕，揚鞭氣彌豪。
仙人東海上，呼我與遊遨。
沒雲名更奇，宿昔夢魂勞。
靡靡轉長薄，曠然觀春濤。
時物亦已芳，汀花照我袍。
慨彼寰中客，得喪競秋毫。
揮手謝之去，浩歌白雲高。

沒雲臺，觀日出

多大浦前地已窮，誰知有路入鴻濛？
長風萬里吹衰鬢，臥看扶桑出日紅。

謹次內舅洪公【梓】寄示韻

茲鄉樂事記童時，每度槐橋駐蓋遲。
從舅池塘好花樹，諸公樽酒幾篇詩？
卽看閭井多新面，惟有巖泉似舊知。
南極一星無翳暮，願言瞻挹慰調飢。

又次軸中韻，呈內舅

退老田廬好，兒孫亦滿前。
提携花外徑，流覽柳邊川。
翰墨酬長日，軒裳付少年。
紛紛浮世事，回首秖堪憐。

羅斯文 叔章【重晦】惠然遠訪，袖出一詩，屬意甚勤。因次其韻以謝之

好是晴暄四月時，睡餘官閣日遲遲。
庭前槐樹已繁蔭，墙外薇花尚數枝。
匹馬遙嘶驚好友，一樽清對話離思。
棲棲縣邑非吾樂，爲問山人知不知？

月夜步出南石橋

吹角千街靜，庭槐月上時。
聊持一壺出，還有數君隨。
野樹籠煙迥，灘流近曉悲。
感嘆三節士，罵賊死於斯。

舍人巖

巖臺千仞削瑤瓊，下有溪流清可舲。
絕頂定愁玄鶴翅，遙空疑有玉簫聲。
舍人已作三清客，處士仍留半壁亭。
怊悵一杯還獨舉，白雲紅樹摠關情。

舟下龜潭

濃霜一夜醉丹楓，萬壑千崖錦繡同。
踏遍朱陵高下洞，衣巾又拂大江風。

又賦

闔闢千峰起，縈廻一水通。
舟行明鏡上，人入錦屏中。
岸幘看危壁，停橈倚好楓。
龜潭知已近，秀色滿晴空。

龜潭

峽束江奔兩不讓，舟行屈折隨所向。
南崖北壁遞隱見，歷亂有如風燈轉。
僊臺之下波浪濶，篙師酌酒高歌發。
長淮繫纜老楓根，鷄犬優然秦人村。
壯哉神仙出入關，削鐵凜凜霄漢間。
蒼松翠栝不得生，太始霜雪寒崢嶸。
蛟龍守護深窟宅，積陰冲融雷雨蓄。
東韓有此龜潭奇，昔聞其名今見之。

持杯不敢恣歡呼，肅然坐我嚴師隅。

安得霜綃一百匹，呼來顧、陸奮神筆。

携歸掛我秋水堂，起居飲食於其傍？

歸自丹丘，鄭元美【趾煥】以二律見寄求和

老去爲州豈宿心？愧君中歲懶纓簪。

十年逢別兒孫大，一壑耕漁雲水深。

酒熟黃花仍滿手，歌成白鳥或知音？

滄江九月柴門掩，臥聽寒蛟永夜吟。

其二

朝起看山思遠遊，任教簿牒積如丘。

提携數客青藜杖，出入千峰錦樹秋。

可說乘鳧歸葉縣？還嫌騎鶴上楊州。

官門咫尺秋濤水，夜夜鄉心月下舟。

酬沈景洛【淳希】

解綬歸來臥碧山，十年欣對故人顏。

如今更結漁樵社，莫惜慇懃數往還。

謁四忠祠

忍見寅年又一周？當時孩子雪盈頭。
可憐百折祠前水，長抱神京日夜流。

沈一之携酒來訪，歸以一詩見寄，謹次其韻爲謝

悵悵冥塗我孰師？窮廬獨臥歲寒時。
故人尺牘頻存問，先子遺編共抱持。
積雪江干嘶馬迥，五更燈下過鴻悲。
瓊章三復徒增涕，那有微工答厚知？

寧陵令李公阻風留話，誦其舟中作一篇，輒次其韻

夜來風雨太無端，坐惜芳菲凋好顏。
故人扁舟未可放，開軒共眺江上山。
人生老去勤會合，或持杯酒水石間？
君今欲歸爲何事？世故紛紛渾是閑。

戲示西隣兪君【漢順】

渼江三月綠如油，無數垂楊拂遠洲。
借問巖間持釣者，何如散髮倚高樓？

和寄柳汝思【知養】

人事足憂患，天涯傷夢魂。
那期關外客，重到雪中村？
風樹餘殘殼，門墻憶舊恩。
燈前看醉墨，流淚半成痕。

偶吟

楓陰終日滿簾，柳絮隨風入戶。
讀遍床書一嘆，遙遙我思千古。

羅叔章訪余渼湖之上，留四月而後歸，間出一詩求和，臨別書此，聊見相勉之意

憐子不諧世，荒江遠見求。

終持松栢性，恥作稻粱謀。
委命安窮老，循身遠悔尤。
歸歟錦溪曲，努力理春疇。

和寄汝思

江湖歲云暮，寥落掩門初。
藥裹供多病，梅枝伴索居。
有懷林下韻，欣把燭前書。
更讀《雞鳴》什，終宵意悢如。

其二

退士芰荷服，天寒喜邃初。
丘園仍邑里，芝菊卽仙居。
舊篋霜臺草，明窓孔氏書。
承家又麟子，毛質近何如？

其三

積雪埋川陸，微陽亦復初。

天時看互欹，吾道在端居。

聖世容微物，窮廬有舊書。

故人勤問訊，身事定僧如。

謹賡御製《書筵志喜》韻

聖祖開筵適五齡，重陽令節返堯蓂。

青宮繼述於斯盛，黃菊花邊又《孝經》。

祇受東宮賜曆。又用前韻

野外惟知祝睿齡，欣瞻渥澤抱新蓂。

銅樓漸喜春暉永，幾箇英僚共執經？

謹賡御製韻。題內賜《褒忠綸音》卷後

聖祖龍飛赫業新，天回前甲又昌辰。

孱孫此日誰無淚？字字恩言念舊臣。

其二

史官傳命寵光新，緗袟遙頒自北辰。
敢道天恩私一物？深知千載勸爲臣。

詠梅

落落明珠綴五三，老梅作藥不能貪。
憐渠未是風流相，宜向山家伴槁淡。

詠松

側生沙岸倚楓支，雪壓虯柯到地垂。
豈有壯心扶大廈？也堪相對歲寒時。

文孝世子輓詞【不呈】

克嶷周人頌，重輪漢代祥。
冲年開震邸，率土仰离光。
自有休徵炳，方看寶籙昌。
無憂我聖上，貽燕日煌煌。

其二

盛事明陵後，黃花拂講筵。
身章玄袞服，家學《孝經》篇。
天運回堯曆，人心戴啓賢。
滿庭同獸舞，歌詠八方傳。

其三

翼日瘵咸喜，胡然事至斯？
徒聞百靈衛，竟使萬人噫。
社稷堪流涕，穹蒼果有知？
龍樓難曉寢，陳慰欲何辭？

其四

孝德含飴際，文思學語前。
嬉游親汗簡，愉悅荷慈天。
美謚朝廷獻，哀綸日月懸。
揄揚斯不憾，無祿倍悽然。

其五

滯跡江湖迥，銅闈夢裏攀。
華人空有祝，緱鶴竟無還。
舊篋端陽扇，虛銜侍講班。
惟將萬行淚，霑灑向秋山。

送汝思之官北青

病枕聞君向北州，朔雲千里夢悠悠。
到處君恩何以答？也應儒化遍荒陬。

同沈君靜能【公定】乘舟，尋銀石寺。靜能有詩，和之

野友扁舟載酒來，清秋呼我泛湖回。
為憐蕭寺懸林表，更喚籃輿度澗隈。
病肺猶成今日醉，揮毫却怕少年才。
歸來依舊柴門掩，獨把殘書映雪開。

莊獻世子遷園挽詞【不呈】

前和出世萬人環，緱嶺如迎鶴駕還。
咫尺神京江漢路，不堪仙蹕又寒山。

其二

葱葱佳氣隋城原，天作名山自古云。
鬼秘神慳知有待，今來葬我舊儲君。

其三

逝水悠悠卅載忙，眞遊杳邈白雲鄉。
篤生聖子承宗統，光啓東方赫業昌。

其四

吾王聖孝盡人倫，禮制宮園有屈伸。
十載經營安厝事，絲綸悽切泣臣民。

其五

崇岡象設萬夫功，日吉辰良禮有終。
庶慰邦人祈望切，緜瓜詩什又吾東。

三山齋集

卷二

疏
書啓
議

疏

辭持平經筵官疏【甲辰閏三月】

新授通訓大夫、行司憲府持平、經筵官臣金履安, 誠惶誠恐, 頓首頓首, 謹百拜上言于主上殿下[1]。 伏以天祐[2]宗祐, 元子宮衣尺寖長, 禮行相見, 休聞日彰, 太平萬世之業, 其基於此。臣與村翁野老, 蹈舞田間, 竊不勝愛戴忻祝之至。

乃於兹者, 伏奉今月初一日除書, 以臣爲經筵官。纔過二日, 又以臣爲司憲府持平。恩旨絡繹, 寵光赫然, 臣驚惶板汗, 疑若夢寐, 數日之間, 魂神未定。

又忽伏奉承政院成貼有旨煌煌四百餘字。 首言臣先父爲春邸時贊善, 深以未回迓心爲恨, 旣又歷擧臣三世四祖, 幷侈衮褒。意臣或有家庭聞見, 責以休戚之義, 而若將擬之於胄筵輔導之事。 至以乃祖之孫、乃父之子, 必倍延頸之誠爲敎。仍令取近登途, 恩言惻怛, 屬意隆重。臣伏讀未竟, 感淚先迸, 誠不自知螻蟻下臣, 何以得此於吾君? 糜身粉骨, 不足以仰酬萬一。而至若所以慰藉臣、稱謂臣者, 則萬

1　新……下:《承政院日記》正祖 8年 閏3月 17日에는 없음.
2　祐:《承政院日記》正祖 8年 閏3月 17日에는 "佑".

萬非糞土賤品所敢承當。是殆議薦之地, 有以誤聖聰而偶致遺照耳。臣請自暴其不稱之實, 而退伏違傲之誅, 惟聖明垂察焉。

臣聞經筵峻望也, 臺閣重寄也。拔之格外, 其選尤嚴, 歷觀前古之膺是選者, 則其爲職可知也。臣本庸姿, 志氣卑下, 少小願慕, 不越乎榮名利祿之間。半生公車, 才短不售, 遂乃甘心吏役, 奔走燥濕, 老不知休, 直至抵罪而後已。跡其終始[3], 不過如斯, 是安有一日反身之工, 以述父祖之餘業, 而比數當世之儒林哉?

臣於往歲待罪桂坊, 數次登筵, 醜拙畢露, 日月之明, 宜無所不燭。而伊來十年, 疾病勞瘵, 形骸外朽, 神識內消, 竝與前日口耳掇拾之陋, 而忘失已久, 兀然爲沒字人, 衆目所覩, 焉敢諱也? 今以如此之人, 驟然加之以如彼之職, 卽臣之妻孥僮僕, 已知其僭猥可笑。如是而又敢貪榮冒進, 抗顏淸朝, 則眞小人而無忌憚者耳, 臣何忍焉?

雖以朝家事言之, 今茲抄選之命, 卽我殿下登極後一初之盛擧也。風聲所曁, 中外拭目, 以觀惟新之化, 正宜博求經行卓異之士, 或置講席, 或列言路, 以責其啓沃諫諍之功, 而彰聖上崇儒右文之效也。乃以如臣者, 苟充其間, 首勤招徠之典, 沮四方想望之情, 來百代譏議之口, 其爲聖世之累何如也? 然則臣雖欲自棄廉愧, 一伸趨走之恭, 又可得乎?

---

3 終始:《承政院日記》正祖 8年 閏3月 17日에는 "始終".

至於聖諭中末端辭旨，又有出於今玆所叨之外者，臣於此惝怳震越，莫知所以爲對。而若論其揀[4]遴之宜愼，則尤倍他任，一有不審，而或及於妄庸，無益輔導之實，反啓沖年輕士之心，則豈不尤可懼也？以殿下之明聖，非不察此，而特以臣家世願忠，欲其自效，有此勤懇之敎。惟玆至意，臣豈不仰體？而其奈非其人何哉？

嗚呼！君臣之義，無所逃於天地之間。幸逢盛際，化理淸明，遵列朝之令章，軫貽燕之鴻謨，側席求賢，如恐不及，雖在物外遐遯之流，且不得自遂其高，而願立乎朝。況臣名忝仕籍，處身有素，東西南北，惟令之從。今於恩命之下，苟有一分可堪，何敢飾辭嘵嘵，忽爲山林偃蹇之態，以自干於有司之法乎？誠以內循私分，外嚴名器，終不敢以此不肖，仰欺天日，厭然爲承膺之計。

臣情到此，其亦慽矣！虞人之守，聖人有取，如臣至懇，宜蒙體諒。伏願聖慈特賜哀憐，亟許鐫削臣前後職名，永斷收召之擧，仍治臣辜恩慢命之罪，以靖私義，以肅朝綱，不勝幸甚。臣無任戰恐祈懇之至[5]。

【答曰："省疏具悉[6]。才下敷心之諭，方企登途之擧，遐心莫迴[7]，巽牘隨至，由予[8]誠淺，良用瞿然。噫！今予[9]招延，豈爲觀瞻？誠以經筵、胄筵

4 揀：《承政院日記》正祖 8年 閏3月 17日에는 "簡".
5 臣無……之至：《承政院日記》正祖 8年 閏3月 17日에는 9자가 없음.
6 省疏具悉：《正祖實錄》8年 閏3月 17日에는 없음.
7 迴：《正祖實錄》8年 閏3月 17日에는 "回".
8 予：《正祖實錄》8年 閏3月 17日에는 "於".
9 予：《正祖實錄》8年 閏3月 17日에는 없음.

討論開發之功, 期望于爾者, 深且切焉。爾何不念及於此, 而不之肯顧,
勞予虛佇乎? 惟爾經術識解, 自在桂坊時[10], 知之已熟。每臨講席, 輒勤
發問, 爾[11]想必記有之矣。爾須念君臣之大義, 勿復多讓, 幡然造朝, 以
副予[12]如渴之望。"】

辭贊善疏【七月】

伏以宗社默佑, 景祿川至, 王世子邸下誕受位號, 封冊涓吉。
聖孝永念於積慶, 縟儀將舉於致隆, 盛美稠疊, 神人胥喜。
區區抃蹈, 曷有其極?

仍伏念臣以蔭途之賤品, 冒儒林之峻選, 所被職名, 萬
不敢當, 冒死祈免, 反辱隆批, 恩言懇摯, 獎飭采勤, 惶隕
失圖, 靡所容措。間因相臣所奏, 至有長吏敦勸之舉。顧以
株守難改, 旣無以仰承德意, 塵瀆爲懼, 又不敢申暴血懇,
徊徨泯默[13], 惟鈇鉞是俟。乃蒙聖慈曲賜寬假, 威罰不加,
恩除復降, 掌憲、春坊, 寵命赫然, 此已不勝萬萬悚愓。而
繼於今月十一日之夜, 史官臨門, 齎宣聖諭, 以臣擢拜通政
大夫、世子贊善[14], 促令造朝。辭旨溫諄, 委寄隆重, 若將見

---

10 時:《正祖實錄》8年 閏3月 17日에는 없음.

11 爾:《正祖實錄》8年 閏3月 17日에는 없음.

12 予:《正祖實錄》8年 閏3月 17日에는 없음.

13 默:《承政院日記》正祖 8年 7月 22日에는 "伏".

14 贊善:《承政院日記》正祖 8年 7月 22日에는 "侍講院贊善".

待以山林宿德之流。臣於是惝怳震駴，四體投地，莫知何以致此也。

顧臣無似之實，已悉前章，今不敢復事覼縷。而正使臣粗比恒人，自忝選牘，今不過百餘日耳。其間所叨三四官銜，無非僥濫，有罪宜誅，無勞可紀，公然躐取下大夫之秩，已無其理。況此官者，其地望之最峻，職任之[15]至重，實自古名賢所共逡巡而不居，擬之於臣，豈復近似？

惟我殿下爲世子一念眷眷，務盡早教之方，旣爲之廣選賓僚，秩然備位，而猶以爲未也，蒐羅之典，旁及草野，畀之以輔導成就之責。此實宗國萬年之至計，而非出於一時賁飾也明矣。夫如是，則古所謂"天下第一等人"，雖不易求，亦宜得有德有文望實俱隆之士，以處其位。而今以加之於臣，不惟加之，而且使之爲首。臣之陋劣，以才學則至空疏也，以踐歷則至卑猥也，錢穀簿書，嘗習其事矣。至於陳說德義，闡明經傳，以贊我儲君沖年養正之功者，豈臣之所能哉？此而冒膺，臣身廉愧，姑置勿言，其上累聖朝簡拔之明，下誤胄筵勸講之重，實非細故，臣安敢爲此？

況臣從前自引，非有他說，只是"不敢當"三字耳。方在下位，猶且如此，及叨顯秩，乃忽揚揚，則是臣謬爲辭遜，索價徼寵，以圖一身之榮利也。縱臣不至此，其何以自解於衆口哉？此又臣之決不容抗顏者。而至若中批特授，有違常格，則在臣猶屬餘事，未暇於深論耳。

---

15 之：《承政院日記》正祖 8年 7月 22日에는 없음.

嗚呼！臣雖無狀，家本世祿，忠孝之說，聞之熟矣。每誦春間所蒙別諭，有曰“爾父爲予春邸時贊善”，而卒之以胄筵輔翊之說，寸衷益激，自不勝三復流淚。而今當聖子陞儲之日，臣之不肖，復蹈先父之宿跡，俯仰家國，若有不偶然者。其欲追先父當日之志，以自効於聖世者，寧有極哉？祗以難進之義，如上所陳。匹夫之辭受雖微，國家之四維至重，有不敢夤緣放倒者，願忠雖切，而圖報無地，臣之此情，鬼神臨之矣。

且臣受氣最薄，多病早衰。今年六十三，視昏聽重，行步絕艱，癃然爲廢物久矣。今夏毒熱，又經死疾，形神俱脫，殊殊有垂盡之危，雖使臣無他所拘，卽此病狀，已不堪蠢動，天之所廢，謂之何哉？

臣之經筵一銜，所關尤重，而尙未蒙改正，便作野外虛帶之物，此實臣徒知嚴畏，不能力辭之罪也。茲幷仰籲[16]於黈纊之下，伏乞聖明特賜憐察，亟將臣所帶兩任及新授資級，盡行鐫免。仍命刊去選籍，勿復收召，俾臣得以優遊[17]田里，歌詠聖澤，以卒餘年，不勝至願。臣無任屛營祈懇之至[18]。

【答曰：“省疏具悉爾懇。三代敎儲之法，必先擇宿儒正士，置諸左右保傅，傳所謂‘孝悌博聞有道德者’是也。雖以我國朝事言之，春、桂坊，非不選當世文學才彦[19]之人，而又置贊善、進善、諮議等官，以待士林者，蓋

---

16 籲：《承政院日記》正祖 8年 7月 22日에는 “瀆”.

17 遊：《承政院日記》正祖 8年 7月 22日에는 “游”.

18 臣無……之至：《承政院日記》正祖 8年 7月 22日에는 9자가 없음.

19 彦：《承政院日記》正祖 8年 7月 22日에는 “賢”.

做<u>三代</u>遺規也。爾之父，卽予贊善也。爾今繼爾父而爲元良贊善，若論世好，不讓於<u>宋</u>之<u>王旦</u>[20]父子。爾之心，亦豈不欲登明离之筵，覿岐嶷之容，而一向洗洗，只事辭巽而已乎？顧今封典將擧，縟儀隔日，師傅僚屬咸造在廷，而惟爾士林數人不至，由予誠淺，良切瞿然。而其在爾世祿之義，寧學隱遯者流，高飛遐擧，而不肯惠然來思乎？元良知慮日開，步語月就，蒙養以正，此其時也。輔導之責，捨爾伊誰？爾以棲遲蔭路，每作必辭之端，而在昔名儒，非特從蔭路進，亦多有科目出身，而未嘗以此自視歉然，則爾所爲言，予則曰過矣。一諭再諭，罄竭予懷，爾須體予至意，亟斷來章，卽日登途，趁大禮來參，訓迪我元良。"】

東宮册禮時未赴召命引罪疏【八月】

伏以日吉辰良，王世子邸下册禮順成，廟[21]社增重，邦基永奠，八域含生，普切歡忭[22]。顧臣備數宮官，義分尤別，形格勢禁，終不得致身銅龍之下，與覩斯慶，獨與田父野老，北望京闕，遙致攢祝而止。私懷耿結，固不待言，而論其罪負，又豈逃於三尺之嚴哉？

夫以臣至庸極陋，百無可取[23]，而殿下拔之於常調之中，寵以尊官，加以殊禮，微末去就，輒軫宸衷，親發絲綸，

---

20 旦：底本에는 "朝". 조선 태조의 휘인 "旦"을 피휘한 것이므로 수정.

21 廟：《承政院日記》正祖 8年 8月 29日에는 "宗".

22 忭：《承政院日記》正祖 8年 8月 29日에는 "忻".

23 取：《承政院日記》正祖 8年 8月 29日에는 "耿".

慰諭而[24]招徠之者，凡幾遭矣。若乃月前恩批，首尾累百言，其所以開示聖意，曉誘[25]愚迷者，委曲周至，逈異常倫。至引宋朝王家事，以況臣父子，則此又我聖上不忘舊臣，施及其孤之盛德至仁也。

嗚呼！爲人臣子[26]，受知如此，蒙恩如此，赴湯蹈火，尚安所辭？況使之登明离之筵，覲岐嶷之容，周旋禮事，得伸其延頸之誠，此何等曠古難逢之至榮大願？而乃臣冥迷頑傲，不知變動，致使賓僚咸造[27]之地，未免有缺員，而懇懇敷心之天札，便如委之於草莽，蓋臣從前積連，已不勝誅，而至此而益無以自贖矣[28]。雖其區區微諒，竊附於虞人不敢往之義，而癃老危喘，又莫能自力，究其情[29]實，容有可說，然朝廷大體，豈宜每加曲貸，不施以當施[30]之法也？

況今雷肆新闢，睿思漸開，文字誦說，雖且有待，其左右引翼薰陶啓發，以基他日少成若性之功者，正在此時，則侍講官銜，尤不容一日虛縻，任其癏廢也審矣。凡茲事理，謂宜早蒙處分，恭俟多時，未有所聞，惶悶之極，無地措身，不得不冒死自列於宸嚴之下。伏願殿下明詔[31]有司，亟降威

---

24 而：《承政院日記》正祖 8年 8月 29日에는 없음.

25 誘：《承政院日記》正祖 8年 8月 29日에는 "諭".

26 子：《承政院日記》正祖 8年 8月 29日에는 "者".

27 造：《承政院日記》正祖 8年 8月 29日에는 "筵".

28 矣：《承政院日記》正祖 8年 8月 29日에는 "없음".

29 情：《承政院日記》正祖 8年 8月 29日에는 "없음".

30 施：《承政院日記》正祖 8年 8月 29日에는 "없음".

31 詔：《承政院日記》正祖 8年 8月 29日에는 "照".

罰, 以正臣負恩慢命之罪。 萬一天慈哀其愚昧, 謂不足深
誅, 則姑先收還職名, 俾重任無曠, 微分粗安, 亦公私之幸
也。 臣無任惶懼懇迫之至[32]。
【答曰："省疏具悉爾懇。多少俱在別諭, 見可悉之, 此不更煩。切冀亟回
遲心, 斯速登途, 用副至意。"】

別諭後辭免疏【九月】

伏以於戲！ 惟我先大王五紀郅隆之治, 肇自此歲, 天星周
復, 聖孝增愴, 拜殿臨門, 渙發德音, 圖所以率勵臣工, 繼述
志事。 而爰推感慕之餘懷, 念及翊戴之舊臣, 襃忠奬節, 無
幽不闡, 以大新一世之耳目, 永樹百代之風聲, 甚盛擧也。

　　於是臣所生曾祖忠獻公臣昌集, 首被賜祭之榮, 臣從叔
父贈參判臣省行, 至膺旌閭之典, 以臣爲其後人, 特遣承宣
齎批與諭, 示以思見之意, 而俾卽登途。 臣於病伏昏昏之
中, 忽聞此事, 顚倒受命, 惝怳涕泣, 久不能自定。

　　旣又竊得伊時綸音而伏讀之, 其所以慨想往事, 發揮遺
忠者, 嚴正痛快, 哀傷惻怛, 有足以揭日星而泣鬼神。 蓋自
臣祖、臣叔父受禍以來, 所蒙於先朝[33]若聖世前後恩典, 愈
往愈摯, 已不翅曠絶, 而至今日, 更無毫髮之餘恨。 乃至未

32　臣無……之至：《承政院日記》正祖 8年 8月 29日에는 9자가 없음.

33　朝：《承政院日記》正祖 8年 9月 19日에는 "祖".

死殘裔, 咸得至前, 親被其愍恤繾綣之澤, 此恩此德, 振古無有。 雖世世子孫, 糜身粉骨, 不足以爲報, 又豈區區筆舌所能自宣其萬一哉?

獨其所施於賤臣, 則誠有隕越而不自安者。 蓋臣不過空空之一老蔭耳, 進退出處, 初無可論, 徒以叨竊太僭, 揆分惶愧, 不敢爲唐突承膺之計。 由是而積犯違逋, 反若山林自重之爲, 此其情可哀, 而其罪亦不容於誅矣。 然而刑章不加, 眷禮愈隆, 每有一番控籲, 輒勤一番敦勉, 史官傳宣, 便作應行之故事, 而今則至撤近密之班矣。 臣以何物, 敢當斯寵?

雖然, 殿下今日之召臣, 其事甚忱, 而其意至仁, 臣雖冥頑, 豈獨無感激奉承之心哉? 縱不能便出彈冠, 一造文陛, 百拜稽首, 仰謝如天之大恩, 仍得竊瞻春邸岐嶷之表, 以慰延頸之忱, 而退塡於溝壑, 亦可以粗伸臣子之分矣。

顧臣癃痾殘骸, 久成廢物, 形枯神鑠, 非復生人意象。近自數月, 重患泄痢, 百病乘之, 輾轉[34]危惡, 聲澌不能出喉, 脚痿不得成步, 少或勞動, 喘喘欲盡。以此病勢, 實無強起趨走之望, 徊徨累日, 竟莫能自逡, 孤恩負義, 罪死不赦, 撫躬悲歎, 尙何言哉?

文字締搆, 亦難爲力, 今始收拾神魂, 畧陳情實。伏願聖明察臣言之非敢爲僞飾, 念天恩之不可以徒褻, 亟許收臣濫職, 以安賤分。仍治臣前後慢命之辜, 以昭公法, 不勝幸

---

34 輾轉:《承政院日記》正祖 8年 8月 29日에는 "轉輾".

甚。臣無任瞻天望聖震悚祈懇之至[35]。

【答曰：“省疏具悉爾懇。多少在敦諭，爾可悉之，此不復煩。爾須亟回遲心，斯速造朝。”】

再疏【十月】

伏以臣頃自超授見職以來，數月之間，三上辭疏，而今且至於四矣。衷情已竭，敦迫愈勤，使命交於道路，天書溢於几案，日夜惶窘，覓死無路。茲者別諭又隨疏批而下，十行辭教，轉益嚴重，至以宋仁宗“世舊”二字，爲上下交勉之資，則實千古人臣所罕得之殊榮異渥。臣仰體聖意，俯念先故，不自知感淚之霑胸也。惟其所控情實，終未蒙俯察，若以臣爲可進而不進。臣竊自悼言行無素，不能見孚於君父，乃至於此，誠無顏面更煩籲呼，而亦不容遂已，茲敢披瀝肝血而畢陳之。

　　臣竊惟君命至尊也，慢則必誅；君恩至重也，負則有戮。而古之人，乃或有終身逡巡而不敢進者，何也[36]？無他，義而已[37]。苟得乎義，其慢也乃所以爲恭，其負也乃所以爲報，故聖人取之而明主容焉。臣之卑[38]末，固不敢妄援前哲，而

---

35 至：《承政院日記》正祖 8年 9月 19日에는 “至謹昧死以聞”.

36 也：《承政院日記》正祖 8年 10月 10日에는 “耶”.

37 而已：《承政院日記》正祖 8年 10月 10日에는 “已而”.

38 卑：《承政院日記》正祖 8年 10月 10日에는 “畀”.

區區迷執, 亦自有在. 蓋臣蔭吏也, 殿下以蔭吏召之, 臣安敢不進? 卽以儒者召之, 臣又安敢進? 臣於前者, 伏奉聖批, 有曰"在昔名儒, 不特從蔭路進, 亦多有科目出身", 此誠然矣. 而要其人自有本末, 不可以恒例論者也.

如臣本無志業, 空空一棄[39]材, 幸竊斗祿, 苟濟口腹之謀, 輾轉[40]乾沒, 爲府爲牧, 而遂老于其中. 是於蔭吏, 尤其碌碌而可賤者耳. 末俗曉吔, 眞[41]妄易眩, 徒見臣生長儒家, 則意其有見聞之素; 病蟄田間, 則意其有操守之實, 妄相攛掇, 致誤朝聽, 節次推排, 僥濫不已, 乃今居然爲儒者, 而殿下召之以此. 臣誠汗下, 亦有廉愧, 豈得冒昧於斯乎? 此臣所以每一聞命, 驚駭羞蹙, 若不知天威之可畏、天恩之可懷, 而寧自陷於慢與負之誅者也.

若其醜陋病伏[42], 雖不敢每瀆宸聽, 而誠亦有不可强者. 苟其不然, 臣以曾經仕宦之身, 世受國恩, 與天無極, 幸蒙收召, 得備任使, 奔走夷險, 乃其分耳. 又況胄筵勸講, 尤今日臣子歡忻鼓舞, 竭誠致力之地, 則不於此自效, 而獨苦辭深引, 悍然爲枯死窮山之計者, 豈人之情也哉? 苟觀乎此, 卽知臣前後哀懇, 亶出於萬不獲已, 而非一毫假飾也明矣.

伏願殿下少垂哀憐, 亟許褫臣職名, 永寢招徠之擧, 俾臣得以粗全微諒, 待盡溝壑, 則不惟臣攢手祝天, 誦恩無

---

39 棄:《承政院日記》正祖 8年 10月 10日에는 "葉".

40 輾轉:《承政院日記》正祖 8年 10月 10日에는 "轉輾".

41 眞:《承政院日記》正祖 8年 10月 10日에는 "直".

42 伏:《承政院日記》正祖 8年 10月 10日에는 "狀".

窮，亦將有光於天地逺物之仁矣。臣旣不能進而承命，則理宜早入文字，以俟處分，而一向瀆聒，亦甚惶悚，趑趄至今，始克封進，罪尤萬死。臣無任屛營祈懇之至[43]。

【答曰："省疏具悉爾懇。春坊必置贊善、進善等官，非爲觀瞻也。蓋畀以輔導之任，責以訓迪之效，則予所以簡在爾者，其意豈徒然哉？然予誠淺，不能亟回遐心，自顧懣恚[44]，無以爲喩。爾須念君臣之大義，勿復巽讓，卽速造朝，以副予虛佇之望[45]。"】

乙巳歲首別諭後辭免疏【二月】

伏以臣之所叨職名，夫豈一日而竊據者哉？號籲未格，遂至經歲，日夜憂悸，如無所容。況伏念春宮邸下寶齡添籌，睿思日開，此時講任，尤不宜少曠，方將冒死申控，冀蒙處分，而床第困篤，含意未遂。不意此際，恩諭先降，其辭敎之益勤、責望之猥重，又非前日之比。一則曰"風敎之漸夷也，將須爾等而扶之"，二則曰"俗習之漸渝也，將須爾等而整之"，終又以裨益聖躬、輔導春宮，爲第一急務，而求助之意，藹然絲綸之表。噫嘻！此何爲而及於臣哉？

念臣本分，不過庸拙之一俗吏，志業行能，一無可取，

---

43 臣無……之至：《承政院日記》正祖 8年 10月 10日에는 9자가 없음.

44 懣：《承政院日記》正祖 8年 10月 10日에는 "惡".

45 望：《正祖實錄》8年 10月 10日에는 뒤에 "向來襃忠綸音以贊善之未參伊日筵席不得頒賜實爲欠事玆以內下一本命史官齎去爾其領受" 39자가 있는데，《承政院日記》正祖 8年 10月 10日에는 이 39자가 正祖의 傳諭로 되어 있음.

蹩躠泥塗, 兀然老醜。凡此情實, 悉暴於前後辭章, 以殿下之明聖, 何所不燭? 而今茲所敎, 乃皆大人君子格君定國之事業也。以是而命于臣, 臣心惶恧, 固所不論, 獨不損謨訓之嚴, 而重貽四方之駭惑乎? 臣於前冬, 猥陳區區迷執, 敢以爲"以蔭吏召則進, 以儒者召則不敢進", 此實附於虞人不至之義, 而竊期終身守之, 故質言於君父如此。今殿下之召臣者, 非所以召臣[46], 而雖眞有儒者當之, 或將逡巡於斯, 臣安敢聞命也? 至若聖諭中"未可相助"數句語, 臣於此, 竊不勝萬萬懍惕, 而繼之以自悼焉。

嗚呼! 士生斯世, 難逢者時耳。從古賢哲懷道德、蘊經綸, 老死於巖穴者, 何可勝數? 今也聖人在上, 萬物咸覩, 立經陳紀, 丕敍彝倫。慨然以明天理、正人心之大任, 寤寐承佐之賢, 惜不令古人當此之時, 昭融密勿, 以爲千載之一快, 而招徠之音, 乃辱於如臣卑末。臣進無可行之學, 退有必守之分, 終無以少效尺寸, 仰答隆眷, 徒使聖上側席如渴之至意, 虛擲於草莽, 而止孤負盛際, 死有餘恨, 撫躬慚歎, 尙誰尤哉?

臣承諭日久, 不幸家有拘忌之故, 今始離次拜章, 稽緩已甚, 尤增悚息。伏願聖慈察臣言之非飾, 諒臣情之難强, 亟許鑴削臣職, 仍治臣違慢之罪, 以嚴邦憲, 以靖私義, 不勝幸甚。臣無任隕越祈懇之至[47]。

---

46 者……臣:《承政院日記》正祖 9年 2月 11日에는 6자가 없음.

47 臣無……之至:《承政院日記》正祖 9年 2月 11日에는 9자가 없음.

【答曰："省疏具悉爾懇。歲首敦[48]勉，罄予至意，竊庶幾勉回遄心，不日造[49]朝。及見疏本，遜讓愈摯，政待之餘，無以爲喻[50]。顧予所以招延者，豈爲備例而然哉？經席之啓沃´冑筵之輔導，爲目下第一務，故茲畀爾以講官，授爾以宮銜。況爾以世祿之家，凤負士林之望，則寧忍固[51]守初服，聽[52]予昧昧乎？爾須體君臣之大義，幡[53]然改圖，庸副如渴之思。"】

丙午歲首別諭後辭免疏【正月】

伏以臣一銜三載，卸解無期，哀籲屢徹，聰聽愈邈，一向瀆眊，亦所不敢，蟄伏床第，惟威罰是竢。不意聖上因履端之節，懋對時之政，招徠之典，旁行草野，而臣名亦廁其中。十行恩諭，丁寧懇惻，其憂慨世道、至誠圖治之意，有足感動木石。而終又申申於春宮輔導之功，若望臣萬一有裨於其間。臣聞命戰汗，罔知所措。

　　嗚呼！殿下之志則盛矣，而施之非人，適足以爲累。夫以殿下明幷日月，照臨[54]群下，豈不知臣萬萬不可語？此特爲臣承乏儒選，顧惜其名，欲優假以進之耳。

48　敦：《承政院日記》正祖 9年 2月 11日에는 "效".
49　造：《承政院日記》正祖 9年 2月 11日에는 "簉".
50　喻：《承政院日記》正祖 9年 2月 11日에는 "諭".
51　固：《承政院日記》正祖 9年 2月 11日에는 "因".
52　聽：《承政院日記》正祖 9年 2月 11日에는 "視".
53　幡：《承政院日記》正祖 9年 2月 11日에는 "蟠".
54　照臨：《承政院日記》正祖 10年 2月 2日에는 "臨照".

顧臣庸愚湔[55]劣，文質無當。少習雕篆，一舉子而已；晚汨簿書，一蔭吏而已。實未嘗一日從事於父祖之餘緒，知識不足以通乎章句，言行不足以信於鄉里。到今衰昏，荒落益甚，枵然爲無用之一物。夫無其實而冒其名，比之於盜，臣雖駑下，竊所深恥。其何敢揚揚彈冠，辱明詔而羞士林也？且臣犬馬之齒，已迫桑榆，百病纏身，日以澌鑠，視聽昏塞，肢脚不良。痞滯一證，尤爲難支之苦，晝不得食，夜不得臥，有時悶急，傍觀代危，殞殞房闥，死亡無日。若是者又可論於當世之事耶？

嗚呼！君臣之倫，根於秉彝，等分雖嚴，而恩義尤重，自非果忘之流，未有以不仕爲節者。如臣家本世祿，厚蒙國恩，幸逢盛際，受知又偏，糜身粉骨，不足爲報，奔走夷險，豈非其分？而況臣伏聞春宮邸下衣尺漸長，睿思日通，昨年重陽之始講也，儀度儼然，讀音洪暢，滿廷環瞻，莫不忭躍。伊時桂坊，有出以語臣者，相對美詫，幾欲起舞。而今寶齡又添一籌，書筵次第當開。臣以此際，名係宮僚，其欲竭誠盡智，自效於侍講之末者，尤豈有限極哉？顧以廉義拘之於前，疾病糜之於後，反覆揣量，蠢動無路，酬恩報德，此生已矣。撫躬悲歎，尚復何言？

伏願聖慈憐臣肝膈之懇，亟許刊削臣職。仍治臣違命之罪，俾重任無曠，微分獲安焉。臣無任涕泣祈懇之至[56]。

55　湔：《承政院日記》正祖 10年 2月 2日에는 "講".
56　涕……至：《承政院日記》正祖 10年 2月 2日에는 "云云".

【答曰：“省疏具悉爾懇。多少俱在敦諭，更不多誥。爾須亟回遐心，幡然登途，以副予側席如渴之望。”】

再疏【二月】

伏以臣以萬萬無似之賤品，叨萬萬非常之寵命，蹙伏三載，罪負如山。迺者辭召一疏，畢暴危懇，竊自謂披瀝肝血，庶蒙日月之回照，而及承聖批，不惟不賜開允，別諭隨下，敦勉益摯，其獎飾之隆、期望之重，皆非賤臣之所敢聞。臣駭惶抑塞，直欲鑽地以入而不可得也。

噫！古人云“天高聽卑”，殿下之於臣，天耳。夫何精誠之難格，至於此乎？今臣更不敢支蔓爲辭。惟其區區迷執，實關於廉愧大防，於是而有失，則上而貽累於淸朝，下而獲罪於聖門。雖荷聖慈曲賜開曉，而終不敢爲變動之謀。是豈臣全昧世臣之分，敢自托於山林高尙之事[57]而然乎哉？誠有所不得已也。

至若癃殘實狀，前疏所陳，猶未敢毛舉醜態，大抵只尸居餘氣耳。數旬以來，病情轉劇，呼吸隔塞，有仰無俯，便成一邅徐。臣以義則如彼，以病則如此，恩命之下，無由祗承，伏地悲泣，無所逃死。

抑臣常願，竊有請也。史官傳諭，列聖所以尊寵名儒，

---

57 事：《承政院日記》正祖 10年 3月 6日에는 없음.

而觀古記述文字，未必一例而盡施，至於先朝事，則臣又目覩焉。今臣之卑末，每辱斯命，甚或一月而屢至，臣心惶蹙，且未暇論，王朝事體，恐不宜如是之屑越也，臣竊惜之。臣病思昏短，言不能盡。伏願殿下憐而察之，亟命鐫削臣職，凡係恩數之濫猥者，一切寢罷，以嚴國法，以安私分，不勝幸甚。臣無任屏營祈懇之至[58]。

【答曰："省疏具悉爾懇。敦召纔降，巽章輒到，愧淺誠之未孚，悵遐心之莫回。噫！自古巖穴之士，其自重而難進者，蓋有以焉。以其跡則疏逖也，以其志則高尙也。無魯邦倦倦之義，有莘畝囂囂之樂，與世果忘，若將終身，此則所謂'不召之臣'也。爾豈自處以巖穴之士哉？予則待以世祿之臣也。夫世臣之義，以身許國，同休共戚，進而有一日之效，則必思一日之陳力；進而有一分之益，則必思一分之致誠。矧爾以奕[59]世冠冕，傳家詩禮，及登薦剡，允叶公議，毋負淵源之學，克盡啓沃之道，卽爾之責耳。顧今胄筵將開，尺衣漸長，薰陶輔翼，宜藉宿德。爾於是固守東岡，不思所以自效，則夫豈世臣體國之道也？世臣之誼，自有世好，授爾教胄之職者，意豈徒然哉？嘉爾世襲之家聲，勖爾世篤之忠貞。爾若念及于此，當不待予言之畢，而幡然造朝也。至若一時愼節，自可勿藥。齒[60]不至[61]耄，庶無[62]倦於床笫，坐而論道，顧何損於筋力？爾其亟回長往之心[63]，用副虛佇之望。"】

58 臣無……之至：《承政院日記》正祖 10年 3月 6日에는 9자가 없음.

59 奕：《承政院日記》正祖 10年 3月 6日에는 "變".

60 齒：《承政院日記》正祖 10年 3月 6日에는 "暍".

61 至：《承政院日記》正祖 10年 3月 6日에는 "知".

62 無：《承政院日記》正祖 10年 3月 6日에는 없음.

63 心：《承政院日記》正祖 10年 3月 6日에는 "以".

王世子喪未赴哭班引罪疏【五月】

伏以臣民無祿, 王世子邸下遽爾薨逝。嗚呼, 皇天曷其忍此? 惟我殿下以止慈之聖情, 積日焦憂, 竟遭大慽, 俛仰之頃, 公除已訖, 聲容永隔。國事罔涯, 揆以常理, 豈得無傷損? 惟願深惟四百年宗社之重, 勉抑[64]至哀, 隨事寬豁, 以慰率土群生之望焉。

　仍伏念臣之無狀, 幸得備數於宮官, 徒以匹夫咫尺之守, 不得一趨銅龍, 昵陪溫文, 少伸臣子延頸之忱, 而若其義分之重, 固有自別。每聞睿質卓異, 令譽夙彰, 自不覺手抃足蹈。區區日夜之所祈[65]祝, 惟在於衣尺驟長, 德業益成, 以基我太平萬世之休。則臣雖伏在草莽, 與有至榮, 而纔承勿藥之慶, 遽纏靡逮之哀, 神理回泬, 莫測其倪。此臣所以驚呼隕[66]絶, 痛百常情。而追思旣往, 無事非罪, 雖死, 何以自贖也?

　然猶不敢唐突闕下, 與諸大夫國人, 同其哀號, 其所用情, 止於邑庭四日之哭。甚矣, 臣之拘於小節, 而不思自盡於變故之際也! 雖其自來踪地, 或不容不然, 而律以典憲, 無所逃誅。緣臣卑微, 刺舉無聞, 玆敢冒死自列於宸嚴之下。伏乞明詔有司, 重行勘處, 以爲人臣昧分廢禮者之戒焉。臣

---

64 抑:《承政院日記》正祖 10年 5月 27日에는 "仰".
65 祈:《承政院日記》正祖 10年 5月 27日에는 "없음".
66 隕:《承政院日記》正祖 10年 5月 27日에는 "損".

無任涕泣祈懇之至[67]。

【答曰："省疏具悉爾懇。今日之痛[68]，尚忍言哉[69]？況爾職在宮銜，悲實
之情，想倍具僚矣。雖在悲擾之中，每切虛佇之誠，奔慰之列，宜有一番
參哭。先儒亦有行之者，爾須幡然登途[70]，用副予意。"】

辭祭酒疏【十月】

伏以日月有期，<u>文孝世子</u>玄室永閟。荏苒之間，冬序且深，
臣民痛寃，久益如割。況我殿下至情內發，撫時增哀，尤當
如何？臣於禮葬之日，赴到山下，粗伸號慟，而情踪多拘，
疾病隨劇，咫尺行殿，未參進慰之列，歸伏田間，秪益耿結
而已。

　仍伏念臣猥以庸陋，荷聖上不世之遇，拔之冗卑，處以
隆顯，前後歷歷，罔非僭竊，居常悚蹙，若無所容。及至宮
銜去身，尚有經筵職名，則固當更徹哀籲，期於褫免，而回
念疇昔，神思摧廓，隱忍泯默，以迄[71]于今。不意茲者，祗奉
今月初五日敎旨，以臣爲成均館祭酒。噫嘻！此又何爲而及
於臣哉？

---

67 臣無……之至：《承政院日記》正祖 10年 5月 27日에는 9자가 없음.

68 痛：《承政院日記》·《日省錄》正祖 10年 5月 27日에는 "慟".

69 哉：《承政院日記》正祖 10年 5月 27日에는 "載".

70 途：《承政院日記》·《日省錄》正祖 10年 5月 27日에는 "道".

71 迄：《承政院日記》正祖 10年 10月 27日에는 "汔".

臣聞師儒之席, 地望最峻。惟昔孝廟朝肇設此官, 以處先正臣文正公宋浚吉, 其時先正, 蓋嘗屢辭而後敢受。而自是百有餘年, 繼之者僅十數人, 則其選可知也。今以蔑學無聞、廢疾將死之一賤蔭, 苟然充數, 無所難愼, 有若尋常庶官之隨窠塡差者然。臣心之惶愧欲死, 猶爲餘事, 褻名器而駭聽聞, 所損非細, 臣竊惑焉, 臣竊惜焉。

且臣之從初自畫於選職者, 非敢苟爲飾讓也, 誠以分所不堪, 不容冒沒耳。雖其區區微諒, 若不足言, 而實關於國家四維之重。故竊期以此而[72]終身, 首尾三年, 積犯違逋, 乃至有問而不敢對, 有哀而不敢赴。

向來挽章製述, 尤有所不忍辭者, 而亦以爲由選職而得之, 則終不敢膺命。惟此情實, 日月之明, 亦庶幾畢燭矣。今於垂死之年, 乃忽自渝其素守, 揚揚彈冠, 進據皐比之座, 不以爲怍, 則果成何狀人哉? 此不惟臣之所不忍爲, 而其勢亦有不得行者, 則徒以稀濶官銜, 攬作野外虛糜之物, 以爲一身之榮而已。清朝綜核[73]之政, 豈容其如是? 而臣尤安敢一日而自寧也?

臣言到此, 實出肝膈, 伏願聖慈少垂諒察, 亟許遞[74]臣新授職任。仍竝經筵舊帶, 一體刊改, 一以息四方之譏議, 一以全匹夫之廉義, 公私不勝幸甚。臣無任屛營祈懇之至[75]。

---

72 而 : 《承政院日記》正祖 10年 10月 27日에는 없음.

73 核 : 《承政院日記》正祖 10年 10月 27日에는 "覈".

74 遞 : 《承政院日記》正祖 10年 10月 27日에는 "褫".

75 臣無……之至 : 《承政院日記》正祖 10年 10月 27日에는 9자가 없음.

【答曰："省疏具悉爾懇。國子新除，意豈徒然？蓋欲爾之儀予朝端，明常彝於旣墜，回狂瀾於將倒也。予之期望在此，爾之擔負又在此，爾雖聽予邁邁，固守東樊，幼而學，壯而行，亦非聖人之至訓乎？予不多誥，爾須亟回初心，賁然惠予，庸副如渴之望。"】

再疏【丁未四月】

伏以臣一病纏髓，死亡無日，杜門尸居，萬念灰冷。惟是非分官銜，尚寄身上，豈不欲及此未暝，竭誠控辭，或冀仁天之垂憐？而去冬一疏，未蒙賜批，恐懼蹙伏，不敢復爲瀆擾之計，只日夕追愆，恭俟威命而已。

乃於茲者，喉舌之臣，替宣聖諭，十行恩言，丁寧諄摯，謂臣無期造朝，而令其改圖。誠不自意無狀賤品，尚煩收錄，如此之勤，而至若慨念朝象，以及乎賢關趨向之靡定，特示思想之意，則臣於是怊悅隕越，益不知措躬之所也。噫！誠使臣學術足以彌綸世道，言行足以矜式儒林，以仰贊聖上君師之化，則臣之出久矣。政爲無此鬐鬐而徒竊榮祿，於義爲不可，故羞愧蟄伏，甘作聖世之一逋民。此臣從前所執之微諒，有不容隨時變改者，而至於今日，猶屬閑事。

顧臣病狀，實爲難強。臣年迫桑榆，久成癃廢，昨歲以前，猶得隨分支吾[76]。不幸冬間，重患傷寒，數十日出沒死

---

76 支吾：《承政院日記》正祖 11年 4月 13日에는 "枝梧".

生, 遂致眞元大陷, 客邪交侵。半年之間, 日就澌鑠, 肉脫骨露, 尫然鬼形, 膈痞而糜粥不下, 脚攣而步立殆廢, 奄奄床席, 氣息漸微。以此意象[77], 雖欲自棄素守, 一伸世臣戀結之忱, 何可得也? 酬恩報德, 此生永已, 瞻望雲天, 只自悲泣。

　　臣旣不能出而膺命, 則所帶職名, 不容一向虛縻。況此泮任, 號爲師儒, 而今聖上正以士習爲憂, 尤宜亟先刊改, 博求當世賢德之士, 以處其位而責其成功。 豈可徒然委之於必不可進之身, 曠天工而妨實政哉?

　　伏願聖明俯垂諒察, 特許鐫遞臣職。仍治臣違命之罪, 俾臣得以粗靖私義, 安意就盡, 千萬幸甚。臣無任屛營祈懇之至[78]。

【答曰: "省疏具悉爾懇。別諭才宣, 巽牘[79]又至, 延佇[80]之餘, 豈勝悵然? 此時責治, 望在如爾等林下之士, 爾何不幡然改圖, 副予至意乎? 前疏之批, 伊時卽已書下, 尙未承見, 大是怪事, 方令政院査治。爾其勿復退處, 斯速上來。"】

---

77 象:《承政院日記》正祖 11年 4月 13日에는 "像".

78 臣無……之至:《承政院日記》正祖 11年 4月 13日에는 9자가 없음.

79 牘:《承政院日記》正祖 11年 4月 13日에는 "贖".

80 佇:《承政院日記》·《日省錄》正祖 11年 4月 13日에는 "竚".

請免遷園時挽章製述, 仍辭職疏【己酉八月】

伏以靈辰不淹, 永祐園緬禮隔月, 聖慕皇皇, 玉候屢惥, 臣民悲慮, 曷有其極?

仍伏念臣以萬萬無所似之賤品, 叨萬萬不敢當之濫職, 晏然虛縻, 于今四年. 以私則忘廉喪[81]恥, 厚干法義之誅; 以公則癏官廢職, 大傷綜核之政. 每一念之, 悚慄欲死, 只緣前後哀懇, 例歸飾讓, 一向瀆聒, 亦有所不敢, 徊徨泯默, 惟埈鈇鉞之加. 不意此際, 得見吏曹公文, 以臣啓下遷園時挽章製述官, 臣尤不勝惶悶之至.

惟玆之官, 實是在朝詞臣之選. 臣旣未敢以儒職自處, 則只一介前蔭吏耳, 其可冒廁[82]於此乎? 往在孝昌墓葬禮時, 亦以是不得製進, 而其說猥及於後來辭疏, 伏想聖明或記有之矣. 到今豈容有異? 而且臣痞癖宿疾, 近益危劇, 晝夜叫呼, 辛楚萬狀. 兩眼又忽失視, 便成盲廢, 昏昏貼席, 人事都絶, 實無濡毫運思綴緝句語之望. 以此以彼, 末由承命. 不然, 方此大事當前, 小大[83]奔走, 各效其力, 臣以草莽賤跡, 得藉末技, 以相執紼之役, 豈非所願, 而乃敢費辭, 煩籲於哀疚之中哉?

伏乞聖慈俯垂諒察, 亟許變通, 俾無臨期狼狽之患. 仍命刊臣所帶職名, 重勘從前違傲之罪, 以昭法紀, 以安微

---

81 喪:《承政院日記》正祖 13年 9月 3日에는 없음.
82 廁:《承政院日記》正祖 13年 9月 3日에는 "側".
83 小大:《承政院日記》正祖 13年 9月 3日에는 "大小".

分，不勝萬幸。臣無任屛營祈懇之至[84]。

【答曰：“省疏具悉爾懇。望爾幡然，不惟巽辭愈勤，并與挽[85]詞撰進，而如是固辭，予則曰萬萬過矣。爾其亟回前見，卽爲撰進。”】

辭工曹參議兼祭酒疏【辛亥正月】

伏以天祐吾東，元子宮衣尺漸長，四重騰謠，群生顒若。四百年宗祊[86]，儼然有泰磐[87]之重，臣民歡忭，與歲俱新。

　　仍伏念臣年衰病痼，鬼事日近，昏昏床席，萬念灰冷。惟以僭猥職名，尙在身上，每有省覺，若隕淵谷。不意水部新命，又下此際，驚惶悶蹙，益不知所措。水部雖稱閑局，佐貳之任，不爲小矣，在臣賤分，豈當輒得？而此猶姑舍，今臣病狀，只縷息僅存耳。精神氣力，殆非地上之物，假使臣方爲在朝之身，惟當乞骸歸死，尙何以復議於官職之事乎？恩除之下，末由轉動，臣罪萬萬。

　　至若國子峻望，尤非臣一日冒居者，而公然虛縻，今爲六年之久。哀籲屢煩，聰聽愈邈，徒使名器日輕，天工曠廢，區區廉義，且未暇論，聖朝綜核之政，恐不容若是也。

　　顧今國有大慶，泰運方開，矧當三陽之來，正屬一初之

---

84 臣無……之至：《承政院日記》正祖 13年 9月 3日에는 9자가 없음.

85 挽：《承政院日記》·《日省錄》正祖 13年 9月 3日에는 “輓”.

86 祊：《承政院日記》正祖 15年 1月 20日에는 “社”.

87 磐：《承政院日記》正祖 15年 1月 20日에는 “盤”.

會, 謂宜鼎新百度, 以答天休。如臣僥濫, 首先刊汰, 仍正
其前後違慢之罪, 則亦豈不爲董治官而振頹綱之一事也?

臣久擬更瀝肝血, 仰請處分, 而瀆擾爲懼, 囁嚅未發。
今因除旨, 輒敢仰首鳴呼, 伏乞天地父母, 憐而察之, 亟許
遞臣本兼兩任, 施以當施之罰, 俾臣得以歌詠聖澤, 安意就
盡, 不勝大願。臣無任屛營祈懇之至。

【答曰:"省疏具悉爾懇。爾以世祿之裔, 何如是邁邁? 屢勤招延, 無意出
膺, 愧予誠淺, 無以爲喩[88]。爾須亟回前執, 卽起上來。"】

---

88 喩:《承政院日記》·《日省錄》正祖 15年 1月 20日에는 "諭".

書啓

史官傳批, 因賜《褒忠綸音》後書啓

臣情私所迫, 冒控哀[89]懇, 自知僭越, 方切悚息。不意史官
遠臨, 傳宣聖批, 十行敦勉, 轉益隆摯。至於下賜《褒忠綸
音》一冊, 係是特恩, 臣伏地祇受, 尤不勝惶感之至。顧以區
區私義, 無路變動, 狗馬賤疾, 又方苦重, 終無以仰承德意,
只自蹙伏俟罪而已。

---

89 哀：《承政院日記》正祖 8年 10月 11日에는 "衷".

議

永禧殿雨漏處修改時移、還安當行與否議【乙巳十月】

臣於病伏垂死之中，禮官遠臨，猥以永禧殿修改時[90]移、還安當否，承命俯詢。臣學術寡陋，尤曚禮說，何敢僭有論說於至重之儀章？而況臣所被榮選，揆分不稱，前後恩除，一未得[91]趨承，則只依舊一蔭吏而已。以蔭吏之賤，而冒當[92]儒臣之遇，尤非私義之所敢出。左右思量，竟無由開喙仰對，只自惶恐俟誅而已。

因朴一源所懷，廟樂、祀典改仍當否議【丙午正月】

臣之區區私義，不敢以儒臣自處，昨年收議之見及也，僭以此意，有所附陳，伏想聖明或記有之矣。今又以樂舞、祭品二大事，猥勤詢蕘，而株守難改，竟莫能有所仰對，徒令王人遠辱，惶恐死罪。

---

90 時：《承政院日記》正祖 9年 10月 8日에는 "後".

91 得：《承政院日記》正祖 9年 10月 8日에는 "嘗".

92 冒當：《承政院日記》正祖 9年 10月 8日에는 "妄冒".

大殿爲王世子服制議【五月】

臣纔承罔涯之音，精神悲錯，莫省所措。此際禮官臨門，猥以服制大節，承命俯詢。臣素懵禮學，其於王朝之制，尤未有所講，雖欲開喙仰對，實無其路。且[93]臣自來處義，不敢以儒臣自居，今亦不容冒沒爲言，惶悚[94]死罪。

公除後私家行祭當否議【同月】

臣於日昨收議之見及也，敢以區區私義不得仰對之意，有所附陳，伏想已蒙照察矣。不意茲者，又以公除後私家祭祀許行當否，有此下詢，顧臣迷執有不容隨時變改，終不敢開口。數日之間，再使王人虛辱，伏地悚息，恭俟嚴誅而已。

惠慶宮爲王世子服制議【同月】

臣之從前不得獻議，非敢慢也，實緣私義之不容不然，俄於禮官之來，更陳此[95]狀矣。今又以惠慶宮服制改定可否，蒙此下詢，而分限所拘，終無由冒昧仰對，不勝惶悚之至。

---

93 且：《承政院日記》正祖 10年 5月 14日에는 "況".
94 悚：《承政院日記》正祖 10年 5月 14日에는 "恐".
95 此：《承政院日記》正祖 10年 5月 22日에는 "其".

因大司諫李崇祜疏, 王世子服制中白皮靴追改當否議【六月】

卽者禮官以今番服制中白皮靴追改一節, 承命來詢, 而臣之自處與前無異, 又不敢有所仰對, 惶悚之極, 罔知所措。

王世子喪公除後太廟大祭用樂當否議【六月】

臣於近日, 荐[96]蒙收議之見及, 而不惟臣知識昧陋, 無以與聞於王朝典禮, 自揆賤分, 不敢當儒臣之遇, 一未能開口論列, 少答詢蕘之盛意, 跡涉慢塞, 如無所容。今以秋享大祭用樂當否, 復勤淸問, 而區區微諒, 不忍破壞, 竟使王人虛辱, 只自蹙伏[97]俟罪而已。

王大妃殿緦制盡後制[98]服收藏之節議【七月】

臣以蔭路賤品, 不敢與聞於王朝典禮, 前後以此屢[99]煩陳暴, 而尙未蒙刊汰之典。今玆禮官, 又以王大妃殿緦制盡後制[100]

96　荐:《內閣日曆》正祖 10年 6月 21日에는 "洊".
97　蹙伏:《內閣日曆》正祖 10年 6月 21日에는 "惶蹙".
98　制:底本에는 "祭". 일반적인 용례에 근거하여 수정.
99　屢:《內閣日曆》正祖 10年 7月 27日에는 "累".
100　制:底本에는 "祭". 일반적인 용례에 근거하여 수정.

服收藏之節，承命來問，不勝惶悚悶蹙之至。顧臣[101]區區所守，有關廉義，終不敢唐突開口，以答詢蕘之盛意。罪戾層積，伏地俟誅而已。

再議【閏七月】

卽者禮官，更以王大妃殿服制事，奉命臨問，而區區處義，終不敢冒沒仰對，惶恐死罪。

魂宮親祭神主降座及上香時坐立當否議【同月】

臣之區區私義，終不敢冒當儒臣之遇，今於詢問之下，又不克仰對，秪增悚蹙而已。

神輦過太廟時低擔當否議【同月】

臣私義所拘，每令王人虛辱。今以神輦過太廟時節次，猥蒙下詢，而迷滯之守，與前無異，又不免緘默而止，不勝戰懼之至。

---

101 臣：《承政院日記》正祖 10年 7月 27日에는 "其".

文孝世子小祥後親臨魂宮、墓所時服色議【丁未四月】

卽者禮官，以文孝世子小祥後親臨廟、墓時服色，承命俯[102]
詢，而臣之自來踪地，不敢以儒臣自處，無由冒沒仰對，只
切惶蹙而已。

---

[102] 俯：《承政院日記》正祖 11年 4月 12日에는 "來".

三山齋集

卷三

書

書

答從弟伯安【履素】

所問除服一節，未能博考，只此數條，亦可以裁擇。吾意尤翁說最直截，無許多繳繞，而亦合於鄭註"祥則除"之文，恐可遵行。況今身有國服，雖云復常，只是生布衣笠，尤無嫌於從吉之速矣。

但芝村所謂"祥、吉續行"之疑，果難質言。然誠如是，異月可也。中丁、終丁，又何擇焉？此則未敢信其必然矣。抑念禮意，最以吉祭爲急。故苟值中朔，雖禫月，亦行之。今既除服，而公然停廢於當行之月，無乃未安乎？

且據鄭註，練、祥則以本異歲，故異月以行。至於吉祭，本非異歲，何必用此例也？然此大節也，不容草率，更詢於知者以行之如何？

《禮記・喪服小記》曰："三年而後葬者，必再祭。其祭之間不同時而除喪。"

鄭氏註曰："'再祭'，練、祥也。'間不同時'者，當異月也。既祔，明月練而祭，又明月祥而祭。必異月者，以葬與練、祥本異歲，宜異時也。'而除喪'者，祥則除，

書　159

不禫。"

尤庵答或人書

示疑禮既過時而不禫，則寧復有脫禫之日也？過大祥之後，卽當復常矣。

芝村答閔士衛書

因有同宮私喪，而退行大祥於四五朔後者，其月仍行吉祭，則祥日雖着白笠，吉冠之着，似當在吉祭之前。禫雖過時而不行，亦必有當禫之日，以其日換着，無乃可乎？如於初丁行祥，則中丁爲當禫之日，終丁爲吉祭之日矣。然若行吉祭於中丁，則亦難如此，豈就其中半日子而換着，亦無妨否？抑今有人以大祥吉祭同月續行，爲疑而有問者。此雖不敢質言，初丁行大祥，中丁行吉祭，則終恐未安矣。如何？

南溪答申銓書

或因喪故，不得已追行大祥於禫月，則更無行禫之義矣。祥祭時，姑着麤黃草笠、白布直領、淡黑帶以行之，俟後仲月正祭時，始着純吉之服，方似有據。

答伯安

父不主庶子之喪，自《服問》以降，鄭、賈諸儒咸無異義，其說累見而不一見。獨"凡喪，父在，父爲主"一語，若不能無違，而孔疏"異宮、同宮"之論，又足以通之。

蓋庶子賤，本不合主其喪，特以喪在同宮，則家事統焉，自不得不主耳。若曰無論長庶子、喪在同宮異宮，皆父主之，則禮意未敢知。將置《服問》諸說於何地耶？

答從弟誠道【履顯】

山祠事，爲君思之至熟，吾意終不可但已也。蓋旣一日而莅其土，則縣中大小事，何敢曰非吾責也？近觀爲邑者，於學宮議論，一切視以職事之外而不欲與焉，非也。朱子爲同安主簿，立蘇丞相祠；知南康軍事，又立濂溪祠，以二程先生配之，何嘗不與於學宮事也？不惟與焉，實皆以身主之矣，夫豈不義而朱子爲之哉？

今聞此祠，爲雲谷將立別廟，此非冒禁歟？冒禁以事賢者，其義何居？設令毋謂之別廟，而姑假他名，以巧避禁條，而俟其成而奉之，則其苟且回譎，豈士子之爲也？其亦終不爲冒禁者耶？且此廟將立於本祠之內耶？外耶？其奉之也，仍其紙簇歟？以位版歟？此不得以知者，而要之冒禁則皆同。何也？

當初雲谷之追配，已在禁令之後，雖配，猶無配耳。今為之特然立廟，由配食而為別享，是不惟成其前非，而且張大之、表見之也，非冒禁而何？為官長者，其敢坐視乎？此則固在必禁無疑也。

但如是而無他道以處之，使影堂講堂，各寄一隅，而不經紙簇仍得以久褻尤翁之座，則又誰任其責也？在他人尚然，況吾家之於此老，豈不又別耶？

雖然，此亦泛論公義耳。今君則又有大焉。噫！先君之於此祠，其用意之勤何如也？憂其處地之不愜，則為擇址而移建焉；憂其財力之不濟，則為折簡而營聚焉。其風勵士友，同心致力，見於往復書尺之間者，至今尚班班也。至於告文之出，則又精思博識，上為尤翁，致廟貌之嚴；下為雲谷，遠非禮之愧，眞堂堂不易之正論，而亦一時聽聞之所翕然而無辭者也。

惟彼宋生者，敢逞其一己之私慍，徒以鄉里豪武之權，箝制眾口，肆意沮格，至使多士所受手筆撰定之文，終於棄斥而不用，此實古今學宮所未有之變怪也。及今人事既變，又沛然自以為無碍，憑藉山長不思之論，隨手胡亂，無所疑憚。吾誠懦緩，獨念其逢時得得，恣行胸臆，有如朝廷間一進一退樣子，輒為之憤痛欲絕，君亦何遠於此心也？雖然，非吾職，則亦無奈何？而今君有其職矣，是未可一正之耶？蓋上而為國法，下而為尤翁，私而為父兄，其義有如此者，此所謂"終不可但已"者也。

然則為之將如何？亦一依當日告文而行之而已。今宜移書山長，具道事由。彼若許之，則亦善矣。不許，即招齋任而告之曰："山長固管一院之事，縣監亦主一縣之事。守國禁，嚴學制，而正士習，吾責也。況此有舊山長定論，未爲無所受乎？"仍即其席，使之刻日舉行。至期，又身往以涖之，卒事而歸，夫安有不可？因此而雖或有些小紛紛，亦何足甚恤耶？

不然而左牽右掣，延過時月，卒不免如會元安東事而止，則豈不可惜？亦何以解遠近有識之惑也？知君自不爲是，而且云爾者，欲察此事理，決意而亟圖之耳。未知以爲如何？因來即示可否爲佳。

答誠道

祥、禫間計閏，既有諸先生定論，復何疑乎？《家禮》立文，雖若可以左右看，而前有鄭氏之說，後有橫渠之論。朱子於此，若以爲不可，則何無一言辨破，而突然定制，使後人迷於所從耶？

是故愚意每以沙翁所謂"《家禮》不計閏，統言自喪至此，非必謂祥後"者，爲最的確。然則七月行祥，間閏七月而八月禫，當如來示矣。

答從弟季謹【履度】

正念那間祥日已屆，擬以一書爲問，手牘先至，一寒，動止無恙，殊以爲慰。但此時懷緒，想有未易處者，愴傷無已。

示意具悉。君家事勢之切急，非不知之，而禮有明文，不可不謹守，故有所云云矣。今援家間已例，於此誠難復言。然家弟之婚，乃在大功葬後，此則禮經所許，非可疑者。

惟倉婚，其時果取裁於長者否，久遠之事，不可知其如何。要之，出於一時不得已之權宜，而非禮之常也。今乃援以爲例，後人又將援今爲例，遂作吾家一故事，顧不重歟？

孟子因"不親迎、不得妻"之問，乃有"禮輕色重"之論。今此期制中成婚，不知與不親迎者，孰爲大小，而若不至於不得妻，則恐難輕議。吾意則然，幸熟講而審處也。

此間久苦感症，屬此歲盡，百哀從以紛然，奈何？手凍艱此，不具。

答從弟福汝【履完】

明間正欲送奴，意外書至，憑審抱行已返，氣力幸無甚損，極慰懸念。但引葬已卜日，晬辰亦不多隔，種種痛慕，益當如何？凡具之罔措，尤可傷歎。將何以爲之也？無由續續相聞，徒切鬱慮。此身歸休益憊，且添感症，見方委席呻楚，悶苦奈何？

破土之太先，似緣日拘，然則不過揭起傍側一片莎而止，似不可以禮所謂"開塋域"者當之。姑勿用酒果之告，而待開塋時，行之爲得否？蓋疊行則嫌於瀆，先告於今日，而昧然於開塋之時，則又似失輕重之倫。吾意如此，更議於群從如何？無論先後，當使服輕者行之，而其告辭，略依玄石所言，書在別紙耳。

空櫬，向送於吉婦喪。又有一件，稍欠新完，而亦可用。今不及出送，從當付便耳。油芚一件、壯紙一束、油紙五丈覓送。燈下僅此，不具。聞此奴言，李君澤模不淑，果信耶？慘矣慘矣！

"維年月日，某親某敢昭告于某親府君之墓。某親【從告者之屬稱】某封某氏，已於某月某日捐世，將以某月某日行合葬之禮。今日破土，謹以酒果，用伸虔告。謹告。"破土時先告，則用此。

"年月云云。今爲某親某封某氏，行合葬之禮。謹以云云。"開塋時告，則用此。旣以破土告先墓，則祠土地，亦可同時行之否？此亦窒礙處。

與福汝

久不聞，其間孝履如何？春序且牟，感痛又當如新也。此中前病幸少減，澌憊難振，則尙一樣矣。可苦。

誌文，才已草定，并行錄付去。如有可議，籤示爲佳。事實雖略，而規模大致，亦可見矣。文多則反晦其眞，古人之以簡爲貴，良亦以此。君意則以爲如何也？如伯能，可使一見，而仍請其評論不妨。燈前艱此，不具。

與三從弟聖循【履鐸】

積年阻濶，每切瞻戀。卽兹涼秋，仕履如何？三從衰病轉甚，只自悶憐奈何？

卽聞今番節日，停廢墓祭，不知別有何故？而若以啓舊園一事，則國家大、中、小祀，皆如常行之，至於私家，何獨有異？祭祀行廢至重，萬一不當廢而廢焉，獨闕一薦於家家上塚之時，則豈不爲未安之甚乎？

旣往不諫，猶有一事。程子、張子、韓魏公皆用寒食及十月一日，拜墳祭之，其說在於《備要·墓祭》篇，今人亦多遵行者。

愚意待遷園禮畢，十月中擇一日，追行墓祭，以補前闕，恐不可已。事有所重，不敢隱嘿，幸議於可議者而處之如何？墓祭與時、忌不同。先賢有“遇雨或因事退行”之說，此可傍照也。眼暗艱此，不宣。

答從子麟淳

持所後之重喪，而以黲布笠、帶，除其所生之服，則未論禮意得失，其心必有不自安者。沙溪論父喪中妻祥之禮，謂"以布衣、孝巾行事"。妻喪如此，他朞又可知。今姑準此以行之，無乃可乎？吾意則如此。

答三從侄達淳

"庶子爲父後者，爲其母緦"，既有禮經定制，誰敢容他議乎？此非薄於母也，專以承後爲重，嫡母之在否、兄弟之有無，皆不須論也。既曰"爲父後"，則父不在可知。今反以父不在，爲無壓而欲伸之，尤誤矣。心喪服色，詳在《喪禮備要·禫祭之具》，緦服除後，卽着之爲宜。

答三從侄近淳

簇頭，只是燕服，與男子之笠子相似。男子重服，不廢黑笠，則簇頭之亦然可知。昔年此制之始行也，出嫁女之有父母喪者，例以皁色裹之，其不用黑而用皁者，又欲別之於輕朞也。一時士夫家皆然，便成通行之規，今亦當從之。

　　但以此承絰，則不成爲喪服，又不可空首戴絰。吾意別具白色，着衰時用之似宜。不然，則白帽亦可耶！都不如復古之髻制，自無多少窒礙，而係是令甲之外，柰何？抑似此禮事，既不在禁條中，不必甚拘否？惟在量處。

答洪伯能

異姓戚屬通婚之說，詳見《禮疑類輯·婚禮·摠論》條。諸先生所論差互，有難適從，而《大明律》有曰："己之堂姨、再從姨，并不得為婚姻。"再從姨，即所謂"七寸親"也。然七寸親亦多，而獨以再從姨為斷，此必有其義矣。然則他七寸，固無不得通婚之理耶？禮法家必有已例，更博詢如何？

答洪伯能

人家出嫁庶女，遭其所生母喪，而其母則初非家畜，又是改適者，其女服喪，果何為之耶？

禮所謂"嫁母"，定指父卒而後嫁者，又是父之正室也。今所問者，固與此不同。然將何所名而可也？不過曰"嫁母"而已。然則其服喪之禮，又豈異哉？此則非所疑者。

但《家禮圖》"女適人者為嫁母大功"，此果有可據耶？不然而若但以凡適人者，為私親降一等之說，例以行之，則恐其有更商者。蓋三年之喪，與他服絕異。降而又降，至於大功, 於義無不安否? 此是大倫所關, 非有聖賢成說、時王定制, 則不可以<u>元</u>儒一圖, 率爾斷行也審矣。愚見如此, 更博詢以處之如何?

答<u>洪伯能</u>

〔1〕族姪<u>大榮</u>將遷其養考、養前妣墓, 合祔於新喪。而旣行緬禮, 則其家廟當行告由, 而新喪後, 始爲繼後, 故未及告系後之由於其廟, 又未旁題, 則不可以"孝子"告之。又是新喪初喪中, 則不可入廟行茶禮, 何以則爲當耶? 啓舊墓時, 喪人亦可主告耶?

緬禮時告廟之節, 雖在初喪中, 孝子自當主之。<u>沙溪</u>答<u>同春</u>書, 在於《問解·改葬》條, 豈未考耶? 但爲此哀繼後之初, 未經告廟, 故未免有脆脆。今雖後時, 亟先追補此一節, 則以下事, 自可沛然矣。入廟時服色與告辭中屬稱, 自有祔祭之例, 可據以行之。廟中如此, 則啓墓自告, 不須言也。

〔2〕祠土地告由, 有遷葬、新葬之異例, 而今幷行新、舊葬合祔, 則不必各告。若欲同行告由, 則祝文中"窆茲幽宅"、"建茲宅兆", 各有異焉, 措辭何以爲之耶?

祠土地祝辭, 新、舊葬不必各告者, 來示然矣。但開塋域時所告, 則須以"舊喪改葬, 今喪合祔"之意, 通融爲辭。葬後所告, 則歸重舊喪, 而只曰"建茲宅兆"如何?

〔3〕緬禮後，舊喪內、外位虞祭，當各行耶？既是合櫝
　　之主，則當合設行之如他祭耶？

凡緬禮啓墓後諸節，一如初喪。虞祭亦其中一事，雖已合
櫝，各行恐當。

〔4〕既繼後之後，當告其由於家廟。改題亦當卽行耶？
　　當俟新喪吉祭而行之耶？

喪後立嗣者，告廟則固當卽行，而至於改題，禮之大者也，
何可於喪中行之？"待新喪吉祭"云者得之矣。

答洪伯能

無服遠族題主、奉祀，恐無其義。母以亡子題之，亦未見所
據。不得已姑從周氏《祭錄》，妻爲主，而以"顯辟"題主，以
待立後而改之爲勝耶！此禮尋常難斷，今亦不敢質言。更問
於知者而處之如何？

答洪伯能

徐公家所問，先儒皆以攝祀者不敢行改題、遞遷爲言。既
不行此禮，則吉祭自當姑停，以待立嗣而已。
　　其三年者復吉之節，依尤翁說，於當吉祭之月或丁或

亥，行之似好。而旣入是月，則朔日亦無不可，告祝則不必爲耳。

立後而內、外從爲母子，未有古據。然設有姑、侄爲姒、娣，則姒之子，其娣必不喚做"外從"，而喚做"從子"。以此推之，恐無可疑。

來諭所謂"當以本宗爲重"者，約而盡矣。前詢"無後之喪，母、妻誰當爲主"之說，揆以"舅沒則姑老，冢婦祭祀"之義，以妻主之爲是。又無妻，則不得已母以亡子題主。然終多窒碍處，莫如急急立後之爲善耳。

答洪伯能

妻服中廢四時正祭，旣有朱子成法，復何疑乎？正祭旣廢，則葬後忌、墓祭，恐亦殺禮行之爲是。蓋妻喪具三年之體，與他朞不同也。鄙家丁、亥所行，記得未詳，而似不過如此。

祖喪葬後時祭行否，宗孫則承重主喪，非所可議。雖以支孫言之，持重服於祖，而舉盛祭於禰，無乃未安乎？卽其行祭服色，亦難用栗翁"黑帶"之說，愚意亦須姑停也。

爲長子服斬者，其出入之服，尤翁以爲"世人知禮者，以麤生布爲衣，而着布裹笠，以絞麻爲帶"，此似可從。今人多着漆笠，則與麻帶太不相稱。或着蔽陽子，猶可否？此無古禮可據，故人人所行不同，難遽爲定制也。網巾，用白緣似宜。法令雖不許解官赴舉，則是自我爲之者，何必强其所不忍也？

答洪甥文榮

長子喪中見新婦之禮，吉凶相錯，恐未可行。必有不得已之故，則主人暫着生布衣、布笠、麻絞帶，【尤翁所定出入之服如此。】新婦去其紅紫華盛之飾，只行階下四拜，而不用贄爲可耶！此是臆見，不敢質言。

其入廟時服色，固有朱子"深衣、幅巾之規"，而今人常時，亦未嘗如此，只依上布衣、布笠，而帶則以布易麻，似不妨。而新婦廟見時，亦如此而已，有何異乎？

葬時未立主，欲追成之者，勿論其間久近，當如來書所引尤翁說而行之。而當日先告墓，具陳事由，主成，又告於主，略依《備要》題主祝，"是憑是依"云云爲得。蓋與新葬不同，不可不兩告耳。

答李善長【廷仁】

家兄服制，舍姪雖爲四世嫡長，無子而取族子立後，家兄似不可爲三年，故以期爲定。嘐嘐丈大斥，至以爲亂統。蓋其意雖無子，旣立後，則有可受重處，故不可謂無子也。悲撓之中，不能廣詢，姑以從厚之意，定爲三年而成服，此果得禮意耶？

"死而無子，不受重"，雖有《小記》註說，如今自有立後一事，豈有以此不受重之理？豈古禮則惟宗子外，雖其長子，亦不得立後，而既不立後，則自不受重，故其言如彼歟！未可知也。雖然，不論其所以然之如何，不受重，則不三年宜也。今令姪受重矣，而以其無所生子，不爲之三年，是於疏家四種之外，又別是一說也，其可乎？蓋此處，惟受重與不受重爲大節，正體之說，不當拖引於其子也。愚見如此，未知如何？

答李善長

圖與書之異名，雖未可考，蓋以龜、馬所負之文，或似圖、或似書而得之耳。要非大義所關，不必强求。

"彝倫"者，九疇所敍皆是也。今獨以五行、五事、皇極當之，恐不然。

陳氏"初一云云"，永叔說是。"五皇極，不言人君建極之道"一段，推說甚好。"五事之德"、"五事之用"，永叔說簡明可從。

"皇極體用"之義，徽庵程氏說【"初一曰五行"章小註】甚明，正與"《西銘》上半似碁盤，下半似下碁"者相類矣。"生成"之云，未見的確。

"有猷有爲"章, 三等人高下次第, 朱子所論已自恰當, 而蔡傳說"而康而色"處, 却與相反, 常疑其未然。今觀來說, 似已暗合, 而論意簡約, 未能必其然否, 願更聞之耳。

"時人斯其惟皇之極", 陳氏解或可備一說, 而要非正義。"汝則¹錫之福", 永叔說是。

"無偏無陂", 朱子明言"天下之人, 皆不敢徇己之私, 以從乎上之化", 而今欲歸重於人君身上, 何也?

"以近天子之光", 陳氏說, 果不可曉。

"休徵"、"咎徵", 同曰"若"者, 來說甚順。永叔何故別生議論? 今只以諸"若"字, 換作"如"字, 平心讀之, 則便見其爲開歇未了語者, 更詳之如何?

"絡繹不屬", 乍看雖若差異, 然凡物團在一處者, 不謂之"絡繹"。謂之"絡繹", 則便見其錯落分布之象, 卽此而謂之"不屬", 何不可也? 如星有絡, 觀其絡則衆星相屬, 觀其星則各爲一星而不相屬, 只在所指如何耳。愚見則然, 而亦未敢質言。

1　則: 底本에는 "雖". 통행본 《書經》에 근거하여 수정.

答李善長

"皇極"體用，以生成配之，雖亦說得去，未若求之於文義之爲實，故有所云爾矣。大抵《河圖》之於卦畫，其陰陽老少、位數次第，誠有泃合之妙。而至於《洪範》，只因點數之有九，列以爲疇，尋常未曉其配屬之意，故不覺其發之於此耳。

"有猷、有爲、有守"者，才德可用，是上等人；"不罹于咎"者，其德雖未能盡協于極，而亦無過惡，是中等人；"而康而色"者，本有過惡，方始革面，而未必出於中心之實者，是下等人。朱子之意，明是如此，只觀三箇"當"字，則可知其分爲三等人。

> 人有遭妻喪者，其父在，故不杖不禫，而又有子，則亦因此而無禫耶？若無禫，則是其子爲母爲不杖期也；若行禫，則其人爲不杖而行禫也，何以則可？

父在，爲妻不杖朞，古有其禮。然《家禮》不論父在與父亡，而通爲杖朞，杖則禫矣。此尤翁說也，恐當從之。設或從古禮而不杖，其子爲母，豈有不杖、不禫之理耶？

答李善長

"補亡"章"全體"、"大用"之義，每疑陳氏註以"明德"之訓，爲

"知至"之釋，故其言齟齬而不着。然欲代之下語，則又難得的確。曩有人以此爲問，愚只答云："人心之靈，莫不有知，這是全體。全體既明，則大用亦只在其中。"此言雖欠別白，意則有在。今請究其餘蘊而求教焉。

蓋此"吾心"以下十一字，約之以經文，則只是"知止"二字，而經文"知"字，朱子釋之以"知猶識也"，則此所謂"全體"、"大用"者，亦只是知識之謂耳。

知識之所以爲心之體用者，何也？人之一心，虛靈洞徹，萬理咸備，本是無所不知底物事，是之謂"體"。以此之知，應夫萬事者，是之謂"用"。心之爲心，豈有以外於此者耶？

然體用本非二物。吾之所知，果有以極其心之本體而無不盡，則其應事之用，固有不待言而著者。故"誠意"章註，只言心體之明，而不及乎其用，意蓋如此。

至於此章，乃并舉而對言之者，特致其詳備，且以微發下章"誠意"之端而已，實非各有時節，各有工夫，如"寂感中和"之說也。今必曰何如是全體之明，何如是大用之明，則非無可言，而却恐過費分析，反亂正意，如何如何？

《或問》"顧諟"說，正論"明命"之體、用。其所謂"體"，即仁、義、禮、智之性；其所謂"用"，即惻隱、羞惡、辭讓、是非之情，固與此不同。然其云"無時而不發見"者，亦只說發用處全體便見，要人於此認取，非謂靜時全體發見，動時大用發見也。古人說體用，自有多般，要在各隨所指以觀之耳。

答李善長

前書未及入褫，又辱手告，日來靜履增勝，區區慰荷。履安杜門吟病，祇益頹墮。當此炎暑，江樓亦未曾一登，意況可想也。

"格致"章疑義，前幅略已仰對。今觀永叔所論，大概與愚見不遠。但以"吾心"作"知"字義看，而知識亦有體用云者，却似費力。

愚意則吾心還他吾心，而其"全體"、"大用"，方是知識之謂。如經一章註"吾心之所知"者，豈不是一般語意耶？知識不必分體用，只一知識而為吾心之體用，愚之前書所謂"心本無所不知，以此知而應萬事"者，正說出這意思，如何如何？

其說"妙衆理，宰萬物，妙為用，宰為體"者，有前言之可據耶？愚則嘗認以"妙"為體，"宰"為用。近看《語類》以為"妙有運用之意"，則始意此兩句並說"用"一邊。今反以"宰"為體，"宰"即"宰制"、"宰度"之義，豈得謂之體乎？此雖非本文大義，亦願聞其說之詳耳。

至論"明德"與"知至"不同處，則其言儘明白難奪，高明以為非正義，何也？"心"與"明德"，固非二物。然只曰"心"，則有以理言者，有以氣言者。經傳中，似此處甚多，即高明所引"此德"、"此心"之云，亦是也。此非難曉之義，更詳之如何？

高明又謂"無論心與明德，其為體用，疑無不同"，此則儘有商量，然姑論其概，則亦不必盡然。蓋觀古人之言體用者，固多以靜爲體，以動爲用，而又有不取動靜以爲義者。朱子嘗以耳目爲體，視聽爲用，此等豈可以動靜言乎？然則此章之體用，恐是耳目視聽之類耳。

大抵看文字，先教本文意趣爛熟通透，然後徐取他說而參驗之可也。不然而徑將外來義理，務相詰難，則無益耳，徒自紛挐，程子所謂"字字相梗"是也。

今高明所疑，恐亦"顧諟"章爲祟。且置之，而只就本章，虛心平氣而求之，則便有犁然自得處。僭易及此，想亦不以爲罪也。臨便呼寫，不能盡意。且俟早晚一番面究，而此事却未易成，可歎。

答李善長

〔1〕"爲四龕"註"立祠堂於私室"，是於私室，設爲祠堂，如別室或壁藏之類，而不立祠堂，故謂立於私室耶？與嫡長同居，死而有子孫者，既不可班祔於嫡長之祠，一家之內，又不容有二祠，則只得殺其制，而別立於其所居之私室。雖亦名之爲"祠"，其實如來教所謂"別室"之類而已。"壁藏"是權制，不當舉論。

〔2〕"正至朔望"註"蓋托"，"托"，《韻會》謂"手承物"，未知何物也。

盞托, 所以承盞, 亦盞盤之類, 而其制則未詳。

〔3〕《補²註》劉氏說：“先救遺文, 次祠版。”祠版是神位,
影是畫像。遺文雖重, 豈可先於神位、影幀耶？ 下大文
曰“先救祠堂, 遷神主、遺書”, 似當以朱子說爲正。
“先收遺文, 次祠版”, 本《書儀》之文, 而朱子旣改之於《家
禮》, 其得失可知也。

〔4〕“有事則告”註：“獻茶酒, 再拜, 讀祝, 又再拜。”鄙
家未曾如是行禮, 只獻酒、讀祝後, 一再拜, 此果失禮
耶？ 然則大祭時獻酒、讀祝, 無前後再拜者, 何也？
獻茶酒再拜, 爲獻酒而拜, 此則朔望參之常禮也。讀祝, 又
再拜, 爲告事而拜也, 此與他祭讀祝之只主奠獻者, 其禮宜
不同。

〔5〕《居家雜儀》“尊長三人以上同處者, 先共再拜”者,
所以避煩, 而其下又言“三再拜”, 何也？ 安在其避煩
耶？
三人以上同處, 而拜止於三, 是所謂“避煩”也。 但見尊長,
先後兩拜, 於古未聞, 豈當時之禮然耶？

〔6〕冠禮、昏禮, 告祠堂, 宗子之子, 則固只告大宗之

2 補：底本에는 “附”. 송나라 劉璋의 저술인 《家禮補註》의 오류이므로 수정.

廟。若是繼禰之支子而使大宗子主之，則告大宗廟後，
亦將告於高、曾祖以下之廟耶？

支子冠、昏，只告大宗之廟，而禮畢後，始見於曾祖以下之
廟，此必有義意。然若與宗子異居，而自有奉祀之位，則恐
亦不可不告，未知如何？《儀禮·昏禮》，有"受之禰廟"之文，
亦可傍照否。

〔7〕《冠禮》初加賓揖冠者適房以後，再加揖冠者卽席
以前，贊者立於何處耶？

初加以後，再加以前，贊者只當立於當初房中之位。

〔8〕《昏禮》"出以復書"註"交拜"，此承上"不答拜"之文而
言，不必如壻婦之交拜歟？

此所謂"交拜揖"，卽常時賓主之禮，與壻婦交拜，自不干。

〔9〕《昏禮》有六禮，而《家禮》從簡，只存"納采"、"納
幣"、"親迎"。然"親迎"以前，不可無"請期"一節。

六禮之中"納采"、"納幣"、"親迎"，其最大者也。至於"請期"，
自可從便行之，《家禮》之不別立一節，蓋出於從簡之意。必
欲無已，則只當依古禮，行於"納幣"之後而已。然今俗納幣，
例在於昏禮前一日，此時請期，不已晚乎？且楊氏所定儀
節，亦難盡從。蓋旣具書，則書中必已指定某日，而賓主却
費多少辭遜，末乃曰"敢不告期"，不亦虛乎？

答李善長

"同居尊於舅姑"者，尤翁說終是可疑。來諭大槩得之，而"以父母若祖父母兼看"云者，亦欠直截。

蓋《家禮》"同居"之文，始見於《祠堂》章，而乃指支子與嫡長同居者也。今以一室侍奉正統之尊，而混稱同居尊長，其必不然。且父、祖而在，則父、祖是宗子，而其舅則爲宗子之子、孫而已。子、孫據正堂見婦，而父、祖則退處其室，亦安有是理？

《雜記》"婦見舅姑"之下，繼曰"見諸父於其寢"，鄭註以爲"旁尊"也。《家禮》之文，恐亦如此。未知如何？

答李善長

月前三書，一一慰荷，未幾而高駕飄然束出，則雖欲裁謝，已無及矣。霜風漸高，不知征旆方住何處？起居一向清勝否？計已尋歸路。踏遍海嶽千餘里，出入於錦繡瓊瑤之窟，其興致可掬。顧何由卽奉談笑，豁此塵襟也？只自瞻羨而已。履安僅保宿拙。間亦一入道峰，孤遊無味，倍想高風而歸矣。

《文言》"敬義"之說，朱子所論，誠若有參差者然。其正義，恐當依經文，以內外交養之意爲主，而動靜之說，則包在其中而已。不然而必以"動靜"蔽之，則所謂"敬"者，只成靜時工夫，而動處主敬之功闕矣，豈其然歟？幸更入思而還以見教也。

斬衰練時，雖不用葛絰而代以熟麻，《備要》既許其通用,【《小祥之具》註】絞帶之用布，宜無異同。祖妣二人以上，則固當祔於親者，而今親者既生存，則何可捨前祖妣，而必援中一不得已之變例也？前祖妣又有二人，則恐當祔元妃。凡此皆是臆說，惟在量處。

答李善長

〔1〕《喪禮·改葬》條曰："主人服緦，餘皆素服。"小註云："應服三年者皆服緦。"然則衆子亦服緦歟？

《備要·改葬》條，皆用丘氏《儀節》，而其所謂"主人服緦，餘皆素服"者，語有未明。然不直行刪改，而只以己意釋之曰"應服三年者皆服緦"，此沙翁謹嚴之意也。然則衆子之亦服緦無疑。

〔2〕《通典》云"前母改葬，從衆子之制"，未知何意耶？

改葬緦，古今禮書並不分長、衆子。《通典》所謂"前母改葬，從衆子之制"者，本以前母改葬服，禮無其文，故取繼母服，準事前繼一故也。繼母服，又同親母之服，然則此衆子，亦非"長、衆"之"衆"，如親母之子、繼母之子，此即所謂"衆子"也。妄意如此，不敢質言。

答李善長

“凡喪，父在，父爲主”，鄭註云“與賓客爲禮，宜使尊者”，此義自確。若以此爲仍主其祭，則於父之爲宗子者，亦得矣。若是支子，已本無廟，安所祔其子孫而祭之乎？

　　蓋禮，喪主與祭主，未必是一人。如曰“大功者主人之喪，有三年者，則必爲之再祭；朋友，虞、祔而已”，曰“凡主兄弟之喪，雖疏，亦虞之”，曰“東西家、里尹主之”，此等是喪主，而非祭主也。如曰“殤與無後者，祭於宗子之家”，此則祭主而非喪主也。

　　又有雖爲喪主，而亦不主喪中之祭者。如曰“婦之喪，虞、卒哭，其夫若子主之”，曰“主妾之喪，至於練、祥，皆使其子主之”者是也。

　　惟適子爲父母、適孫爲祖父母持重、宗子爲妾子，乃得兼爲喪、祭之主。今但據“爲主”二字，不問其宗子與否，而概使之主喪與祭，則恐考之有未詳也。

答李善長

脯、醢之生死異設，於古無聞。《儀禮》朝夕奠，正是右脯左醢，楊氏《圖》甚明。玄石所謂“象生時，左脯右醢”者，何所據而質言如彼耶？

　　不惟脯、醢爲然，魚、肉亦未見異設。觀於《士昏禮》

及《特牲饋食禮》可知。二者既然，則餅、麵恐亦一般。吾意依沙溪說，只易飯、羹之位似當。 其說在《問解·卒哭》條，更與元吉議定如何？

答朴永叔【胤源】

〔1〕《中庸章句》"常存敬畏"下小註，【敬謂戒慎，畏謂恐懼。】可疑。"戒慎"、"恐懼"，只是一樣字，"恐懼"卽亦"敬"之意。今以"戒慎"、"恐懼"，分屬於"敬"、"畏"，似若"敬"與"畏"有別者，恐非朱子訓"敬畏字最近"之意。

以"敬"、"畏"分屬"戒慎"、"恐懼"，果太碎可厭。引朱子"敬惟畏爲近之"說，以破之甚確。

〔2〕"愼獨"之"獨"，指心中發念處未及形於事爲者，則《章句》所謂"細微之事"，非外面作爲之事而乃胸中之事耶？

只看"暗處"、"細[3]事"四字，可知非專指發念處而爲言。《語類》又直云"此是通說，不止念慮初萌，只自家自知處。如小可沒緊要處，只胡亂去[4]，便是不謹[5]"，其意尤明白。

---

3 細：底本에는 "微"．《中庸章句》朱熹註에 근거하여 수정.
4 去：底本에는 "志"．통행본 《朱子語類》에 근거하여 수정.
5 謹：底本에는 "謹獨"．통행본 《朱子語類》에 근거하여 "獨" 삭제.

〔3〕"未發則性", 語其用, 則喜怒哀樂之發皆是性也。方此心**6**之未發也, 實具此喜怒哀樂之理在其中耶? 初無喜怒哀樂之理之可名, 只有箇仁義禮智而已耶? 抑只有渾然不可分者耶?

性中, 只有箇仁義禮智四者而已, 夫豈別有喜怒哀樂之理之可名者耶? 然天下無性外之物, 則所謂"喜怒哀樂"者, 亦含具於四性之中, 但不可一一相配屬如四端之爲說耳。朱子答陳器之書, 於此段所疑, 若預待者, 熟味之, 可以洒然矣。

〔4〕"大本者, 天命之性", 似若以中爲性。恐與程子"方圓喩中"之義不同, 未知如何?

"大本者, 天命之性", 非直訓"中"爲"性"也。蓋推本上文, 若曰"此所謂大本, 卽上天命之性"云爾。其下方正釋"中和"之義, 曰"此言性情之德", 着一"德"字, 其旨自明。正是程子"方圓之說", 未見其不同也。

〔5〕"達道"之"道"字, 與"率性"之"道"不同, 而《章句》以"循性"釋之者, 何也?

"率性"之"道", 是自天命之性直下來, 不涉人爲說; "達道"之"道", 是言人之行乎此道者, 固不容無修爲之功。然修爲底, 卽其率性底, 非有他也, 故曰"達道者, 循性之謂"。蓋亦上段推本之意, 非謂不問情之善惡而一循其所發也。且如此,

---

6　心: 《近齋集》에는 "性".

則是循情，非循性也。

〔6〕第二章下段《章句》："君子知其在我，故能戒謹不
睹，恐懼不聞，而無時不中。"此處只言"戒懼"，而不言
"愼獨"，何也？旣曰"無時不中"，則"愼獨"實亦包在其中
耶？
第二章註，愚亦常意其如此。 或以"無時不中"爲兼動靜說，
而"愼獨"包在"戒懼"中，此說又如何？

答朴永叔

俯詢國葬前私祭行否，此何敢知？而近因事到目前，略有所
思量者，還以請教。

　　忌、墓祭略行，先賢所論固多如此。 然朝家旣新有禁
令，至於著爲成書，而行之八方，到此難容他議。來諭"先正
若在，今日必不云爾"者，眞確論也。若或人所云"朝令非竝
禁單獻"者，今讀《補編》本文，殊未有此意。王言嚴重，恐不
敢輕加註脚也。此外諸不在禁條者，正好熟講以處之。

　　朔望參，自有栗、尤定論，行之固無可疑。惟俗節，在
可輕可重之間，要亦朔望之類耳。朔望旣可行，則此何必獨
廢也？來諭疑原其取義，在於燕樂之辰，愚亦以此難斷。旣
又思今人於親喪中，未聞有嫌其如是而廢此祭者，何也？豈
不以其原雖如此，行之已久，便同常祭，有不可一概論者

耶？此處更願聞精義之論耳。大抵奉先，大事也。必其無一分可通之說，然後不得已而廢之，斯可以無憾，此不可不慎也。

練、祥退行者，於是日，何可恝然無事？尤翁有略行奠禮之說，既謂之奠，則與祭禮大不相干。奠則雖君喪未殯，已許之，《曾子問》可考也。

答朴永叔

續拜惠疏，謹審孝履支安，慰荷不已。履安病劣如昨，無足喻者。禮說，又蒙俯問，深見"不明不措"之意，豈勝歎仰？

朔望參，或行或廢，雖若各有其說，然先賢既有定論，遵以行之，爲合於"不敢自信而信其師"之義。雖以朝令言之，其禁止忌、墓祭，而於此初無擧論，亦在所許可知也。今强謂之"擧大包小"，其誰信之？左右既知其謬，而乃欲改前見以從之，長廊之論，殆不敢謂不然也。

所引尤翁說，亦未甚襯。蓋尤翁因朔望之可行，而欲通之於忌祭；左右則因忌祭之不可行，而欲準之於朔望。其主恩、主義，已自不同，而要之，忌祭雖殺禮，何得與朔望同也？特尤翁之意，主於忌祭之可行，而懼其無徵，姑援此以爲說，此見其德盛禮恭處。今不察此，而概欲使二者之禮，同其行廢，無乃不可乎？

至於俗節，愚意亦難輕廢，但須減其饌品，使同於朔望耳,前書文澁, 致誤崇覽, 更檢則可悉矣。未知如何？ 紙盡不宣。

答朴永叔

〔1〕天有專言道之天, 有形體之天, 當以何看耶？ 若作專言道之天, 則天是理也, "理命之謂性", 其果說得去耶？ 若作形體之天, 則天是氣也, 出於氣天者, 又安得爲一原之性？

"天命"之"天", 只是穹然在上底, 而兼有主宰意。如所謂"惟天生民"之"天", 若偏主理、主氣而言, 則誠有如來示二者之病矣。

〔2〕"氣以成形, 而理亦賦焉", 讀者多以氣先理後爲疑。【一蠹先生亦未免此疑。】解之者以爲"理必待氣而寓, 故不得不先說氣", 愚以爲不特此耳。 夫氣未有無理之氣, 生物成形者氣, 而[7]所以生、所以成[8]者理也。然則理之意脈, 已[9]在於生物成形之中。

"氣以成形, 而理亦賦焉", 驟看, 雖若有先後之序, 而其實氣成形時, 理已賦焉。只"而"、"亦"二字, 可見其說出混融, 初

---

7 而：《近齋集》卷6〈與三山齋金公〉에는 "也其".
8 所以成：《近齋集》卷6〈與三山齋金公〉에는 "物成形".
9 已：《近齋集》卷6〈與三山齋金公〉에는 "實".

無彼此時節之可分也。來諭"理之意脈，已在於生物成形之中"者，固是。但"意脈"字，恐下得猶弱耳。抑愚於此，嘗有一疑。

"天以陰陽五行"一句，今人多認"天"作"理"，"陰陽五行"作"氣"。"天"作"理"之誤，上段已言之矣。"陰陽五行"，亦專以"氣"言，則其下卽接以"氣以成形"，未免剩一"氣"字，而"理亦賦焉"之"理"，却無來歷。竊意此句亦合"理"、"氣"而爲言，而其下方分說"氣如此"、"理如此"，覺得齊整有着落，未知如何？

〔3〕"性道雖同，而氣稟或異"，"同"、"異"字皆通人、物言，則其下"過不及之差"，物亦可言之耶？

"過不及之差"，大體固就人分上說，而於物亦何不得通看耶？如馬或蹄齧而善走，或馴良而不善走，非過不及而何？

〔4〕理非氣，無以寓，故首節《章句》言氣頗多矣。性非氣，無以發，則第四節釋喜怒哀樂發處，似亦當說"氣"字，而不少見，何也？

理與氣，固不能相無，然言之各有所當，不必每每對下說來也。首章之言氣也，不言乎氣，則無以見過不及之所從來，而說"修道之敎"不去；四章之不言氣，若言乎氣，聖、凡有萬不齊，喜怒哀樂何能發皆中節，而爲天下之達道耶？此朱子釋經精審，不容加減一字處，如何如何？

答朴永叔

俯詢題主稱號，去"亡"字，而只云"子婦"，則與"亡室"、"亡子"之等，類例不同，此似有碍。謂之"亡婦"則可矣，而"婦"字既兼兩義，今人恒言皆稱"子婦"，而鮮有只稱"婦"者，其在別嫌疑之道，未若直以"亡子婦"題之之爲穩。若以子在，而惡加"亡"字於"子"上，則此世俗無理之見耳，何足拘也？

"虞、卒哭，夫主之"，尤翁以爲"若從此說，則多窒碍處"。蓋古禮主喪、主祭，各是一事，而今則主喪者便主祭，其禮宜不能盡同也。愼齋於此，蓋欲參用，故有"使子某"之說。然如是，則便爲舅主之，豈可謂夫主之耶？況子既攝祭，其父之參與不參，俱極不安，誠有如來諭者，此正所謂"多窒碍"者也。愚意且從尤翁之論，勿論虞、卒與祔，舅皆主之，却似直截，未知如何？

告先塋之禮，恐當止於最尊位。若無尊位，而只有姑墓，則何可不告也？

答朴永叔

震邸奄棄臣僚，號慟何言？況在此物，義分尤別，悲隕之至，久不能自堪。自經春間，往復聲息又漠然，馳想德義，日有耿結。忽辱惠狀，比來酷暑，靜養動止增衛，區區欣倒何已？履安宿病經夏轉苦，日夕昏昏，如中酒人，眼前書卷，一任塵埃。忽此秋至，只增窮廬之悲，奈何奈何？

俯教"臣民爲儲君喪之禮"，古今禮書，無甚可據。惟《曾子問》"廢祭"一段，可見其與君、夫人之喪，顯有等殺。而今番朝令，又於公除後許行私祭，則只當遵以行之而已。但臣子道理，不可反輕於私喪朞功之例。如來示忌祭減饌單獻，卒、祔、練、祥、禫，則如儀行之，庶幾斟酌得好。禫雖稍涉於吉，自是喪中之祭，期服未葬，無不得行之文，又何疑乎？

有私朞者，常持之服，等是朞也，尊卑有別，恐當以國服爲主。今以竝有君、親喪而在家例持私服者爲準亦似矣。然此已非古禮，況傍親恩輕乎？輾轉相援，未知其必是耳。

"私喪在途，期、功者不敢服其服而從之"者，南溪說雖若有意義，未見的確所據。而有事輕喪，旣畢返重服，乃是禮家成法，何必捨此而從彼也？況今所值，又與大喪有間者耶？來諭似已得之矣。

答柳汝思

"期以下，旣殯之後，擇日行禫"，沙溪說見在《問解》"練祭"條。據此則尊伯氏禫事，不必待仲氏葬畢之後。

但同宮，則不可行耳。果同宮而葬日出於下旬，卒哭後，無或丁或亥之日，則此似難處。然因此而遂用"過時不禫"之禮，則於孝子之心，得無缺然乎？《少牢饋食》日用

丁、已，雖非丁、亥，已日亦無不可。又無已日，則只依"內
事用柔日"之文而行之，猶賢於已也。愚見如此，未知如何？

禫在下旬，則吉祭不得不退行於後月。蓋一旬內不得
疊祭，禮有明據。若異旬，則自當繼行如禮矣。或云"旣葬則
不必待卒哭而行之"，此又如何？

答柳汝思

〔1〕徐令有元，查友也。長子夏輔早亡，夏輔之妻方見
在，而姑未立後，又有夏輔之弟殷輔矣。今於徐令之
喪，禮當依尤翁說，急急立後，然後凡百皆順，而葬期
已迫，尚未決定。今則勢將議權攝之制矣。長婦主祀，
次子攝祀，俱非禮之正者。尤翁答老峰之問曰："次子
不敢旁題，而只稱攝行者，實嚴宗統之一大防，士夫家
不可不知也。"旁題，例施於所尊，旣以"顯考"題主，而
獨不用旁題，恐反未安。此於禮意，果何如耶？
尤翁說恐最正。先人嘗答人此問，亦曰"次子雖行攝主，而
不敢旁題，則尤翁以爲嚴宗統之大防，豈未考而有此疑耶"
云矣。

〔2〕徐令之內艱祥事，在於七月，當行於徐令葬後矣。
祝文，以權攝之意作告文，具由以告，其他先世忌祀，
只當以無祝單獻行禮耶？

徐令旣於喪中身亡，則亟宜代立主喪之人，以行其祥事，而今不能然，只得且依《通典》徐邈之說，【見《疑禮問解·斬衰》條。】次子攝主，而具由以告，如來示而已。其他先世忌祀，亦皆放此。但不必續續告由，於其攝主之初，遍告於新、舊几筵及祠宇，而其後則只於祝文，自稱"攝祀子"若"孫"似宜。

〔3〕徐令之葬，雖因先朝受教，當行於東宮葬禮之前，虞祭、卒哭，則以當待魂宮卒哭之後。徐令之內艱祔祭，適緣事故未行，今則不可不追行。然則魂宮卒哭後，擇日行徐令卒哭，次行其內艱祔祭，次行其內艱祥事似宜。

《禮》曰："三年之喪，旣穎，其練、祥皆行。"據此，則先行後喪卒哭，次行前喪祔祭，又次行前喪祥祭，無可疑者。但國恤卒哭後，行私家卒哭者，先賢所論實指大喪而云，今日所值，其亦無差等否？昨者，禮官以公除後私家之祭許行可否，承命來詢。不久似有發落，探問處之如何？

三山齋集

卷四

書

書

答趙樂之

〔1〕尤庵論栗谷《爲學圖》多有所改正者，以"講學"、"省察"、"涵養"、"踐履"爲目，以"敬"總之。程子曰"涵養須用敬"，則"涵養"之屬"敬"，似不爲無據，而必以"敬"通貫四目者，何也？且"涵養"是本原工夫，則當爲第一目，而置於第三者，又何也？"省察"當屬"知"耶？"行"耶？

歲改，瞻仰益深，忽辱手帖，謹審新春，閒居動止增衛，區區慰荷何已？履安私門不幸，纔哭侄婦之夭，情理慘毒，不自勝堪，奈何奈何？經年毒感，衰氣殆盡，重此悲悴，益覺澌凜。此際召命復降，才上辭疏，不知批旨如何，方此悚息以俟耳。

見諭尤庵先生改作《爲學方圖》，不以"涵養"爲三者之首，揆之以程子"涵養"·"進學"之序、朱子以"小學"·"涵養"爲"大學"之本之義，誠若可疑。然竊觀先生之意，蓋以"知"與"行"爲爲學始終之大綱，而"省察"、"涵養"者乃其中間工夫。又就二者而分之，則"省察"之辨別善惡，實由於"知"，故承於"講學"之下；"涵養"之持守本原，爲"行"之本，故處於"踐履"之上。而又以一箇"敬"字，摠括乎四者，則亦未嘗不歸重於本原也。

但"涵養"之次於"省察"，又異乎《中庸》"戒懼"、"謹獨"之序，此殊有礙。然論君子體道之事，則"存養"爲統體工夫，而"省察"便是其中之一事，故其言如彼。若初學之進爲階級，不先之以省察，而施其爲善去惡之功，則此心之中，天理、人欲方且混淆而不辨，雖欲存養，存養箇甚底？然則二說亦未始相妨歟！妄意如此，如有不是，更教之爲幸。

至若"敬"之爲主於"涵養"一邊，程子之說固然，而朱子又以爲"聖學成始成終之要"。"省察"之爲"行"之事，觀於《大學》"自脩"之訓可知，而《中庸·序》以爲"精則察夫二者之間而不雜"，則又近於"知"之事。

大抵聖賢之言，橫豎錯綜，各有所指，而不害其同歸。惟嘿觀其正義所在，而求以會通焉可也。若論正義，"敬"終是"涵養"意居多，"省察"終是"行"之事。未知盛見云何？強德艱此。不宣。

〔2〕尤庵答鄭景由書曰："傳十章，朱先生既分作八節，必皆有說。"又以胡氏分首一節爲兩節，合"言悖"、"康誥"爲一節，爲無謂。朱先生分節之意，果如是耶？《文王》詩、《康誥》、"有大道"三段，俱是言得失者，而"《文王》詩"，則通上文爲一節；"《康誥》"及"有大道"段，則分之各爲一節，此果何義耶？

傳十章，分作八節，未敢知朱子本意果如此否。以《康誥》、"有大道"兩段，各作一節，誠與《文王》詩之通上文爲一節者，類例不同。而愚意則不惟如此，"《楚書》"、"舅犯"兩段，只以明上文"不外本而內末"之意，則亦難自作一節，未知如何？

〔3〕尤庵答李同甫論"鬼神章"書曰："鬼神有以二氣言者，有以實理言者，觀於《章句》可見矣。此章言其德之極盛，而以'誠之不可掩'結之，則其主理而言可知。"鬼神主理之義，觀於《章句》何語而可見耶？

《章句》中鬼神主理之義，如所謂"陰陽合散無非實"者、所謂"不見不聞，隱也；體物如在，則亦費矣"者皆是也。"洋洋如在"，不害爲"理"之發用處。如其不然，"鳶飛魚躍"，亦可專以"氣"看耶？然此說甚長，且俟異日面究耳。

〔4〕《問解》有"三年喪者，期、大功既殯，當行練、祥，禫亦可行否？吉祭雖稱"喪餘"，與祥、禫不同，依時祭例，行於葬後耶？三年喪畢，正祭爲急，當行於殯後耶？

《問解‧小祥》條，明言"自期以下，既殯之後，擇日行練、祥、禫"，豈考之有未詳耶？吉祭則自是正祭，待葬後行之恐宜。

〔5〕出繼人有前後妣，則外親服制，當主何妣家耶？

愼齋答尤翁此問曰："前、後妻，必有養己者，當以養己者之父爲外祖也。"尤翁之答或人，亦曰："前、後妻皆沒後，始爲之子者，當爲前妻之子。”觀於兩說，則可以決此疑矣。

答趙樂之

〔1〕《乾卦·象傳》“保合大和”，《本義》曰：“大和者，陰陽會合沖和之氣。”又曰：“各正者，得之於有生之初；保合者，全之於已生之後。”據文勢，“得之”、“全之”似皆指“性命”而言。然“性命”與“大和”，有“理”、“氣”之別，此當何以看之耶？

“大和”者，氣也。其曰“全於已生之後”，則固指理矣。然此氣與理，混融無間，能保合此氣，則理自得其全。故其言如此，非直以“大和”爲理也。

〔2〕繼禰之宗亡室神主，尤翁以爲“當就祔宗家”。然粉面既非宗子屬稱，且於歲時薦獻，事多難便，欲祔於禰廟，則有違“孫祔祖”之義，何以處之爲得耶？

支子之妻，必祔祖廟，固有尤翁說。然其下又曰：“今人或祔於其父之廟，而曲坐於東壁之下，此則事勢之不得已也。”然則尤翁於此，亦已有闊狹，惟在自量其事勢而處之耳。大抵從上說，則誠有多少窒礙，人家罕聞有行之者矣。

〔3〕“旄牛尾云云”。【論《尤庵集》經義。】
《後漢·光武紀》“賜東海王旄頭”，註曰：“秦文公時，梓樹化

爲牛。以騎擊之，騎不勝。或墮地，髻解披髮，牛畏之入水。故秦因是置旄頭騎。"今此所引多刪節，故難曉耳。然其曰"以此牛之尾，注於旗干"者，未見所據。《周禮》"旄人"註曰："旄，毛牛尾。"疏曰："按《山海經》有獸如牛，四節有毛是也。其牛尾，可爲旌旗之旄也。"此說似可從。

〔4〕"惟洛食云云"。

蓋周公先卜河朔而不吉，後卜洛則吉。其曰"惟洛"，對"河朔"而言也。必舉瀍、澗者，洛地闊，指此二水而後，可辨其界故耳，非又卜二水也。"雙書"之云，恐失照勘。

答趙樂之

〔1〕程子曰："爲學，忌先立標準。"上章曰："言學，便以道爲志；言人，便以聖爲志。"此似有立標準之意。然論其立志，則當如此，而若有計較固必之意，則不可。來說似已得之。蓋立志不可不高遠，用功則自卑近處做去。

〔2〕張子曰："知崇天也，形而上也。"此謂知形而上之理云耶？抑借以喻天之高耶？知非形而上，而其所知底，則乃形而上也。故直以爲形而上，而卽接以"通晝夜云云"，其旨可見。"借喻"之說，非是。

〔3〕“莫非天也”，葉註謂“人之氣質不齊，皆稟于天”。然《語類》曰：“此正所謂‘善固性也，惡亦不可不謂之性’。”據此則“莫非天也”，似指德性、物欲而言。未知如何？

當以《語類》說爲正。惟如此看，然後於下文“領惡全好”之義爲相着。

〔4〕“譬之延蔓之物，解纏繞，卽上去”，此似謂“如匏瓜之類，不爲他物所纏繞”。退溪以爲“若草木被延蔓之物”，又以上無草木字爲可疑。以文勢考之，恐不必然。

退溪說果可疑，而來諭恐亦未然。蓋延蔓之物，遇物輒纏繞，不得上去，觀於匏瓜之屬可知。豈有他物反纏繞延蔓之物耶？然則上所謂“習熟纏繞”者，正言此心纏繞於俗事，非俗事却來纏繞此心也。

答趙樂之

人有一子而出後宗家，其人死而無他立後處，不免絶嗣。出繼子有二子，其第二子姑爲權奉主祀。此主遷、埋，當在何時耶？

出繼子之次子，奉其所生祖之祭，已是權宜之事，尤翁嘗以爲不可，然猶或以“祭止兄弟孫”之義，傍照行之。而至於其子，則更無拖引之說，情雖不忍，只得裁之以禮而已。如何如何？

答趙樂之

〔1〕“了此便是徹上徹下之道”，沙溪曰：“了，知也，釋在‘道’字下。”《釋疑》據《性理群書》，以沙說爲未穩，其意蓋曰“悟此則爲徹上徹下之道”。蓋理自如此，何待悟之而後，爲徹上徹下之道耶？ 不若只從沙翁說爲是。不然，讀屬上句，亦如何？

此無《釋疑》，未記諸說云何，姑以愚見論之，則“了此”爲一句。蓋“博學而篤志，切問而近思”，泛看只似下學工夫，惟能了悟“仁在其中”之意，則便是徹上徹下之道。道本如此，不系了不了，而此以人之見處言之耳。

〔2〕“伊川曰是則是有此理”，“是則是”爲句耶？“此理”爲句耶？或云：“‘是’字句絕，‘則是’以下爲一句。”未知如何？ 其下曰“會鍛鍊得人說了”，退溪謂“得人”字絕句。然“說了”二字，粘下文似不着。未知如何？

六字通爲一句，“伊川直是會鍛鍊得人”，記者之言。“說了”以下，記者又言“伊川說上話訖，又道恰好着工夫”，旣抑之，復進之，此其爲“會鍛鍊”也。“說了”二字，未見其粘下文不着。

〔3〕“公是仁之理”，所謂“理”是以在天者言耶？抑謂人所以能爲仁底道理云耶？

此“理”字最難說。仁卽理，豈復有物爲仁之理？蓋公則仁，公便是所以仁底，故謂之理也。 來諭“人所以能爲仁之道”

者, 與此亦無多爭, 而曰"人"、曰"能", 却似以公爲做仁之工夫, 與程子懸空說理之意不相似。更詳之如何?

〔4〕"知崇如天", 註: "能守品節事物之禮, 性斯成矣, 所以法地也。""成性"二字, 通"知"、"禮"而言, 此註專屬"禮", 恐未安。未知如何?

横渠本文, 旣曰"不以禮性之", 則註說之以"成性"屬之於"禮", 蓋以此也。"成性", 固是通"知"、"禮"而言之者, 而論其工夫, 必始於"知"而成於"禮", 如是說, 不甚妨。

答趙樂之

〔1〕朱子答呂子約書曰: "冲漠者固爲體, 而其發於事物之間者爲之用。"又曰: "謂當行之路[1]爲達道, 冲漠無眹爲道之本原, 此直是不成說話。"竊詳: "當行之路"卽發於事物之間者, "道之本原"卽謂體也。以此言之, 呂說未見甚背於朱子之旨, 而直斥以"不成說話"者, 何耶?

竊詳子約之言, 蓋以"當行之路"爲未足於言道, 而必以"冲漠無眹"者謂之道之本原。此爲本原, 則彼爲末流, 而若有高下精粗之別, 故朱子斥之。若朱子之分屬乎體、用者, 則體

1　路: 통행본《朱子大全》에는 "理".

只在用中，所謂"只此當然之理，沖漠無眹，非此理之外，別有一物沖漠無眹"者是也。與彼說，奚嘗不同？

〔2〕退溪答李宏仲書曰："氣、質二字之異，亦明甚。呼吸運動，氣也；耳目形體，質也。"竊詳"氣質"之"質"，似與"形質"之"質"，有些不同。今以耳目形體當之，耳目形體一定不易，似無變化之道，而先賢之論如此，何耶？

退溪此書，便以"氣質"爲"形質"，誠有未敢曉者。然其答李公浩，則又以形與質，分別爲說，而終曰："人之質美、質惡，不可以形模定。但其爲粹、爲駁、爲剛、爲柔之品，寓此形模而爲之質，故渾淪而稱之曰'形質'云耳。"恐此爲後來定論。但公浩以人之能思慮動作者爲氣，而先生無所答，似已印可而然矣，其言果無病否？回敎爲幸。

答趙樂之

氣質說，退溪答李公浩書，似與前說有異，而亦不無可疑。其言曰："人之質美、質惡，不可以形模定。但其爲粹、爲駁、爲剛、爲柔之品，寓此形模而爲之質，故混淪稱之曰'形質'云耳。"竊詳此義，視前書"耳目形體，質也"之云，稍似有別，而其質之得名，則依舊歸之於"形質"。果以寓於形質，故謂之"質"，則氣獨非寓於形質者

耶？竊意：氣質不可求之於形質之外，而其所得名，則
恐不以寓於形質之故矣。

退溪答李公浩書，其分別形與質處甚好，與前答李宏仲者，
不啻有間，故竊意其晚年定見在是。而至於所謂"粹、駁、
剛、柔之品，寓此形模而爲之質，故混淪稱之曰形質云"者，
愚亦未甚洒然。今得來辨，尤甚明。要之，恐未得爲究竟之
論也。氣、質分開之難，元來此非判然二物。然先儒多以清
濁爲氣，美惡爲質，朱先生"天氣地質"之說，其意蓋亦如此，
只以此看定，似無妨。但觀《語類》，又有謂質竝氣而言，則
是形質之質。此只泛論人物、正偏、通塞之分，則固然矣。
若就人身上，語其變化氣質之事，則大有窒礙，恐別是一義。
不知高明嘗看如何？願聞之耳。

質竝氣而言，　則是形質之質，　若生質則是資質之質。
【《語類》卷四《氣質之性》。義剛錄。】

人物稟生之初，氣以成質，有生之後，氣行於質之中。
【退溪答李宏仲書】

答趙樂之

"豶豕之牙"，《程傳》說於文義，雖若未順，然豶其勢，卽所
以制其牙，"豶"中實帶得"制"意。如是看，則自無可疑。若徐

註"攻特"二字, 實本於《周禮·校人職》之文。是借攻馬之法, 以明豶豕之義。"攻"與"豶", 皆所以去勢也, 此與《傳》文, 只是一說。今欲取舍於其間, 而至以"攻特"爲攻去牙之尖處, 則殊未見所據。且牙之尖處, 如何攻去得? 亦甚誤也。

答柳原明【星漢】

阻餘書柾, 涼深侍履增勝, 慰荷區區。履安一味衰懶, 近又患感, 喘喘無生意, 悶苦奈何?

生家喪中, 所後家祭祀之節, 栗谷《祭儀》有云: "期、大功, 則葬後當祭如平時。【本註: "但不受胙。"】未葬前, 時祭可廢, 忌祭[2]略行如上儀。【上儀, 卽指饌品減於常時, 只一獻, 不讀祝, 不受胙而言。】"

栗谷此說, 雖泛言期、大功, 而所生之服亦是朞制, 恐可倣而行之, 亦不當使人代行。蓋此與三年喪中祭先之禮, 輕重宜不同也。

傍題之子, 爲宗家所奪, 而他子代之, 則不可不題。只爲傍題而改之, 雖若未安, 然如遞遷長房者, 亦有改題之禮, 此乃只爲傍題而改之者也, 此何獨不然?

---

2 祭 : 李珥의 《祭儀鈔》에는 "祭墓祭".

答柳原明

俯詢禮疑，《喪服》疏"父卒三年內母死，仍服期"之說，雖若可據，自沙溪《備要》已疑之。

至於尤翁，則又以為"經所謂'父卒則三年'云者，正欲以見父在，則不敢三年之意而已。而以此一'則'字，生出'父喪未除母死'之說者，非常情所及。故雖勉齋載之於《續解》，終不敢以為必然而信之"云，則其意益可見矣。

先人亦嘗曰："父卒則為母三年，既卒則雖未葬，不可謂非卒也。"然此為未葬者言之，故其書如是，而常日所論，則雖一日之間，母後卒，則當服三年。

愚之所聞則如此，惟在擇而行之耳。若從三年之說，則以下題主、祝辭等節，自無疑礙。而"下棺先輕，題主先重"，來論已皆得之。"不虞、祔，待後事"，《小記》疏以為"待父葬竟，先虞父，乃虞母"。據此，則不必盡行父之虞、祔，然後方行母虞可知。既先後行之，則雖同日，似亦無妨。而南溪則以為"葬日行父虞，明日行母虞，又明日行父再虞，次第皆然"，未知果如何也？

答柳原明

"心喪人復常之節"，沙溪以吉祭為斷。此或統指復寢、從仕與衣服之極其華盛者而言歟！

若黪布笠、帶，恐當依《通典》說，除之於當禫之月。在《禮》，三年之喪，禫而吉服。三年且然，況心喪乎？

尤庵答金九鳴“三年後復吉時哭除”之問曰：“當禫之月，略行哭禮，以存行禫之義可也。”此說似可據，故愚之丁亥所行二十七月改服，黑笠、白袍、黑帶，其翌月，青袍、絲帶如平日。竊謂如此，似不悖於兩先生之旨，而亦未知果如何，幸裁擇以處之也。

答柳原明

“心喪復常之期”，尤翁以爲“當於吉祭月中，或丁或亥，或宜祭祀日，略擬於心，以爲此日當行吉祭。以此爲節，似不爲無所據矣”，今依此爲善，朔日亦無妨。

惟哭除則不可，吉祭本無哭故耳。只於晨謁，服吉服以行之，亦何至太無端耶？此外諸條所諭，旣知“父在，母喪之無吉祭”，則皆不須論。鄙家人行吉祭之說，恐是誤傳也。

玄石“吉祭必待仲朔”云者，似本於《喪大記》“吉祭而復寢章”陳氏註說。然自鄭康成以下，至於我東諸賢，皆無此論。蓋吉祭，終喪之別祭，非如四時正祭，雖孟朔，不必避也。

支子之子，於其父喪畢後，雖無遞遷之節，吉祭何可闕也？自《儀禮》以來，初無“宗子獨行吉祭，而支子則否”之文。昔時有人爲此論，先人極斥其不然。見有往復草藁，從當入眼也。

答柳原明

向者白石李上舍袖致惠書，披慰至今。雪後苦寒，動止更何似？履安病情轉惡，似欲成脹，果爾則尤不可說，奈何？

前諭多少，深見臨事不苟之意，令人感歎。但聞新除已經肅謝，今不必追講，而雖於後日，區區拙分，將不敢與聞於此等事。此非自外於左右也，素定則然，諒恕之爲幸。

"閤內親喪中首制"，古者婦人無冠，故禮經所論不過髻、笄、總之等。而今之簇頭，則是冠類也，不知宜如何？然曾聞先朝此制之始行也，士夫家有此喪者，例以皁色裹之，蓋準之於男子期服中黑笠也。既無古據，則今且從俗無妨否？但如是，則加麻絰於皁冠之上，恐大不相稱，又不可空首戴絰，惟此爲窒礙。幸更詢於知者，如得可通之說，則還以見教如何？

笄則《喪服·記》曰："女子之適人者，爲父母惡笄有首。卒哭，折笄首。"《傳》曰："笄有首者，惡笄之有首也。惡笄者，櫛笄也。折笄首者，折吉笄之首也。吉笄者，象笄也。"在乎斟酌以行之耳。不宣。

答柳原明

"繼後者之爲其長子不斬而朞",《喪服》疏"適適相承"之說, 不啻明白, 而《小記》疏又云:"'將所傳重而非適'者, 謂無適子, 以庶子傳重及養他子爲後者也。" 如以此兩說爲不可而棄之則已, 不然, 恐難容他議。

尤翁所引程子疏中"適子"之"適", 以愚見則似只是"適統"之"適", 與禮經"適庶"之"適", 義或不同, 未必爲確證也。如何如何?

所諭"王季武王服斬"云云, 此則又非繼後者之比, 非愚之所敢知也。"奔喪子除服之節", 愚則每以聞喪日爲是。蓋在家遭喪者, 成服雖或踰月, 其除服自以遭喪之日, 此何獨不然也?

答金定夫【鍾秀】

曠阻德儀, 今至十年。中間喪變, 宜伸慰禮者屢矣, 而衰病踜蟄, 人事都廢, 只有一念馳仰而已。不意下書遠辱, 謹審庚炎政候起居神相增衛, 區區感慰, 不任鄙誠。第伏審色憂, 長時彌留, 是切仰慮耳。

俯示營門所頒擧條下者, 謹已伏讀。螻蟻微物, 坐辱恩禮, 至此之厚, 至煩城主閣下親勞手筆, 辭告丁寧。事例稀闊, 瞻聆俱聳, 惶恐震越, 莫知攸措。其在義分, 固當竭蹶趨命之不暇，而所叨職名，萬萬非無似老蔭所敢冒當，惟茲血懇，曾已悉暴於乞免之章。今不敢更事髍縷，而左右思量，實無變動之路，惟伏地俟誅而已。幸以此意，善爲枚報如何？適被感疾甚苦，倩書欠敬，尤增惶蹙。

答李明曳

人今日遭父喪，明日遭祖母喪，不爲承重，恐非禮意。以《疑禮問解》考之，則父喪未殯前，遭祖父母喪，則當服本服，未知如何？

"父死未殯，服祖周"，《通典》說雖如此，《朱子家禮》則只云"父卒爲祖三年"，初不論殯與未殯。今人若從《家禮》，則無許多紛紛矣。沙溪雖以《通典》說載之《備要》，然其答同春書，則以爲"只服期年，則是無祥、禫，可乎"。尤翁又據沙溪此書，謂"《通典》未得爲定論"。兩先生之言如此，則不待旁引《儀禮》疏而後可明也。近世遂庵、陶庵亦皆以《通典》爲不可從，而陶庵說尤明，備錄在別紙，以備參考耳。

陶庵答柳乘書

"未殯則周"，固有賀循之說，而此非先王所定之禮，不無可疑。夫喪不可一日無主，若服祖以周，則周之後，祖喪便無可主之人。是雖出於不忍死其親之意，而父亡之後，不得代其躬而盡三年之制，亦非所以順親之心。此於天理人情，至爲未安。愚意則父喪中祖死者，無論殯與未殯，皆服三年，恐爲正當底道理。

答鄭南爲

逖阻聲聞，每深懸仰，不意昨今年兩度惠書，一齊到手，驚慰之劇，殆不減面承談誨。第審間遭本生重哀，已經闋制，而漠然未聞，遂闕一字奉慰，此豈吾輩事耶？驚怛之餘，繼之以愧歎不已。惟以近間動止有相，爲深欣釋耳。

履安衰癃已甚，無復生人意象。精神氣力，視年前奉拜時，不知落下幾層，而近又兩眼暴昏，便成盲廢，終年看不得一卷書，撫念平生，只增悼歎，奈何？

俯敎先狀、跋語，與大文字有異，何敢幷辭？而但今病狀，此亦難辦，猶冀萬一少間，庶得留意，而不知果有此時否耶？是可慮也。

"太極說"，神思昏瞀，未及細看，而大體似已得之。留俟更玩，如有所見，則敢不求敎耶？

答鄭南爲

稽顙。去秋哭別，屈指已過半年，問聞兩阻，殆無異相忘，而若其中心嚮，則何嘗不懸懸也？明叟至，忽辱手疏，滿幅敘述，無非情話已，不勝傾慰。況審邇來動止佳勝者乎？孤哀子一息尚延，忽見春序向暮，叫號無及，只自隕絶而已，尚復何言？

"年譜"，既失日記，便無可據，區區採輯，恐猝未成頭緒。至於"狀文"，體重事鉅，尤難容易下手。獨賴數三朋友之相助，方始書牘謄事，而此亦收聚未齊，不可以時月告成。事事如此，歲月荏苒，人事不可知，憂懼奈何？

書末勉語，深感相與之至意。此亦日夕非無自念者，而素無本領，又禍故來，枯落已甚，恐無以承當得起，爲可悲歎。然猶望門下諸友無遽棄絶，隨事戒誨，俾有所警畏，而亦願諸賢益自奮進，終有所立，以無孤當日眷眷期許之意。此情甚眞，果蒙俯諒否？擾極僅此。不宣。

答鄭南爲

稽顙。履安頑忍不死，又見舍叔捐背，凶禍餘喘，更無替事之地。冤酷痛毒，不自堪勝，而轉眄之頃，先人祥事又過，筵几永撤，廓無攀依，俯仰穹壤，此何人哉？只自杖血號天而已。茲承僉慰書，辭旨甚哀，三復以還，尤不勝血涕之交迸也。

入此月來，日俟跫音，而竟漠然，則知其爲雨所阻。阻雨猶可，或復有意外憂故歟？用是日夕憧憧。今聞果行到甘川而回彎，雖極缺然，而猶以衝潦狼狽，起居得無深損爲大慰耳。

今夏長霖，此中亦然。至在京至親多未來集，而湖、嶺聞尤甚。以是湖西惟三數人，湖南只一人得及期以至，嶺南則全闕，不獨僉尊爲然也。

惠助祭需，旣不及事，則理宜還納，而此僉尊至誠所寓，來頭移用於節祀若禫時，似不害義，謹受置以待。祭文則今無讀處，不免空還。然旣欲趁禫來臨，則伊時哭墓以告之，亦不妨耶？

答鄭南爲

履安家禍轉酷，從兄、舍妹相繼隕逝於數十日之間，孤露無死，見此慘毒，冤酷痛裂，無以自堪。伏蒙遠賜慰問，哀感良深。仍審近日溽暑，僉起居有相，又劇仰慰。仲烈足下昨冬惠書，亦已承覽，而奔走喪葬，討便亦復不易，訖遲仰報，幸垂諒否？

履安悲苦塊居，形殼僅存，或勸爲山水之游，以豁幽憂。遂作楓嶽往來，轉及於嶺東諸勝，縱觀大海。伊時覺胸襟洞然，若可以消遣滯咨，而終是衰晚寡悰，不能爲窮高極深之計。歸來，又依舊吟病，了無餘味，其可憐如此。

今來諭若相羨者，相羨猶可，又見誚以攬作私物，誰禁左右勿往而爲言乃爾？恐非學道者之用心也。僭率及此，皇恐皇恐。

答鄭南爲

國哀，久益罔極。邇來積阻，懸仰如結，忽此手翰遠辱，謹
審霜冷，侍下起居增衛，已極慰荷。況聞靜中工課甚富，讀
《鄒書》，益有奮發之效，尤何等喜消息耶？今人只爲無此二
字意思，所以似做不做，終不濟事。今左右旣有得於此矣，
若加之以信實切己之功，久而不懈，則其進何可量也？幸益
勉之！

　三山築屋，固知此計不小，豈不樂爲助成？而本倅初不
相識，方伯亦甚疏，不可開口。雖欲轉請，今人於此等事，
例不喜聞，無益徒見輕耳。只俟早晚，或遇可語者，當勿忘
也。

　履安年來衰朽頓甚，强以從仕，不堪奔走，殘年書卷，
不免擔閣一邊。值此搖落，只撫躬慨然而已。先牘謹受，俟
移寫訖，奉還也。不宣。

答金士久【壽祖】

〔1〕遠代墓山，將行緬禮，而宗家代盡，最長房遷奉廟
主尚存，則今此緬禮，代盡之宗孫主之耶？奉祀之長房

主之耶?

遠祖緬禮, 雖有最長房之奉祀者, 在乎重其事之道, 宗孫主之恐當。設使長房無存, 而已經埋主, 則宗孫豈不主之耶? 卽此可以明之矣。雖宗孫主之, 而長房時方奉祀, 則告廟之禮, 長房以宗孫行事之意告之似正。未知如何?

〔2〕父有前、後室, 而前室之子於繼母之父母兄弟, 繼母存, 則有服耶? 無服耶? 後室子於前母之父母及兄弟, 亦有服耶? 無服耶?

《服問》曰:"母出則爲繼母之黨服, 母死則爲其母之黨服, 爲其母之黨服, 則不爲繼母之黨服。"鄭氏註曰:"雖外親, 亦無二統。"據此則非出母之子, 則不爲繼母之黨服可知。至於前母之黨, 禮雖無可據, 以《小記》"祔於親者"之意推之, 則亦當只服其母之黨而已。若旣服其母之黨, 又服前母之黨, 是亦二統也, 其可乎?

〔3〕《儀禮經傳》二十五卷《宗廟》章"大夫三廟", 疏曰:"雖非別子, 而始爵者亦爲太祖。"我朝士夫旣是雜用大夫之禮, 則朱子雖有"士無太祖"之言, 而至於廟制, 獨不可用大夫之禮耶? 且雖用大夫之禮, 而不作三廟, 只作一廟, 則或爲權而得中耶? 河西翁雖非有功, 而亦可謂有德, 則其於私門, 可以擬之始爵者, 亦有可據之端耶?

異姓大夫, 亦得爲太祖, 雖有孔疏所論, 其下又自以爲是夏、殷之禮，則其事之難徵，已可見矣。然此亦無論《朱子家禮》，乃酌古通今之書也。其於《大祥》章，只主"別子爲祖"之文，而異姓大夫，初無所及。又況《國典》亦無"異姓大夫爲祖"之法，今捨朱子之訓、時王之制，而遠從孔疏難徵之說，無乃苟乎？以是尊祖，恐非所以尊之也。知有尊門已行之事，而旣承俯問，不敢不盡其愚，皇恐皇恐。

答金士久

〔1〕遠祖緬禮所主，伏承下敎，更無可疑。而但山事旣宗孫主之，則告廟者亦山事也，主事者直告之，或可於一事之義，而更無礙於禮畢反告之際耶？

前告"遠祖緬禮，雖有最長房之奉祀者，宗孫當主之"者，蓋出重其事之意。而更思之，祖遷於上，則宗毀於下，到此時，已無宗孫之名，又何以行宗孫之事乎？大體旣謬，無怪其隨處窒礙。

今但使長房主之，則一齊順正矣。長房之於宗孫，雖輕重不同，旣主其祀，亦主其緬禮，在理當然。倉卒臆對，幾不免自誤誤人，可愧。

〔2〕廟制說，旣聞命矣。《儀禮經傳通解》果非朱子所定耶？孔疏"三條"之說旣非，則《小記》本註"三別"之解，皆不足取信耶？然則庶姓大夫，不得爲三廟耶？敎生家

事，揆以時王之制，實有不安者，故欲求古禮而依之。《儀禮經傳通解》固朱子所定，而其間亦有古今異宜處。至於箋註紛羅，同異互見，則學者於此，當闕疑而愼行之。豈得謂一被收載，皆可遵用也？雖然，愚於孔疏，亦未嘗有斥，但其"夏、殷云云"，謂不可遽從爾。

若《小記》陳註"三別子"之解，直掃千載以來禮家相傳之舊，而創出新語。且其所解，艱辛說得一箇"別"字，而於"子"之爲義，更推不去，此則愚昧之所未曉也。左右反欲引以爲重，人見之不同有如是耶？

來諭又謂"如愚說，則庶姓大夫不得具三廟"，豈其然乎？蓋大夫廟制，其別子之後也，則一昭、一穆與太祖之廟而爲三；非別子之後，則無太祖廟，而考廟、王考廟、皇考廟爲三。其說詳具於《王制》、《祭法》註疏，《通解》中亦已收載，【卽《宗廟》篇孔疏下段】左右其未之見歟？大抵此段所論，微有偏係之累，更虛心而反復之爲善。

〔3〕墓祭，代盡之後，宗孫世世主之耶？置墓田，諸位迭掌，則諸位主之耶？遠墓一祭祝文，以最尊者主之，何義耶？不遷之墓祭，宗孫旣主，則雖百世，祝文可稱"孝幾代孫"耶？不遷之主，藏於墓所，則只有墓祭，其神主傍題，世世改題耶？

遞遷之祖，長房已盡者，其墓歲一祭，諸孫中屬尊者行主人之事。而其祝辭自稱，或曰"後孫"，或曰"幾代孫"，俱無不可。其不遷之祖而宗孫主祭，則似當依《家禮》祭先祖之例，稱以

"孝孫", 而但與稱之於王考者相混, 改以"孝幾代孫", 恐亦不妨。退溪、同春說皆如此。

不遷之主, 雖藏之墓所, 固當世世改題, 傍題則如上文祝辭所稱耳。

答金士久

俯詢諸條, 謹悉。長派子孫, 雖已先亡, 既有五代孫, 則其在嚴宗統之意, 恐當使此孫主喪, 而喪畢卽遞遷于次房子孫。而禮無明據, 不敢質言。

"不遷位, 只行墓祀", 尤翁說, 似本於《家禮》"置祭田"條"親盡則以爲墓田"之文。雖廢時、忌祭, 不埋其主, 宗孫傍題主祀, 何害其爲不遷耶?

答奇學祿

羅州景賢書院, 卽寒、蠹、靜、晦、退五先生妥靈之所。其後以鶴峰金先生配享而位在東, 其後又以高峰先生追配而位在西, 此則以其追配之有先後, 而至於爵祝, 則先高峰而後鶴峰矣。

近日士論以爲"配位東西有序, 以聖廟顏東曾西觀之, 可知也"。高峰、鶴峰俱是溪門高弟, 而高峰年高

於鶴峰，故爵祝既先於高峰，而至於位次，則鶴東而高
西，有班駁之歎。欲改正位次，而一邊之議，或以爲"神
道尙右，西配重於東配，不必改正云云"。未知如何？

日前惠訪，獲遂既觀之願，其爲窮陋之幸大矣。又此辱帖，
其間動止增勝，區區慰荷無已。履安一味病昏，自憐奈何？

　諭及景賢書院配享位次，顧此蒙昧，何敢與聞？而第以
平日之所蓄疑而未決者，還以求敎。

　朱子於《家禮》祠堂位次，旣用西上之制，而至其所建
滄洲書院，乃濂溪居東，而明道居西，又似以東爲上，何也？
豈學宮與家廟異耶？雖然，不獨滄洲如此，文廟亦然。至於
古者昭穆之法，則雖家廟，亦未嘗不然。

　竊意一列竝享，則以西爲上；左右相對，則從東以起。
雖未知意義之果如何，而其已然之迹有如是者，今亦依此行
之，較似有據。惟在博詢以處之耳。眼暗不宣。

答文立中【躍淵】

〔1〕舅之子、姑之子，不言姊妹，何也？

旣以從母兄弟姊妹，通謂從母之子，則舅之子、姑之子，亦
兼兄弟姊妹，可知也。

〔2〕父在，不爲妻杖，而異宮庶婦之喪，其夫得以主而
杖乎？

父在，爲妻不杖，古禮雖如此，若從《家禮》，則不論父在、
父卒，通得杖。異宮庶婦之喪，亦從《奔喪》之文，舅主之。
凡此皆尤翁所力主，而便成近世通行之例矣。

〔3〕心制中妻喪服。
心制雖重，不在五服之內，故凡有服者，雖緦、功之輕，皆
持其本服，先賢所論皆如此。心制既然，則禫制亦當倣此。

〔4〕非宗子而祖與禰異廟，則朝祖當於何廟？
祖、禰廟在同宮之內，則當依古禮，先朝祖後朝禰。只朝於
禰，則其告辭，當曰“請朝禰”。

〔5〕上食，東飯西羹。
飯羹之設，異於生時者，神道尊右故也。三年之內則象生
時，故東飯西羹。

〔6〕虞祭，祝立於主人之右。
凶事尚右，吉事尚左，陰陽之義然也。

〔7〕大祥祝，亦當用“小心畏忌，不惰其身”八字。
當從《家禮》。

〔8〕虞則倚杖室外，祔則階下，小、大祥則門外。
哀彌殺，故敬彌伸。

〔9〕祖龕西上，則東、西階亦當有尊卑之別歟？
東、西階升降，生人之事，非關於神道，故只依常時。

〔10〕終獻，親賓爲之，兄弟在親賓之中歟？
觀《家禮》，喪中諸祭則親賓終獻，時、忌祭則兄弟終獻。雖未知意義如何，而要之互換亦不妨。

〔11〕時、忌、墓祭與參禮、祭土地，參、降先後不同，何也？
凡祭，先降神，後參神，次第自當如此。蓋必先有以降格，而乃行參拜也。惟時、忌祭，旣奉主而就正寢，墓則又體魄所在，到此，不可昧然無拜，而猶未知神之所在，故旣參而又降。其所以不同者，似以此耳。

〔12〕"百里奚知虞公之不可諫而不諫'，可乎？"云云。
所論固是。第觀夫子論史魚、蘧伯玉與三仁之事，亦不可一概說。當量其所遇、所處而處之耳。

〔13〕"君子之澤，五世而斬；小人之澤，五世而斬。"云云。
君子、小人，以德言爲是。其論後人援引之謬則甚明正，然其言本不足誤人，亦不必深辨也。

〔14〕"敬者，聖學之所以成始成終。"云云。

多語病。勉齋撰朱子行狀曰：“謂致知不以敬，則昏惑紛擾，而無以察義理之歸；躬行不以敬，則怠惰放肆，而無以致義理之實。”此言最切當。

答文立中

〔1〕“明明德於天下。”云云。

“使天下之人皆有以明其明德”，卽所以明吾之明德於天下也。何以言之？“明德”、“新民”，分言之則固是二事，合言之則“新民”便包在“明德”之內。《或問》所謂“至此，極其體用之全，一言以舉之”者，是也。先曾祖論此頗詳，其說在遺集雜識中，試覓看如何？

〔2〕“格物、物格。”云云。

栗谷亦云“格物之格，窮底意多；物格之格，至底意多”，正與來說相似。然“窮”字，只是添足“至”字之意，恐不必太分開作兩片看也。

事物有許多，故曰“格物是零碎說”；知識只是一箇知識，故曰“致知是全體說”。今曰“致知、格物，各有全體、零碎”，則似以工夫之有至、有未至者言之，而非全體、零碎之謂也，更詳之爲佳。

答張泂

> 長子之喪，斬衰麻帶而不解官，其義何也？子夏喪明，
> 出於痛傷之過，而責之以罪，亦何也？

爲長子三年，先王之禮也；不解官，後世之法也。然法之所
以如此者，蓋欲稍輕之於親喪，而今行之，只得謹遵而已。

喪子而哀痛，理也。哀痛之過而至於喪明，則情勝而違於理
矣。雖於父母之喪，不勝喪，比之不孝。喪明亦不勝喪之類
也，謂之罪，不亦宜乎？

答俞漢愼

> 〔1〕"人皆可以爲堯、舜"，論其性則果有是理矣，至於
> 氣質，先儒又有變化之說。而孟子猶未免英氣發露，且
> 夫孔門弟子如子夏、子貢之徒，親炙聖人，終未爲聖
> 人，其爲堯、舜，何其鮮也？其變化氣質，又何難也？
> 未知此氣質之罪歟？學問之病歟？或曰"人之爲學，各
> 有分量，限滿則止"，此說又何如？

左右歷舉孟子以來諸大賢之不及聖人者，深致疑於"人皆可
爲堯、舜"之論，此世俗之見耳。不意左右幾年讀書，猶於
此不明也。

至於所謂"爲學，皆有分量，限滿則止"者，不知何人敢

肆胸臆，以貳於聖訓，若是其無忌也？是將沮天下向善之心，相率而爲偸惰苟且之學，其爲吾道之害大矣。左右不是之斥，乃傳誦而筆之書，置諸可否論難之地，不亦殆哉？

此是學問大頭腦，不可然疑而止。須將<u>孟子</u>論性、<u>程·朱</u>論氣質諸說，聚作一冊子，常常念誦，熟講而精思之。又反以求之於自家身心性情之間，以驗其如何，則自當有曉悟處。聖賢豈欺人者哉？

〔2〕"氣化盛衰、人事得失，反復相尋"，旣曰"理之常"，則其於常理，人無所奈何，而聖賢之生乎斯世，亦或以理御氣，反失而得，反衰而盛者，抑何理歟？然<u>堯</u>、<u>湯</u>之以理御氣者，宜無所不盡，而九年之水、七年之旱，抑何氣歟？至於<u>孔子</u>之不得位、<u>顏淵</u>之不得壽，或曰"氣數然也"，或曰"理之變也"，理之變者，亦何故也？抑或理、氣互有勝負歟？

天下之不能常治而無亂，此天地消長之理也。然聖人當之，須有扶持幹旋之道，此非聖人能勝乎天也。天之生此聖人，而又使之達而在上，則便是否運將傾之時，故聖人得有所施爲，《易》所謂"與時偕行"者然也。豈以理御氣之謂哉？

天下之理，有常者，有變者。理之所以有變者，以其所乘之氣不同，而氣之所以不同者，又必有是不同之理而後，有是不同之氣也。豈可以常者爲理，而變者爲氣耶？<u>孔</u>、<u>顏</u>之不得位、得壽，謂是理之變則可，謂之氣勝理則不可。理、氣元不相離，不可言勝負。

〔3〕仲子，齊之世家，則其兄之祿與室，應非不義而得者，仲子之不居、不食，固難免滅倫之譏。若其兄之居與食，大段不義，而其弟諫，亦不聽，則將奈何？避而不居食，則恐傷天倫；與之居食，則同惡相濟，如之何得其可也？

仲子不食兄之祿，不與兄同居者，固以其兄爲不義也。然假使仲子有父，而其不義猶兄也，則亦將不食父之祿，而不與父同居耶？《禮》曰：“子之事親，三諫而不聽，則號泣而隨之。”父子、兄弟，其分雖殊，其天屬恩愛無可絕之理則同。然則不幸而處兄弟之變者，亦當參酌乎此說而行之而已。以同其居食爲同惡相濟者，語欠稱停。

〔4〕雙峰饒氏曰：“魂者，氣之靈；魄者，血之靈；心是魂魄之合。”觀此說，則“魂魄”卽“心”也，“心”與“魂魄”果無分別，而近來或有直指“心”，“魂魄”云者，亦未爲不可乎？

“魂魄”，粗言之，則只是魂氣體魄；精言之，則如所謂“藏往知來”者是也。古經所論，大抵皆粗言者，朱子諸說亦如此，間或推到精處，而未嘗直以爲心。至於《大學或問》，先敍“魂魄五臟百骸”，後乃及於“明德”，則其旨盆較然矣。

魂魄藏往知來，心亦藏往知來，此處誠難分開。然魂魄之藏往知來，只如耳之聰、目之明，各是一物上才能，而心則主宰而運用之。今有心病者，不能藏往知來，豈其無魂魄而然哉？心不能運用故耳。

觀乎此，則二者之辨可知。而況心之爲心，又豈但曰"藏往知來"而已耶？<u>饒氏</u>說，務爲新奇，恐不可遽從也。

〔5〕浩然之氣，何氣也？聖人與衆人，異乎？同乎？氣有"血氣"、"氣質"之名，又與此一氣耶？二氣耶？氣之正且通者爲人，偏且塞者爲物，浩然之氣，卽所謂"正且通"者，正且通，則人未嘗有異。但就其正通中，不無清濁、粹駁之不同，故不免有智愚、賢不肖之或異，未知然否？

此段所論，大抵多未瑩。其病，坐於徒知三者之爲一氣，而於其條理分合處，未甚致思耳。

夫三者之爲一氣，固然矣。然"浩然之氣"，是言人所得於天，而至大至剛底；"氣質"，是通言人物所受正偏、通塞、清濁、粹駁之不齊底；"血氣"，又粗了，只是生活運動，老則衰，病則以菖蒲、茯苓治之者也，此豈不各異？雖然，浩然之氣，無他也，卽氣質之正者，而所謂"氣質"，又只在"血氣"之中，是則可謂之一也。

若論人之爲學，則於浩氣，集義以養之而已；於氣質，則加以澄治之功；於血氣，則禁其妄動於物慾，而必使聽命於義理，又豈不各異？及其工夫到後，氣質之不善者，皆已渾化，充乎一身者，無非浩然之氣，而血氣爲其所用，則泯然不見三者之異，而復歸於一。

蓋於一氣之中，其同而異，異而又同者如此，不可儱侗只道得一氣便休也。

其以"正且通"者爲浩然之氣，則尤甚誤。朱子之論氣質，必兼擧"正通"，而於浩氣，則只曰"天地之正氣"，豈其無所以而然哉？惟此一"正"字，便見得"至大至剛，塞乎天地"底意思多少明白。

今却添以"通"字，不知"通"字何所當於"浩然"之義也。由是而逐曰"善養而復其正通"，"善養"，固所以復其正氣，而至於所謂"通"者，則須別有工夫，豈善養之可復耶？是不惟不識浩氣，而於氣質、正通之分，亦有所未哲也。

答兪漢愼

心之爲物，"知"而已矣。"知"，有從"體"言者，有指"用"言者。《大學》"致知"之"知"字，是體乎？用乎？經一章《章句》"推極吾之知識"，則以用言；誠意章章下註"心體之明"及《或問》所謂"心之本體"，則以體言；補亡章"全體大用"，則竝擧體用而言，朱子所釋，亦似不一，何也？

蓋體與用，本非兩物。但"窮理"之工，必就事物，而"致知"之方，先自用始。故此"知"字，雖以用言，卽此致其用，乃所以明其體，全體旣明，則"大用"亦不外是。"致知"云者，只是明其心之謂也，不必分屬。知識無不至，則心之體用，斯無不明矣，未知如何？

大意得之，說出猶欠明白。蓋朱子於補亡章，只說心之體用，元不曾分知之體用、心之體用者，何也？"知"之存乎中者，是心之所以爲體；"知"之應乎外者，是心之所以爲用，其實只是一箇"知"而已。

答李奎普

春間惠訪，幸得識面，半日之間，飽承英論，至今欣然如有得。忽此辱帖，霜寒動止增衛，區區慰荷，又何可言也？履安一病支離，遇冷，益無生意，悶苦奈何？

示諭多少，深見雅尚所存，其追悔既往，欲圖之於方來者，亦不可謂不切矣。只緣商量太審，終不能奮然擔荷，一日用力於實事，此甚可惜。

其以有始無終爲慮者，亦私意耳。事苟可爲，則爲之而已，安有豫憂其無終，而初自畫也？左右於科舉，寧能必其有成，而方且盡力以求之耶？誠能反是心，而用之於爲學，則又不患其無終矣。

世間英才實難，且感左右相與之厚，不覺傾倒至此。諒察幸甚。

答陳廷杰

〔1〕廷杰遭內艱，伯兄暨長侄俱已早歿。伯嫂當服喪三年，而長侄婦亦服三年耶？按《備要》，沙溪先生曰：

“其夫未及承重而早死者，未知何以處之也。”妄見以爲伯嫂旣爲主婦，而長姪未及承重而早死，故定姪婦服制以朞，未知果合於禮意耶？

賢姪婦服制，關係甚重，區區何敢與聞？而旣承俯問，不容無對。

竊詳沙翁所謂“其夫未及承重而早死者”，似指“先其父而亡，未成爲嫡孫者”也。今賢姪之事，若同乎此，則固可謂“未及承重”。然其死也，繼其禰而入廟，又爲之立嗣，以承祖先之統，則是便爲已傳重，難可同之於衆孫，而其婦遂不得爲適孫婦之服也。

第無古據，不敢質言，更詢於知者而處之如何？抑此服制不三年，則當從本服大功，今承定爲朞年，何也？此則恐進退無當矣。

〔2〕長姪早歿而無嗣，故以廷杰小孫鍾鶴立後，年方三歲。當此先姒之喪，當題主以“顯曾祖姒”，旁題以“孝曾孫奉祀”耶？若然，則鍾鶴幼未將事，廷杰當攝祀，而虞、祔、祥、禫時祝文式，將何以爲之耶？

宗子雖幼，以其名題主，自有先賢定論。而其攝祭之祝，則曰：“孝子某幼未將事，使某親某敢昭告云云。”攝者屬尊，則改“使”爲“屬”者，亦人家通行之例也。但今哀侍以祖攝孫，則“屬”字與“某親”下書名，亦似未穩。或別有他人可攝者耶？

或言“幼未將事”之下，直曰“攝祀子若孫某敢昭告于某親”爲宜。然朱子嘗論此禮，曰：“攝主但主其事，名則宗子主之，不可易也。"今以攝者之屬稱，稱其所祭，果無違於"名不可易"之義否？姑誦所聞，以備裁擇。

答韓思愈

孟子曰："子曰：'操則存，舍則亡，出入無時，莫知其鄉，惟心之謂歟！'"范純夫女讀此章，曰："孟子不識心，心豈有出入？"伊川聞之，曰："此女雖不識孟子，却能識心。"朱子曰："此女當是不勞攘，猶無病者不知人之疾痛也。"

由孔、孟之說，則心有出入也；由范、程之說，則心無出入也；由朱子之說，則心或有出入者，或有無出入者，三說不同。

蓋古人論"心"有二道，有以"動靜"言者，有以"操舍"言者。若以"動靜"言之，則所謂"動處"，如明鏡在此，隨物來照，不可以出入言也；若以"操舍"言之，則所謂"舍處"，如主翁不在，荒屋徒立，亦可以出入言也。

然則孔、孟之謂"有出入"，以操舍言也；范、程之謂"無出入"，以動靜言也。且程子謂"范女識心"，亦謂"范女能識心之動靜之非爲出入也"；朱子之謂"范女不知人之疾痛"，亦謂"范女只知自家心之無操舍，而不知衆人心之有操舍也"。未知如何？

所諭范氏女論心之說，儘明白，其於衆論不一處，亦可謂該貫無礙矣。只句語間，時有小病，如"動靜"、"操舍"，不合相對爲說。蓋操舍中，亦該動靜，非二事也。今但曰"語此心之本然，則靜而鑑空衡平，動而因物賦形，固無出入之可議，而論工夫之得失，則隨其操舍，而存亡不同，又安得爲無出入乎"云爾，則似更完備耶？

然孟子此段，亦非主言工夫，只說"心之伎倆有如此者，人不可不加操之之功"云耳。此又不可不知也，如何如何？

答韓思愈

"不見不聞"、"體物如在"，良能也如此，實理也如此。然良能與實理，又豈判然二物哉？只一地頭，從其運用處，而謂之"良能"；從其主宰處，而謂之"實理"。故良能之不見不聞，卽實理之不見不聞也；良能之體物如在，卽實理之體物如在，不可得而二之也。但其言之則有序，故此章自首句至"矧可射思"，許多形容，皆是說"良能"。說良能，而所寓之實理，固已包在其中矣。

然若但如是而止，則非所以主乎"理"而爲言。故至章末，始一言道破曰："微之顯，誠之不可揜如是夫！"由是而回看上文所言，句句說良能處，便是句句說實理，眞令人聳動鼓舞，可謂妙矣。

雖以《集註》考之，亦一則曰"陰之靈、陽之靈"，二則曰"陰陽合散之所爲"，三則曰"其氣發揚乎上"，皆是說"良能"，無一句及於"理"。而末乃以"無非實者"四字，突然加之於"陰陽合散"之下，即此一句，徹盡以上許多說"良能"處。

章下註則又承此意，而直斷之曰："不見不聞，隱也；體物如在，則亦費矣。"此其條理精審，旨意明白，非朱子之聖於釋經，何以及此？今不察此，而徒疑其上下語意之有所抵捂，而欲强以一之，則不亦疏乎？

答韓思愈

〔1〕明德，當以心爲主。然既云"心"，則心之體段，即氣也。氣之不齊有萬不同，則心何獨爲清粹無雜乎？朱子曰："性無不善，心有善惡。"若以心看明德，則是未免湖中所論"明德分數"之說，未知如何？

心固屬之氣矣，然止道氣不得，必曰"氣之精爽"則可耳。既是"精爽"，便見其不囿乎氣。此所以能"虛靈不昧，以具衆理而應萬事"者也，又安有分數可論也？

所謂"心有善惡"者，亦只言心之爲物，自會作用，雖能爲善，亦能爲惡，有如夫子所論"存亡出入"之義，非謂隨人等品而其心或善或惡也。今以此爲有分數之證，大不相干。

〔2〕"止至善"，非"明德"、"新民"之外，別有一箇地頭，而下三"在"字，分作各項綱領，未知如何？

"明明德"、"新民"，經也；"止至善"，緯也。只此三言，一部

《大學》森然已具，於此闕其一，則下面許多道理，便沒統領矣。《中庸》"三達德"，"勇"不在"仁"、"智"之外，而竝列爲三，與此義例正相似。

〔3〕曰"定靜安慮"，曰"格致誠正修"，似有兩段之程。"定靜安慮"，是"知止"以後自然之效驗次第，非如"格致誠正修"之各自爲一段工夫也，觀於《或問》可知。

〔4〕"事有終始"，先言"終"者，抑有意義耶？或曰："'知止'一段，重在'能得'，故先言'終'。"或曰："猶'貞復元'之義也。"兩說未知如何？
不曰"始終"，而曰"終始"，恐無別義，兩解皆未見其然。"貞元云云"，尤鑿矣。審如其言，則是爲既得所止，而又求有以知止，其可乎？

〔5〕"明明德於天下"之"明德"，是指己耶？指人耶？
"明明德於天下"，恐是明己德於天下之意。農巖先祖論此頗詳，見載文集雜識中，試檢看如何？

〔6〕"物格"一段，正說順推功效。而或曰："此段復說工夫，若以功效言，則《章句》當云'知既盡，則意自誠矣；意既實，則心自正矣'。何必更下'可得'二字乎？"
或曰："經文但云'知至而后意誠，意誠而后心正'，則恐學者以爲'知既盡則意自誠，意既實則心自正，何

必更加正心誠意之功'云爾。故特下'可得'二字，使學者知所以必加'誠意正心'之功也。然則功效之中，自有功夫之意。"此兩說未知是否？

"物格"一段，是說功效無疑。《章句》兩"可得"字，雖若以工夫言，而其實可得做"誠意"工夫者，正是"知至"之功效；可得做"正心"工夫者，正是"意誠"之功效，畢竟功效爲主。

答俞得柱

〔1〕"自誠"之"誠"、"明誠"之"誠"、"誠明"之"明"、"明誠"之"明"，上下"誠"字、"明"字，似有淺深輕重之別歟！

似然。但"輕重淺深"字，覺有病，謂有自然與用力之別，則爲可耳。

〔2〕"能盡"之"盡"字，或者以爲雖兼"知"、"行"言，而"知"意思較重。此說如何？

固是兼"知"、"行"說，而歸重在"行"上，看小註所引《語類》說，可知。或說却相反，未知所本。

〔3〕"著"與"明"，何如者爲"著"，何如者爲"明"耶？

此數字，階級本不懸絕。然《章句》所謂"又有光輝發越之盛"者，亦已明白，不必別求他解。

〔4〕“誠者自成，而道自道”，上下“自”字之不同，曾聞命矣，而所以不同之義，難爲分釋。

上下“自”字，愚則皆看以“自己”之“自”。以爲“不同”者，未記有所論，無乃誤聽而有此疑耶？

〔5〕不曰“道者”，而曰“而道”，何也？“而”字，似有深意歟！

此章所論，重在“誠”字，而“道”則只是帶說去立文，宜有主客。兩句間着一“而”字，恐亦此意。

〔6〕“誠”字，上章註皆以“理”言之，而此則以“心”言之，何也？

此不難曉。只虛心平氣，將此章五“誠”字，試作“實理”看，皆通否？作“實心”看，有甚窒礙否？又於上文解以“實理”處，亦用此法，互換看出，則可見其各有攸當，不容移易矣。如是而猶有疑，則更敎之如何？

〔7〕“合內外之道”與“而道自道”之“道”，當一串看耶？

兩“道”字，未見有別。

〔8〕“優優大哉”之“大”字，帶看“多”字之意歟！

“大”字帶看“多”字意，恐未然，小註雙峰說甚明。

〔9〕“君子尊德性”，《章句》“大小相資，首尾相應”，當從

許東陽之說耶？"存心"、"致知"之各分首尾，亦似井井，
未知如何？

"首尾相應"，東陽說可從，如來意存心致知各分首尾，亦不
妨。但旣曰"首尾"，則只舉上下二句，以該其餘可也。"一首
四尾"，恐不如此。

〔10〕"不議禮"之"禮"字，《章句》曰"親疏相接之體"；"行
同倫"之"倫"字，曰"次序之體"，"體"字之義未詳。

"體"，猶今言"體例"、"體貌"也。

答朴漢欽

孤子十一月遭祖母喪，十二月又遭父喪。或曰："禮當
代服，而待父葬卒哭後，始爲追服。"

父葬未行之前，當過祖母葬。葬時題主，當以孤子
名旁題，且當立喪主，則烏可待父葬卒哭後追服耶？

承重代服，則各於廬次，當服其服，而至於常持之
服，則當用齊衰耶？斬衰耶？

代父承重，古禮雖無文，自《通典》諸儒，已有所論，而今行
之久矣。豈容異議於其間耶？

其代服之節，則宋時禮官，引"女子嫁，反在父之室，爲
父三年"之例，謂"當因其葬而制斬衰"，【亦現《經傳通解》。】此說
固有意義。而尤翁則以爲"父喪成服後，當祭其祖，此時當

何服耶". 以此知服父服後, 卽服祖服之說爲得也.

今來諭所慮"題主時有礙", 亦此意也. 然則遵先生之說
而行之, 無乃可乎? 常持之服, 亦有尤翁所論, 錄在下方.
【錄闕】

答朴漢欽

〔1〕長子無子而沒, 次子遭父喪, 題主旁題之說, 退溪
答寒岡曰: "不稱孝, 只書名. 祝辭曰'攝祀事子某'." 尤
庵曰: "朱子答李繼善, 謂攝主但主其事, 名則宗子主
之." 且曰: "次子主祭, 則用'權'字."

若如退溪說, 則祝辭稱"攝"字爲宜; 若如尤翁說,
則"攝"字未安, 用"權"字爲稍安. 然則"權"字用之於何處
乎?

陶菴答韓師悌曰"我外氏曾有權攝之擧, 題主則稱
'顯考'而無旁題, 行祭, 祝以'攝祀事孤子某'爲稱. 其時
以此禀于尤庵, 則不爲全可, 亦不以爲不可"云. 若如
陶庵說, 則無旁題可知. 且祝辭所謂"攝"字, 恐不至未
安矣.

陶庵又答人曰"旁題雖不稱'孝', 而'奉祀'二字, 甚
覺惶猥. 加'權'字差勝, 而此亦文勢不雅"云. 然則其將
何爲耶?

〔2〕次子權奉而祧遷, 尤庵曰"非權奉者所敢當", 若待長子之立後, 則杳無其期, 然則吉祭其將久廢不行乎?

俯詢禮疑, 諸先生所論, 旣如是參差, 以此蒙識, 何能有所會通而得其旨意之所歸乎?

第觀尤翁所答老峰書, 有曰: "次子不敢旁題, 而只稱攝行者, 實嚴宗統之大防, 士大夫不可不知也." 此義儘直截, 不容破壞. 陶庵所謂"旁題雖不稱'孝', '奉祀'二字, 甚覺惶猥"者, 亦此意也.

至於祝辭自稱, 則退溪"攝祀子"之說, 尤翁雖以爲"旣無主人, 攝字無所當", 然《禮》有"攝女君"之文, 而乃是女君死而妾攝之謂, 則無主人而稱攝者, 亦有之矣. 此又尤翁之不可於陶庵外氏之問也歟? 恨不及摳衣而仰請也.

喪畢祧遷, 旣曰"非權代者所敢當", 則又安有長房移奉之節也? 但長子不得立後, 而引至年久, 則誠多窒礙處, 惟在博詢以處之耳.

答李東運

〔1〕東運伯從兄遭長子喪, 而伯父出繼, 亡者亦無子. 其服齊、斬, 未有明據, 與其率意妄作以犯汰哉之罪, 無寧從俗之爲愈. 故遂以斬衰成服, 未知於禮如何? 若以服斬爲非, 則雖追後更服齊衰, 未爲不可耶?

“正體傳重”之義，鄭氏註自不可易，難容他解。賈疏“四種說”，雖未見所據，後來承用已久，故沙溪載之於《備要》。至其所謂“死而無子不受重者，亦不三年”一段，則刪而不錄，其微旨可睹矣。蓋古禮於此，既無明證，而今世則未聞有以無子不受重者，既受重矣，何可不爲之三年乎？然則令從氏服制，不當以此爲拘。

　　但尊伯父丈既是入繼之人，則準以“父祖適適相承”之義，其果無所礙耶？從來此事，議論不一，更博詢以處之如何？如知其非，恐當因朔望告由而改之，則尤翁說可以傍照，謹錄在下方。【錄闕】

〔2〕禮，出嫁女爲昆弟之爲父後者服期，蓋謂父死而子繼其後也。若父在，則雖適子，不可言爲父後者。

　　禮，出妻之子爲母杖期，而爲父後則無服。《小記》曰“無服也者，喪者不祭故也”，蓋謂若服出母，則將廢己之宗祀矣。父在，則父當主祭，雖適子，亦可以服出母。然則伯魚之喪出母，正合禮也。

　　以此相證，則“爲父後”之“爲父沒後”語亦明，而出嫁女之爲適昆弟服期，當在父沒之後。若父在，則恐不當服期矣。

凡言“爲父後者”，皆指父沒之後。來喻所引《小記》說，亦其明證也，復何疑乎？適人而仍服私服三年，大違禮法，如知其非，斯速已矣。當於朔望告由除服。

答洪樂綏

〔1〕《小學》篇首《書題》、《題辭》，何者爲首？
《題辭》從天道人性說起，而總論小學、大學之事，其體猶序
引；《書題》則只論小學，即今人所謂"篇題"也。揆以《庸》、
《學》之例，先《題辭》、後《書題》爲是。

〔2〕《題辭》"思罔或逾"。
"思罔或逾"，通指"誦《詩》讀《書》詠歌舞蹈"而言。

〔3〕《立教》篇"出就外傅"章"禮率初，朝夕學幼儀"。
"禮率初"，是言就傅之初，須有朝夕常行之節次，"率"者，遵
此而不失也。"學幼儀"，則其事稍廣，亦以時講而習之。

〔4〕"女子二十而嫁，有故，二十三年而嫁"，註"故謂父
母之喪"，必待三年喪畢後嫁之禮也。而尤翁答或人之
說，引證《通解》疏說，以謂"心喪中已嫁者，既許其歸
于夫家，則未嫁者之嫁，恐無異同"云。嫁、未嫁，豈無
輕重乎？
"有故，二十三年而嫁"，賈氏疏，常疑其未安。今姑未論其
他，只觀《喪服·傳》曰"父必三年然後娶，達子之志也"，父猶
如此，爲子者乃得嫁於三年之內，豈其理耶？未嫁者之嫁與
已嫁者之歸夫家，恐亦有輕重之別，尤翁所論，未敢知也。

〔5〕《周禮》“鄉三物”章“賓興之”, 以賓禮待賢能而舉之歟?

“賓興之”,《周禮》註“謂合衆而尊寵之, 以鄉飮酒之禮, 禮而賓興³之”, “賓”卽鄉飮酒之賓也。

〔6〕《弟子職》第二章“毋驕恃力”, “力”指何事歟?

“毋驕恃力”, 朱子以爲“如恃氣力, 胡亂打人之類”。

〔7〕《明倫》篇“父母舅姑將坐, 奉席請何鄉。將衽, 長者奉席請何趾, 少者執床與坐。御者舉几, 斂席與簟, 懸衾篋枕, 斂簟而襡之”, 文理似倒。

“父母舅姑將坐”此一節, 愚亦每疑其或有倒錯。如以“將衽長者奉席請何趾”九字, 移置於“將坐”之上, 則文勢甚順, 而何敢質言也?

今姑以註說解去, 則所謂“將衽”, 乃爲寢興後復臥之節, 其下接以“舉几斂席”等事, 亦不至不成說矣。“斂簟而襡之”, 雖與上文“斂席與簟”相疊, 而此則重在“襡”之上。古人文字, 或如此, 不必深疑。

〔8〕遞遷神主, 庶孼爲長房, 則旁題書以“庶”字耶?

遞遷之主, 歸於庶孫, 則傍題書“庶”字爲正。

---

3 興: 통행본《周禮注疏》鄭玄의 註와《儀禮經傳通解》에는 없음.

〔9〕出主告辭，考妣幷祭，則"敢請"以下，俱書"顯考某官府君、顯妣某封某氏神主"歟？只書"顯考、顯妣"歟？

忌祭告辭，如考忌則上既書"某官府君"，"敢請"之下，只當曰"顯考"，而於妣則備書"某封某氏"。妣忌反此。

〔10〕凡祀，主婦當亞獻扱匙，而主婦若遭其本生父母之喪，則其亞扱之節，在於葬後歟？在於期後歟？

古禮婦人之有父母喪者，既練而後歸，然則未練之前，不得參夫家之祭矣。今雖不能準此，未卒哭間，不當離喪次，葬前亞獻行否，恐非可論。《備要》所載"期服葬後祭如平時"者，亦可傍照。

〔11〕凡祀，進茶後，《家禮》無"下匙"之文，《儀禮》言"既扱匙"，則當下匙。曾見先生虞、卒哭無下匙之舉，願聞其義。

《家禮》，凡祭無"下匙"之文，鄙家所遵者此耳。

答裴敬屢

冠者有冠以爲飾，雖不櫛，可以斂髮，故其禮如此。"行不翔"以下，則通未冠而言。

父母喪則去髦，似是去飾之義，非以存沒而貳之也。"昧爽而朝”，來喻所謂“以未成人而殺其責”者是也，不必別解。

介婦之事冢婦，以倫序之重，而兼有承統之尊，故其教如此。若第二婦以下，則容有不能盡同者。

“不百里而奔喪”，《小學》註以爲“猶言不越境”，蓋指異國也。生得歸寧，沒不可奔喪，雖若可疑，然觀《詩·載馳》章范氏說，則古禮自有如此處矣。若一國之內，則恐難一用此禮，未知如何？

三山齋集

卷五

書

書

答俞擎汝【憲柱○初名嶽柱】

歲暮，戀仰盆苦，忽拜惠狀，披慰可知。第審色憂一向彌留，區區不勝仰慮。履安病憂相仍，苦無閑坐看書之日，屬此窮臘，意緒種種不樂，奈何？

論及程子性說，朱夫子嘗以爲"才說性，此性字是雜氣質與本來性說，便已不是性。這性字却是本然性"。只此數句，已極明白，無用多辨。高明豈未之考歟？

雖然，所謂"本然"、"氣質"，亦豈有二性哉？只就一地頭，雜理與氣而爲言曰"氣質之性"；除却氣，單指理而爲言曰"本然之性"，此又朱夫子"雖不相離，亦不相雜"之說也。

向來一種議論，則但知不離者之爲性，而不知不雜者之爲純粹至善之本體。又不道"不離底是氣質之性"，而直謂之"本然"，此於程、朱之旨，果何如耶？然此等說話，易生葛藤，不必煩傍眼也。

《中庸章句》曰："性道雖同，氣稟或異。"這"同"、"異"字，若指人與物而言之，則物之道與人之道同處，可得的指耶？幸下一轉語，以破昏蔀如何？眼痛艱呼。不宣。

答俞擎汝

〔1〕遷于廳事告辭，今無可遷之廳事，節省何如？
雖無廳事可遷，猶當用《儀節》"略移動"之說，告辭不可闕也。

〔2〕遣奠後，祝奉魂帛升車焚香，今宜遵行否？
所以焚香者，蓋欲魂氣之依之也。禮有明文，何可不遵？

〔3〕賓客辭歸，在於"乃窆"之前。今俗以見下棺為重，
　　在人情亦然，而禮意如此，可疑。
賓客之送葬也，以執紼為義，既至乎墓，則其事畢矣，故辭
歸在於窆前。然情厚者欲留見下棺，亦何不可之有？此等
處，不必太泥，亦非主家之所知也。

〔4〕題主，祝之讀畢懷之，何謂也？
懷祝之義，先輩或以為急於反虞而不暇焚之也。然《家禮》
此文，實用《書儀》，而《書儀》於凡他告事及時祭，皆懷祝而
無"焚之"之文，則獨於此謂之"不暇焚而懷之"者，殆未見其
然。似緣《書儀》晚出，未及經眼而然耳。然《家禮》之文既
如此，且懷之而從後焚之，亦何害也？

〔5〕虞祭降神，止哭者，而焚香、茅沙，皆無"哭再拜"
　　之文，不哭為是否？
降神與奠獻有異，不哭為是。

〔6〕進饌, 主人奉魚、肉, 主婦奉麪、米食, 始於卒哭者, 何義? 且人家婦女未易嫺於進獻, 此等節文, 恐不必一一如禮, 如何?

至卒哭, 始以吉禮行之, 故必夫婦親之也。婦女雖未嫺於禮, 親戚知禮者相以行之, 有何難事, 而以爲不必如禮耶?

〔7〕虞、卒哭、練、祥皆無參神。沙翁以爲"孝子常居其側, 無可參之義", 此則然矣。旣有常侍之義, 則恐幷與辭神而無之, 如何?

參神、辭神之一行一否, 雖若可疑, 然出神主入哭, 便是參神, 而祭畢, 又不可無拜辭之節, 故如是耶? 不敢質言。

〔8〕祔祭參神, 只參祖考、妣, 降神則幷行於新主否? 《祔祭圖》亡者前無香案、茅沙, 可疑。

降神則幷行於新主, 而所謂"竝行"者, 亦非各焚香、酹茅之謂也。然則亡者位前, 不設香案, 固宜。茅沙則有祭酒之節, 不可不各設。圖中, 恐偶闕之。

〔9〕祔祭祝干支下, 當書以"孝曾孫某云云"否? "適"字何義? 告亡者, 不書"謹以"以下六字否?

告曾祖祝辭, 《書儀》則以"孝孫"書之, 而《家禮》改以"孝子", 丘氏《儀節》又云"孝孫", 誠靡所適從。

然"孝子"之稱, 實本於《儀禮》。其文曰: "孝子某, 孝顯相, 夙興夜處, 小心畏忌, 不惰其身, 不寧。用尹祭、嘉薦、普淖、普薦、溲酒，適爾皇祖某甫，以隮祔爾孫某甫。
尚饗。"其疏曰："欲使死者祔於皇祖，又使皇祖與死者合食，
故須兩告之。是以告死者曰'適爾皇祖某甫'，謂皇祖曰'隮祔
爾孫某甫'，二者俱饗云云。"

據此則祖、孫初不各祭，共用一祝，其稱"孝子"固當。
而今則既各祭，而又各祝，猶冒"孝子"之稱於告祖之祝，未
敢知如何。

然以朱子之審於取捨，夫豈無義而特改前人已定之禮，
以誤後世耶？蓋祔祭，本爲亡者而設。故其服則以衰麻行
事，其共祭之祝，不曰"孝孫"而曰"孝子"，其意可見矣。今雖
各祭，此義不可全沒，此朱子所以有所斟酌，從違於其間者
歟！沙翁《備要》，亦謹守而無貳辭，愚意於此恐不敢容議。
幸更詢於知禮者，而復以見教如何？

"適"字之義，恐如"以適父母、舅姑之所"之"適"。告亡
者，亦當書"謹以"下六字。

〔10〕祔祭，世人多以衰服行事，鄙意喪人入廟，必釋衰。
　　　朱先生亦以墨衰薦于廟，以衰麻而參于祖考，恐極未
　　　安。以布直領、孝巾行參，已有先儒之論，遵行似穩。
說見上段，與他時薦廟之禮自別。

〔11〕祔祭，設位於祠堂或廳事，禮也。鄙家家廟狹窄，
　　　且無廳事可合行祀。几筵房室稍寬，奉出祖考神主，行
　　　祭於此所，無甚大悖否？

雖無他行祭之處，以祖考神版，降就於其孫之几筵，有坐屈之嫌。無已則姑奉几筵於別所，待行祭後還安如何？

〔12〕“題主後，祝奉置靈座云云”，至反哭，入就位然後始云“櫝之”，沙溪亦以爲可疑。且曰：“豈有自墓來不櫝，而今始櫝之哉？云云。”必待反哭而後閉櫝者，似有精義。
昔者先丈以此疑問於先人，先人答云：“發引，以箱盛主置帛後；反哭，出帛箱置主後，其於舍舊從新之際，用意極精微。主之必至家櫝之者，意¹或在此歟！”今來教所謂“有精義於其間”者，似已得之。

〔13〕祔祭，《問解》有“前期一日，以酒果告所祔之龕”之文，《備要》無之，猶可行之乎？告之辭，當如何？
《問解》此說，蓋爲宗子爲支孫行祔者而云爾，若喪人是宗子，則不必然。

〔14〕“斬破土，主人率執事。”云云。
開塋域時，主人率執事掘兆。至於祠土，則自有告者，主人有何所爲？然則服色，非可論也。

〔15〕前書，銘旌請書以“學生”，門下之書送也。或有曰：

1　意：《渼湖集·答兪漢禎》에는 “義”.

"先丈隱德不仕，宜書以處士。"夫"學生"與"處士"，俱是無官者之稱，而"學生"者，今俗無官者通稱；"處士"之稱，非世俗之所常用，此等稱號，非先子之所常喜者。前日哀遑中率爾仰請，今者人或有不我足者，今於題主則依銘旌書之，誌石則書以"處士"，無甚悖理否？

向於銘旌書送後，有一士友來言"何不以處士書之"。愚則只答以"本家以學生書來，故依此書之"云矣。因此而更思之，彼言誠亦好矣。而第念先丈平日規模，凡於浮華近名之事，常有所不屑，此最其難及處。今如此書之，不害爲奉體遺意之道，而不自覺其爲悔矣。今讀來示，正如我心，或人之有所云云，或未能思之及此耶？既以此書旌，則至於誌石，又何必改爲？惟在深量以處之耳。

答兪擎汝

卽拜惠疏，數日來氣力支相，慰幸何已？葬禮擇日，聞更近出，或可避隆寒耶？凡具何以措備？徒切傷念而已。

先塋告辭，當書亡者之名，蓋於祖先之前，不敢有所諱也。年月，似亦依祠土地例而備書之矣。

玄纁說，古今禮制不一，而先人則每以《儀禮》"實于蓋中"之文爲主。故家間所行，於柩上中半處，右玄左纁以奠之。遺稿中，有答人此問者一段，茲以謄上。擇而行之如何？

旁題"奉祀"字, 人家皆於"奉"字上空之, 今從之似宜。

反哭後, 五服相弔, 禮雖無其文, 賓客尙相弔, 況於有服之親乎?

《家禮》"主婦", 雖不分初喪與葬後, "虞、祔以後祭祀之禮, 必夫婦親之"云者, 揆以禮義, 斷無可疑。夫豈未審而沙翁質言如彼乎? 恐不容他議耳。不宣。

玄纁, 實于柩之蓋中, 《儀禮》也; 置於柩傍[2], 《家禮》也; 置於柩東柩、槨之間, 《開元禮》也。

尤翁所用, 《家禮》也, 而但以"兩傍[3]"之"傍[4]", 謂"柩、槨之間", 而非"柩上之左右"者, 不能無少疑。如"題主左旁"之"旁", 亦以主面而言, 則今柩上之左右, 必不可謂之"旁"耶?

且《儀禮》"實于蓋"之義, 註、疏皆稱"若親受之然", 此義儘精微。《家禮》之意, 又安知必非柩上之兩旁耶? 此非欲今日必如是行之也, 是平日所欲一質於人者, 故發之於此耳。

其"右玄左纁", 已有尤翁所論。蓋地道以右爲尊, 故玄屬陽而反居右, 纁屬陰而反居左, 其義恐是如此。

2 傍: 《渼湖集 · 答兪伊天》에는 "旁".
3 傍: 《渼湖集 · 答兪伊天》에는 "旁".
4 傍: 《渼湖集 · 答兪伊天》에는 "旁".

答俞擎汝

積雪增寒，隔江相望，深以葬禮爲慮，忽此惠疏，氣力支安，是則爲慰。而穿兆在明，凡百尙多茫然，豈勝悲歎？

前呈禮說，自知空疏，必多謬妄，而乃蒙一例開可，深用愧恧。

祔祭不各行降神，非獨祔祭爲然。如時祭、俗節、朔參，何嘗逐位各行之耶？此則非所疑也。古禮合饗，無他考據，只以前告祝辭與疏說意其如此。若如禫後祫祭之禮，則正是各饗，而非合之云也。《家禮》之各祭，此所謂"古今異宜"者耶？

喪人旣稱"孝子"，則宗子亦當隨其屬而稱之者，來示似然。但此是禮之大節，幸無以一時聾瞽之說爲可採，而必更問於知禮者，俾免於誤禮之罪，如何如何？手凍僅此。不宣。

答俞擎汝

日月不淹，先府君襄事奄過，仰惟孝思哀隕，其何可堪？病未伸臨壙之訣，則猶當以一書替慰，而江氷難越，含意未遂。不意惠疏先及，謹審已經三虞，氣力支相，區區愧荷交切。而大夫人患候間經非細，又不勝驚慮之至。

別紙，伏讀增涕。自念平日情好，苟可以自效，何待勤托而爲之？而況托之如是其懇懇乎？但年來久疏筆硯，重以病思昏憒，雖數行誄語，實無以及時構出。稍寬俟之，則或不相負，而至於幽堂之文，事體尤重，有不敢聞命。諒之如何？

祔祭出主，無焚香等節，大抵喪中之祭，比常時多殺略，恐無別意。上食素饌，自虞祭已用事神之禮，今不當復論矣。三年內，晨謁姑闕似宜。雖朔望，旣不能行參，則并與拜禮而停之爲得否？先墓與新山，同在一局，則恐不妨歷省，蓋墓與廟，似不同耳。虞，杖不入於室，堂上則猶杖也。上食，亦視此爲節，其可乎！産故廢祭，禮無其說。然如無別所可以致潔，則不得已而廢之，亦勢也。然則告由，退行似宜。喪中諸祭，辭神在斂主之後，與時祭不同者，未詳其義。然自參神而已不同，大抵吉凶異禮，不必一一較論。未知如何。父喪中母祥變除之節，來示所引"重喪未除"一段，自是明文，又何待於他考乎？

鄙見如此。《禮記》五冊先送，讀盡更示如何？艱此。不宣。

答兪擎汝

〔1〕"明德"之爲"心"、爲"性"，不待多辨。然以明德爲性，亦無不可，而朱先生必以"虛靈"釋之者，何所據乎？泛言"明德"，謂之"性"亦可。然觀此篇所論曰"致知"、曰"誠意"、曰"正心"者，皆主於心而爲言，則其所謂"明德"可知也。

朱子之釋，夫豈無所據而然乎？

〔2〕古人爲學，固多於"動用"上着工，"明明德"之必以所
發爲言者，意亦如此。然《大學》之道，卽古聖人全體、
大用之學，則宜與《中庸》"中和之工"同道。而朱子之斷
然以發處爲言者，亦豈無所本而言然哉？
經文未嘗論"未發"工夫，何由得別添意思，以爲之解乎？蓋
詳朱子此句，實本於《盤銘》"日新"之旨，而其指示學者求端
用力之方，最爲眞切。正好於此體驗受用，不必生題外疑
難，枉費說話也。

〔3〕"致知"之"知"、"知覺"之"知"也，與"五常"之"知"，界
分固截然，而"知"與"知覺"，最難界破。朱子仁說曰：
"知覺乃知之事。"然則"心"、"性"不旣混乎？
朱子仁說，雖以"知覺"爲"智"之事，而其答潘謙之書，又分別
"心"、"性"甚晳，未知孰爲定論。此是前輩未決之案，不敢率
爾開口。至於"致知"之"知"，朱子直訓曰"猶識也"，與"知覺"云
者，又稍別。答潘書，恐欲考，書在下方。幸更入思而見教也。

答潘謙之曰："性只是理，情是流出運用處，心之知覺，
卽所以具此理而行此情者也。以智言之，所以知是非
之理，則智也，性也；所以知是非而是非之者，情也；
具此理而覺其爲是非者，心也。此處分別，只在毫釐，
精以察之，乃可見耳。"

〔4〕五章"全體"、"大用"，老先生以新安說爲未然，更未
　　有發落之敎，其指安在？

以"具衆理"、"應萬事"爲"明德"之"體"、"用"則可。至於此章，
方說"致知"，未說到應事處，而陳氏以"應萬事"爲"大用"，果
似未安。其云"具衆理"爲"體"者，於此亦稍緩。

〔5〕"誠意"之不曰"情"者，先儒果有云云，而未必其眞
　　然。抑誠意之後，情亦自誠乎？別有治情之道乎？

"情"是驀然發出底，可言邪正，不可言誠僞。《大學》之有"誠
意"而無"誠情"，其以是歟。然先之以"格"、"致"，繼之以"
誠"、"正"，則"情"亦自得其正矣，故朱子於"正心"註，始言
"情"字。

〔6〕"自欺"之訓曰"知爲善去惡"，承上"致知"而言。"修身
　　章"曰"好而知其惡，惡而知其美者，天下鮮矣"，不與上
　　文矛盾乎？

"好而知其惡，惡而知其美，天下鮮矣"，此說常人事。

〔7〕"如保赤子"，承上"孝"、"弟"、"慈"而獨以"慈"言者，
　　治國之道，重在"慈"也歟？

此章大義，在於上行下效處。今云"治國之道，重在慈也"，
則止爲保民之事，非傳文本意。

〔8〕此書自"誠意章"始言"好惡"，至末章，其意益廣且

備。其言用人、理財，皆同好惡之意歟？

"誠意"之"好惡"，好善惡惡也；"平天下"之"好惡"，多是貧富苦樂向背趨避之意。文雖同，而義自異，不可一例看。惟《秦誓》一節，亦是好善惡惡。

〔9〕"絜矩"有二義，皆朱子言也。敢問以何說爲宗乎？

"素矩"之義，當從本註。其答江德功書，先人嘗以爲初年說。

〔10〕九章始言"恕"，十章言"絜矩"，亦恕也，夫《大學》之道，忠恕而已。"明明德"者，忠也；"新民"者，恕也，大本、達道也。愚意斷然以爲《大學》一部，忠恕之道也。未知如何？

只如此大言籠蓋，却無意味。須將三綱八目，節節推究，看得次第工程眞切分明，方有進步處。

〔11〕"國不以利爲利，以義爲利"，《大學》之以是結之者，其旨至矣。此子思子"仁義所以爲利之"意，而孟子"何必曰利"之說，有自來矣。故此書之傳，未知的出於誰手，而無亦子思子之所傳述歟？

"義"、"利"二字，不必獨爲曾門傳授之說。如《大易》言"利者，義之和也"，已是這意思。今以子思對魯君之語，謂傳文出於其手，未敢信其必然。

答俞擎汝

"明德",《章句》之專以發處言之，有何微旨耶？"致知"之"知"與"四德"之"知"，界分可得明言歟？

前詢《大學》疑義，所謂"因其所發而遂明之"者，蓋聖賢教人，多從發處着功，觀《論語》、《孟子》可知。況初學之士，不於此求端，而將何以哉？然初既唱之以"本體之明，有未嘗息"，而末又承之以"遂明之"，則惟此"遂明之"三字，亦已包括統體工夫而無不足矣。

"致知"之"知"，既訓爲"識"，則其不以"智"字爲義明矣。蓋"智"卽性也，於性着不得"推極"字。

答俞擎汝

〔1〕"智"、"知"之分，答潘書，果明且盡矣。然以知覺爲智之事者，恐亦可通。蓋心之氣，至虛靈而自知覺，其能知覺者，亦豈無所本乎？以有覺之理於內耳。如其無本於內，則頑然木石而已，奚貴於心哉？故能知能覺者，心也、情也；所知所覺者，性也、智也。然則以知覺爲智之事，亦何不可之有？

知覺說，多不可曉。原來此處，極精微難看，吾輩不合發之太早，且置而更思不妨。

〔2〕"致知"之"知"，與"知覺"稍別之敎，何也？

先人嘗答人問曰："致知之知，恐只是知之用。《章句》不曰知猶覺也，而曰猶識也，微意似可見。"此愚說之所本耳。

〔3〕 "全體"、"大用"之不可以"具衆理"、"應萬事"當之，則既聞命矣。然則此四字，果何以言則可？

"吾心之全體"，卽所謂"人心之靈，莫不有知"者是已，全體既明，則大用亦只在其中。

〔4〕"誠意"之不曰"情"，下敎亦當。先儒以"緣情計校"爲"意"，恐未必皆然。今求之吾心，一念方萌於靜中者，是"意"耶？"情"耶？"誠意"者，自脩之首，而欲其審之於善惡方萌之幾。若誠之於緣情之際，一任其初發而不知察，則其工程無或疏漏乎？愚意"情"、"意"有微、顯之別。"誠意"者，愼獨也；"正心"者，約其情也。如何？

朱子曰："情如舟、車，意如人使那舟、車一般。"又曰："情是會做底，意是去百般計校做。意因有是情而後用。"此卽"緣情計校"之謂，雖欲盡掃去之，得乎？所謂"情、意有微、顯之別"以下數句，尤多疏謬。概觀前後論說，多不肯虛心遜志，深求本文意趣，徑將外來義理，以相詰難。又或驅率前言，以就己意之所便。此非小病，幸有以改之如何？

〔5〕"有所"之"有"，當以"有"字正義看。然《語類》諸說，

多以"置"意言，豈皆初年說乎！

"有所"之"有"，愚之所聞，正如來說。但《語類》諸說，果有異同，後來儒先，亦多作"置"字意看，未知果如何？要當以《章句》、《或問》、手筆之書爲正耳。

〔6〕匿怨友人，夫子恥之，而原壤母死而歌，大惡也。夫子曰："故者，無失其爲故也。"聖人交際之精義，固不敢測，而果忘其前日之惡而與之乎？抑怨惡有所別乎？

夫子之於原壤，故舊而非朋友也；觀壤之爲人，又是方外之類，難遽以禮法繩之者。故夫子之所處，亦以其人待之而已。今以此擬之於"匿怨"之科，無乃不倫乎？如後世釋氏無君臣父子，亦豈非倫紀之罪人？而未聞有絕之而不見者。以此推之，可以無疑。

〔7〕"三月不違"、"日月至焉"，內外賓主之辨，朱子以屋子喻之。蓋賓主，以心言，屋之內外，何以言之？小註勉齋說爲得否？

內外賓主，朱子以屋子喻之者，勉齋說似得其旨。

答俞擎汝

"情"、"意"說，其時乍見來書，似初未辨義理名目，而遽主偏見, 欲紲朱子以來相承已定之說。卽此氣象, 已先不好, 故略有所仰規, 而其於所論之得失, 未暇一一也。今承申告, 不可不對。

來諭謂"誠意乃自脩之首, 不審之於意念方萌之初, 而拖至緣情之後, 則其工爲疏"。此其意亦密矣, 而非所以語此章之旨也。

蓋統論爲學之道, 則固莫先於審之一念之萌, 以知其善惡, 而後有以施其克復之功, 《書》所謂"惟精惟一"是也。乃若此章, 承上"格致"以爲序, "格致"卽"惟精"之事也。故至於此, 則截自"好善惡惡"而言之。《章句》雖有"審幾"之云, 乃審其意之實與不實, 非審其情之善惡之謂也。今不察此, 而別添說話於傳文之外, 此愚所謂"不究本文意趣, 徑將外來義理以相難"者也。

且左右所言"緣情"者, 何謂也哉? 以下文所引"遏人慾[5]於方[6]萌"觀之, 殆以情之流而至於不善者爲緣情, 是又誤矣。蓋聞之, 感於物而直發者, 情也; 因是之發而思量運用者, 卽所謂"緣情而意"者也。惟其直發, 故無所容乎禁遏; 惟其思量運用, 故乃得"致其誠之"之工。既誠乎意, 則情亦可得以正矣, 豈謂任其情欲之肆行, 而拖至於不善也?

夫既誤認"緣情"爲不善, 故須以"方萌者"爲"意", 而不知"方萌, 情也, 非意也"。由是而輾轉穿鑿, 至以爲"己所獨知

---

5 慾: 통행본 《中庸章句》에는 "欲".

6 方: 통행본 《中庸章句》에는 "將".

者，意也；心與物接者，情也，故意微而情顯，便欲推"意"而置"情"之先。

愚未知心未接物之前，還有已所獨知之境否？子思曰："喜怒哀樂之未發謂之中，發而皆中節謂之和。"卽如來說，發與未發之間，又須設一地頭，以處已所獨知之念而後可也，豈其然乎？雖然，此且論大概耳。苟欲指摘，不勝其繁，病昏精力，無以及此。惟在反求之而已。

"內外賓主"之義，勉齋所釋朱子"屋子"之喻，固與《或問》說不同。然朱子亦嘗曰"三月不違者，我爲主而常在內也。仁猶屋，心猶我"，是正猶勉齋之釋也。又有問"三月不違，莫是仁常在內爲主"，朱子答曰："此倒說了。心常在內，常爲主，如這一間屋，主常在此居。"觀此，則《或問》說，已在所捨，又可知矣。但勉齋"仁之內"、"仁之外"數句語，覺得稍涉生受，此則活看可矣。

原壤事，緣渠是方外之流，其道本如此，故夫子爲"不聞也者而過之"。若恒人而有此悖行，自當別論"緇磷"之說，恐未甚着題也。

"致知"之"知"，《章句》只曰"猶識也"，而"補亡章"必擧"人心之靈"者，蓋推原知之所自來而備言之，非便以"靈者"爲"知"也。如何如何？僅此。不宣。

答俞擎汝

〔1〕"仁"有專言、偏言之不同，何也？

《語》、《孟》論"仁"，雖有專言、偏言之不同，然須知專言者非有餘，偏言者非不足。當各隨所指而觀之，不可遽有左右於其間也。

〔2〕"仁"、"禮"，皆性也，夫子以復禮爲仁，推此論之，何獨"禮"爲然？"義"、"智"只是成就一箇"仁"。

克己復禮，非仁也，能克己復禮則仁矣，所謂"仁之方"也。"禮"亦非直指性體，蓋以人所持循者言之。來諭誤看"爲仁"之義，又看得"禮"字太無情意，至以爲"義"、"智"亦成就一箇"仁"，失之遠矣。

〔3〕"智"，是非之理也，性之德也。《語》中言"知"者，皆說其"用"，若與"知識"之"知"無別者，何也？

孔門論"性"，多就用處言之，然"知"與"智"之分，亦不容混。如樊遲"問知"，是四德之"智"；孔子答以"知人"，是"知識"之"知"。以此求之，他可類推。

〔4〕《語》中言"仁"者至多，而朱子全以"心"爲言，至於"禮"、"義"、"智"則不爾，何義？

"仁"、"義"、"禮"、"智"，皆心之所具，而"義"、"禮"、"智"，各是一種道理，當不得心之全德。惟"仁"則包四者，故孟子曰

"仁，人心也"。朱子訓"仁"，蓋亦祖述乎此耳。

〔5〕顏子之"仰高鑽堅"，朱子以爲："此是見未親切。如有所立，方始親切。"愚意恐不必分作兩截。
"仰鑽瞻忽"與"卓然有立"，卽此二句，氣象已不侔。況其間又有"博文約禮"、"旣竭吾才"等數語，則先後來歷，尤極明白。今必作一時事，而反疑朱子之言，竊所未曉。

〔6〕"克伐怨欲不行"，程先生以爲"豈克己求仁之謂哉？學者克己之工，豈其拔去病根之易哉"，亦將消磨漸進，以至於無矣歟？
克己而拔去病根，誠難矣。然學者立心用功，必以是爲準。若徒知其難而容有隱伏於內，只從外面强制以不行，則豈克己之謂乎？蓋用功於拔去病根，而力有所未及者，積累將去，終有拔去之日。今原憲便以不行者，意其爲仁，則初無意於拔去可知。是不惟不得爲仁，而亦不得爲求仁之道矣，程子之言，不亦信乎？

〔7〕"陳恒弑君"章，程子以左氏所記謂非夫子之言。聖人舉事，好謀而成，亦不徒恃義聲，輕犯兇鋒，爲天下笑也。至於胡氏"先發"之言，又若儒者好大之論，如何？
"以魯之衆，加齊之半，可克也"，當時事勢，容或如此。而其言瑣瑣計較，有似戰國策士之論，程子之非之也，以此。
然程子之意，亦豈徒恃義聲，輕犯兇鋒，如來諭之云哉？固曰上告天子，下告方伯，率與國以討之耳。如是而不我從，則亦無奈何。然聖人爲之，須有鼓舞響合之妙，彼天下之同有是心者，豈盡如魯三子之陰懷私邪而沮敗之也？

若胡氏"先發後聞"之說，區區亦不敢信及，而今直以"儒者好大"譏之，則語意輕肆，非所以畏先賢而尊斯文也，無乃未安乎？

且左右方有疑於程子"上告下告"之策，而又斥胡氏"先發後聞"之說。然則左右之意，以爲何所處而可也？願聞之。

〔8〕"以直報怨，以德報德"，怨有不讎則直矣，德無不報則德矣。然"一飯必償"，君子嗤之；"恩讎分明"，且非有道之言。然則"報德"亦須帶來"直"字說，如何？
"一飯必償"，病在"必"字；"恩讎分明"，病在"分明"字，與聖人"以德報德，以直報怨"云者，氣象迥別。

〔9〕"聖人言義，不言命"，程、朱以上，亦有此說否？聖人知道之不可行，而猶此眷眷不已者，亦是"不言命"之一端歟？"不怨天，不尤人"，亦恐是自道之辭。聖人直義而行，怨尤有無，恐不必論。
"言義，不言命"，《近思錄》所載程子說甚明，不知所疑在何處？"聖賢知道之不行，而眷眷不已"，又是別說也。"不怨天，不尤人"，雖若不足以語聖人，然聖人之言，至平易處，自有不可思議者，要在默以識之。如《易》言"遯世無悶，不見是而無悶"，亦可謂自道之辭耶？

〔10〕夫子既曰“女以予爲多學而識之者歟”，又曰“予一以貫之”。夫子之“一貫”，似若不由於多學，其微旨可得聞歟？

聖人固未嘗不學，然此所云“多學”，味其語意，猶曰“多聞見爾”。聖人之學，豈止於多聞見以識之乎？子貢聞一知二，蓋以聞見爲學，而未達乎“一本萬殊”之妙，故以此告之。

答俞擎汝

〔1〕程子曰“曾子竟以魯得之云云”。夫惟其魯也，故誠篤；誠篤，故能得之而傳其道。使明達者而誠篤，則事半功倍而得之易，然而卒遜於魯者，其病安在？

其質魯而其學誠篤者，因是短而有是長也。魯有淺深，誠篤亦有至與不至，又有只有是短而無是長者。人生稟賦自是不齊，有何疑乎？

曾子之魯，固有異乎他人之魯，而其誠篤至到，故卒傳聖人之道。然雖其魯有甚於曾子，而能如曾子之誠篤，亦必有所至矣。子思所謂“人一能之，己百之，雖愚必明”者，豈欺人哉？

乃若穎敏而又誠篤，則固善之善也。但穎敏之人，例多志浮氣輕，未易能誠篤，則不足以深造乎道而至於有成。古人云“氣質之用小，學問之功大”，眞箇是如此。

〔2〕曾點知極高而行不掩，程子曰“行之不及，知之不
　　眞”。曾點言志之對，何等高見？猶有見之未眞者耶？
曾點所見雖高，意其於下學處，未必能隨事精察而無所不
盡，此其知之不眞而行之所以不及也。朱子亦嘗曰“曾點只
見他精英底，却不見那粗底”，不獨程子之言爲然也。

〔3〕“克己復禮”，兼未發、已發工夫，在學者用心之功，
　　說得極精密。然以四者之目而看，則恐專於動處說。
“克己”，通發與未發，朱子固有是論。然其所謂“發”與“未發”，
泛指動、靜耳。蓋靜而失其所以爲靜，如打瞌睡矇朧者，亦
是己之爲害，於此誠不容放過。而至若子思所謂“未發之中”，
此處還有可克之己否？才下克之之工，又不是未發，朱子之
旨，恐不謂此也。大抵只論本文正義，則克己是動時工夫，
朱子推源及此。

〔4〕“克己”則禮將自復耶？抑“復禮”之意，亦包於四目
　　之中耶？
視、聽、言、動，克去非禮，則復禮，只在其中。

〔5〕“復禮”卽是“仁”，非“復禮”之外，更別有“仁”耶？五
　　德渾是一團，必以“禮”爲言者，何歟？
“仁”是天理，“禮”亦天理，固非二物。然此所謂“禮”，乃就
視、聽、言、動上言之，人能克去己私，而動容周旋，一循
乎節文之當然，則心之德於是乎全，此克己復禮所以爲爲仁

之要法也。若但曰"仁、禮一物，復禮卽是仁"，則聖人直當曰"克己復仁"，何必"禮"之云乎？因此而又曰"五德皆是一團"，輾轉遼遠，都無交涉矣。前書頗已及此，更詳之如何？

〔6〕《視箴》、《聽箴》之分言"心"、"性"，何也？"習與性成"之"性"，是以"氣質"言耶？

視與聽，心與性，亦可互說。然細論之，則視是發散底，而心之用行於外；聽是收斂底，而性之體存乎中，此其所以有所分屬者歟！"習與性成"之"性"，栗谷引《太甲》本文，以證其爲氣質之性，其言甚明。

答兪擎汝

〔1〕此章，唯"立"字以"行"言，其下三節，皆以"知"言。蓋聖人之學，先明諸心，眞知其然，則行之自裕。《書》曰"非知之艱，行之惟艱"，愚敢曰"惟行之艱，以知之艱"。未知如何？

"知"、"行"之孰爲難易，唯身親用力，然後可以知之。不然而只憑聖人言句多少，以爲之斷，則亦末矣。況此章"從心所欲不踰矩"，亦是說"行"之事，何謂唯立字以行言耶？

〔2〕"殷因於夏禮"，"禮"是三綱五常，其必以"禮"爲說者，何也？

三綱五常，尊卑之大體，是之謂“禮”。

〔3〕“吝者，驕之本根；驕者，吝之枝葉。未有驕而不吝，吝而不驕者也。”子路雖去得“吝”字，而以《語》中所著論之，猶有“矜”底意多。

“驕”與“吝”，誠有相因者，而自是兩樣病痛，何能去其一而便一齊淨盡耶？此等論難，只似科場疑題，主司本無深疑，舉子徒費閑說，未見所益耳。

〔4〕“內外賓主”，以“屋”喻“仁”者，迷見終覺未穩。

以“屋”喻“仁”之義，以朱子之言，釋朱子之旨，而猶有未契，亦難乎爲說矣。今且觀孔子所謂“其心三月不違仁”者，是心不違仁耶？仁不違心耶？“日月至焉”者，是心至於仁耶？仁至於心耶？能辨乎此，則庶乎有以通之耳。

〔5〕“逝”者，天命之性也；“如斯”者，誠也。有見乎此，則“一貫”之妙，或庶領略矣。

於“逝者如斯”處，可見天命之流行云爾則可，直以逝者爲天命之性，其果說得去否？因此而得“一貫”之妙者，尤怳惚難曉。

〔6〕此章《集註》三“體”字同歟？“與道爲體”之義，可明言歟？

此註三“體”字中，“與道爲體”之“體”，恐難一例看。“與道爲體”，小註諸論，已自明白，唯朱子“骨子”之說，尋常未能曉然耳。

〔7〕聖人之言，所以明道，無是言，道不明也。言之不可已也如是，夫夫子“無言”之旨，未知何居也？

夫子“無言”之歎，蓋爲門弟子不知聖人動靜語默無非至敎，而徒以言語求之耳。至於後學旣不能親炙聖人，則固當求之於言語，而其實心講究而踐行之者又鮮，往往徒爲口耳之資。至於近日而其弊益甚，此固可悶。然苟有志於爲己者，但當默默自驗，果有如彼，則力改而反之而已，不必翻騰辭說，捨其田而耘人之田也。

且觀元、明來一般人，輒訾朱門末弊，朱門誠有末弊，自其人不善學耳。干朱子甚事？而彼陰懷不滿於朱子，假託而爲之說，以自付於陸、王之黨。又其下，則流俗之惡道學者，與夫粗有意於此事而憚其煩難者，爲之同聲倡和，以增彼勢，豈不痛哉？非謂左右之言或近於彼，而常所憂慨，不覺言之及此。不審明者以爲如何？

〔8〕“無可無不可”，《集註》引孟子之言以實之，孟子四“可”字，只是“義比”之義。“無可無不可”之義，恐當於言外求之，未知是否？

只釋“無可無不可”之義，則“無適無莫”固緊矣，而夫子此語，正與上文隱逸之流，相形而言之者。故必以聖人仕止久速之義明之，然後其義始著。朱子之引孟子此語，蓋以此也。

且以仕止言之，有時而仕，是仕之無不可也；有時而止，是仕之無可也。久速亦然，以此而釋“無可無不可”，又豈有不足哉？

〔9〕子游譏其無本。

洒掃應對，不必止爲童子事，子夏門人之成童前後，又不可考。只以其言味之，則要是後生初學不可驟語以遠大者耳，不必勒定說。

〔10〕朱子曰：“非謂末即是本，但學其末而本便在此。”是以事而言否？

以事言、以理言者，分別甚晢，朱子說諸本末字，皆是以事言。

〔11〕“優，有餘力也”，仕則當有餘力矣，學之餘力，當在何時耶？學在己，仕在人，學之雖優，又何必於仕耶？

學之優，固難指定時節，而夫子於子貢、冉有、季路之倫，皆許以“從政乎何有”，此可以領略歟！學雖優，豈曰必仕？但未優則不可仕耳。所問太粗率。

〔12〕民之犯法，由於教養之無素，從而刑之，固近於罔民矣。然枉法橫赦，亦非先王明罰之道。隨其輕重，平法慎刑，常存哀矜之心，勿以得情爲喜，則庶幾乎聖人

仁民之政歟！

所論固善。但更熟味“上失其道，民散久矣”兩句語，則於不得已用法之際，自有弛張之宜，與平世之民，容或不同。

〔13〕此章列敍堯、舜、湯、武先哲王之大經大法，然其辭迭出，若無統紀，何歟？

此或夫子平日雅言，門弟子以次錄之，附於篇末歟！其文體則誠有異於他章矣。

答俞擎汝

〔1〕“權然後知輕重，度然後知長短”，小註：“朱子曰本然權度，只是心。”此與《集註》之旨，若不相似然。

朱子此條，蓋慮學者誤以所謂“權度”者，求之於此心之外，故曰“本然之權度，亦只是此心”。而其下即承以“此心本然，萬理皆具云云”，則此正是《集註》之說，有何異乎？

〔2〕公孫丑問不動心之道，而孟子先告以黝、舍之勇。小註許氏有所云云，而其微意，恐不止是。

先言黝、舍之勇，許氏說外，未見有他意。

〔3〕孟施舍、北宮黝之於二子，可謂擬議不倫，而其必云然者，無亦先言黝、舍矗猛之氣，將言聖賢義理之

勇，如文章家所謂"拏雲手"者乎？

黝、舍之於二賢，擬議不倫，誰則不知？要其氣象有相似者，故孟子之言如此。而其下遂說聖賢義理之勇，則文章承接之妙，自有不期然而然者。夫豈徒然爲架虛之談，以學夫所謂"拏雲手"耶？

〔4〕"持其志，無暴其氣"，所謂"善養浩氣"者，不過如此。但此則既持志，又當無暴，明是兩項事。下文養氣之方，在於集義勿忘勿助，又是養氣之節度，則是固持志而爲養氣，自是一串工夫。前後之言，似不吻然。

持志與養氣，自是兩項事。今渾擧"持志"、"無暴"，以爲善養浩氣，無過於此，已欠精確。雖以"無暴"言之，只可作善養之張本，不得遂謂之盡夫"善養"也。更思之如何？大抵此章專論"養氣"，其於持志，本不暇及。只爲告子"勿求於心，勿求於氣"，故須至兩下說破，而此後又更不提起。至於勿忘勿助，只是集義養氣之節度，非言持志也。

〔5〕"動志"、"動氣"之"動"字，前承盛誨，以爲當兼善惡說，迷見莫曉其然。

志動氣、氣動志，皆兼善惡言之，沙溪說如此，其必有所以矣。今且以《集註》觀之，其云"志之所在，氣必從之"者，何嘗指惡一邊耶？至於氣之動志，大抵是不順之事。然程子於此，嘗以酒與藥爲言，如人醉酒，說出平日不敢說底話，做得平日不敢做底事。若此者，謂之兼善惡，亦何不可也？但孟子所謂"動志"，則乃說其不善處耳。

〔6〕浩氣與血氣，明是一氣。蓋人得天地之正氣而生，所謂"心氣"者，亦非別氣，特是體之充最精爽者耳。人能事事循理，實踐其形，則中有所主，而其氣於是乎盛大。大舜所謂"精一執中"、夫子所謂"克己復禮"、子思所謂"致中和"，俱是養氣之傳神歟！

所謂"浩氣"者，人所稟於天之正氣而充滿周流於一身之中者也。此則聖凡皆同。至於血氣，即醫家榮衛之謂，強弱盛衰，人各不同，何可合而一之乎？所云"心亦非別氣，只是充體者之精爽"者得之。而以踐形養心，說養氣，則又欠精切。至以"精一"、"克復"、"中和"，俱爲養氣之傳神，全說不着矣。

〔7〕孟子、告子之學，正相反。愚則曰："孟子不得於言而求於心，故知言；不得於心而求於氣，故善養浩氣。"未知如何？

如此看亦好。但如孟子地位，不待不得於言、不得於心而後，方做知言、養氣之工，於此說得少疏耳。

〔8〕"勿忘勿助"，是養心之要訣。然初學操心不熟，才欲不忘，便易助長；才欲勿助，易歸於忘。如之何則可？

此是心學極精微處。如愚者未嘗有一日用工之實，何敢揣摩論說乎？但覺忘與助長，隨人姿性，各有偏重處，須自看如何，先其所急，而後這箇境界或可以馴致矣。如何如何？

〔9〕"知言"，是知天下之言，欲知天下之言，則宜先知吾之言。而上文旣說集義養氣之方，則心通乎道，自能平正通達而無蔽，故恐專以知人之言爲言。

"知言"，是窮理之事，外此而豈別有知吾言之工夫乎？知言然後，可以集義養氣，今曰"集義養氣，故心通乎道"，亦是倒了。

〔10〕行一不義而得天下不爲，此三聖人之所同也。若三聖人生幷一世，各得百里而君之，則孰能一之？抑當鼎峙而不相幷否？

有王者在上，而三聖人同爲諸侯，則自當各守其境土。若值夏·商之末、劉·項之世，天下不可以無君，則亦視夫天命人心之所歸，而相與輔佐以救民，豈如後世英雄割據之爲耶？

〔11〕"三月無君，皇皇如也"，此語未知見於何書？以聖人用行舍藏之語觀之，"皇皇"二字，終非樂天面目。未知如何？

"三月無君，則皇皇如也"，觀孟子答辭，自有這般義理，非急於利祿而然也。其曰"惟士無田，則不敢以祭"，蓋與後世事例，有不同者矣。

〔12〕人樂有賢父兄，孟子嘗曰："君子之不敎子，勢不

行。"然古人教子以義方，則亦未嘗不教子也。不傷恩，不失教，使恩義兼全，則其道何由？

師道主嚴，父道主恩，此古人所以易子而教之。然此是大綱說，父亦豈不可自教，而教之亦豈得不嚴乎？惟常存傷恩之戒也。大抵以身教者最善。

〔13〕庚公之斯之不殺子濯孺子，孟子之取之，特以其取友之端耳，程、朱諸先生，皆不與其義。然不幸而值國之存亡，而處於君師之間，則若何處之，可以不失常道否？程先生以趙某之棄母全城爲不孝。願聞明誨。

君子語常不語變。此等事，雖身履其地，參酌經權而行之，猶懼其不中，況可懸空而爲之說乎？趙苞所守，不過漢之一邊郡，故程子之說如此。此等處，毫釐有失，便成倫紀罪人，不可輕論。

〔14〕此章所論四德，似以禮智成就仁義。然豈所言之地頭各殊耶？

仁義禮智，有統而爲一者，卽程子所謂"專言之仁"是也；有分而爲二者，《易》所謂"立人之道曰仁與義"及此章所論是也。又有分而爲四者，《孟子》"仁之端"、"義之端"之類是也。正如太極、陰陽、五行之說，各隨所指而求之可矣。

〔15〕"智"字，《語》、《孟》多以"仁"、"智"對言而屬"知"。此則以行事說，何也？

既有智之性，則便有智之事，或言其性，或言其事，何必同也？

〔16〕《小弁》之怨，明是怨親，而孟子引大舜之慕以結之。則前後之言，當是一意，所謂“怨親”者，乃出於親親之仁，而不害其爲孝，其說亦不害理。朱子“怨己”之訓，道出大舜惻怛之至情，可爲萬世人子之懿則，而孟子本意，則未知果何如也？

《小弁》之怨與舜之怨慕，宜有聖凡高下之不同矣。然朱子於《小弁》謂之“哀痛迫切之情”，豈可直斷以怨親乎？且左右既以朱子“怨己”之訓，爲得大舜之心，可謂萬世人子之則，而旋疑孟子本意未知如何，是謂孟子不得舜之此心，而朱子又不得孟子之旨，自以己意爲說也。然竊觀微意，實疑朱子“怨己”之訓，而難於爲言，遷就至此。果如是，何不大開口說出，而爲是隱約吞吐之辭耶？恐於尊信聖賢、明辨審問之道，兩皆有失，深所未解也。

〔17〕孟子盛道百里奚之賢智。管仲與奚，俱是霸者之佐，而孟子一斥之、一稱之者，何也？

孟子之稱百里奚，只據其去虞一事耳。若論全體，未知與管仲何如也。

〔18〕知虞公之不可諫而去之，可謂不智乎？君子之事君，見幾保身，固可謂智，而臨危不言，忺視其亡，得

無違於至誠惻怛之仁乎？　愚則曰人臣事君，當以宮之
奇爲正。

"人臣事君，當以宮之奇爲正"，亦是不可無之論。然以孔子
"危邦不入，亂邦不居"之義觀之，則爲之奇者，不能蚤自引
去，有愧見幾之明。雖未去而值其事，亦當視所處之位而各
行其義，未可一概論斷也。

〔19〕爲貧之仕，惟無道之世，自度不能行義者爲可耳。
居有道之國，可以有爲，而辭尊居卑，得無苟祿之恥
歟？雖當治世，無經濟之略，則不妨隨分祿仕否？

居有道之世，爲爲貧之仕，此所謂"邦有道，貧且賤焉，恥也"。
然人各有分量，量能任職，隨地自效，亦何至爲害義耶？

答兪擎汝

〔1〕孟子"犬、牛、人之性"之"性"，是接告子"生之謂"而
言，則分明說氣稟。近世湖儒以爲"《孟子》七篇皆言性
善之性，則獨於此而雜氣，無是理"，硬要爲人物性不同
之訂。然此章上下語脈，皆以知覺運動爲性，則斯豈性
之本耶？且"口之於味"章"性也"之"性"、"忍性"之云，何
曾是本然？愚則曰以人物有生之體而言，則其性異，以
天生人物之理而言，則其性同，如何？

"犬、牛、人性"之義，湖中議論曲折儘多，今此所辨，未甚

得其要領。其曰"以人物有生之體而言，則其性異；以天生人物之理而言，則其性同"云者，一屬之人物，一屬之天，所異在於人物，所同在天，便與彼說無異。更詳之如何？

〔2〕仁，人心也，人所得之於天而固有於己者，大舜所謂"道心"、《大學》所謂"明德"是已。乃若食色耳目之欲，卽所謂"人心"者，以是而謂心有善惡，則不獨心爲然，雖謂之性惡，無不可。愚嘗曰孟子不獨言性善，亦兼言心善。未知如何？

道心固善，人心豈盡不善乎？雖人心，其本則亦善，至其末流，方有不善耳。朱子所謂"心有善惡"者，須有其旨。湖說固可疑，今以人道分屬，尤誤矣。

〔3〕朱子曰："浩然之氣，富貴、貧賤、威武不移之類，皆低不足語。"此何謂也？先儒或疑記誤，未知是否？

富貴、貧賤、威武不能移屈之類，固是居廣居行大道者有此氣像，然未必爲其極功。且此三者，只似自守，未如浩然之氣便見有廣大剛勇意思。此其爲高低者歟！記誤之云，不知誰說，而未信其必然。

〔4〕前教曰"血氣不可以語浩氣"，此與《語類》諸說抵捂。且氣亦無二本，願聞明旨。

鄙論血氣、浩氣之異，不知與《語類》何說抵捂？幸指摘而示之。

〔5〕告子之不動心，"冥然悍然"，則與黝、舍之"必勝"、"無懼"，所爭幾何？抑猶有彼善於此者耶？

告子之不動心，觀其"不得於言"數語，猶似略有義理，與黝、舍之專任血氣者，固有不同矣。

〔6〕先儒以知言爲知至，以養氣爲誠意，而朱子取之。然則精一克復爲養氣之傳神者，不爲無理歟！

誠意則能養氣矣，然曰誠意、曰養氣，面目已別。又況精一克復，豈誠意之云乎？今也由養氣而爲誠意，由誠意而爲精一克復，輾轉援比，遂謂養氣爲精一克復之傳神，未見其說得着也。

〔7〕養氣，雖曰氣也，而必正心誠意，心廣體胖，俯仰無愧，然後是氣乃生耳。故章內，雖不更提"持志"字，而曰以直養，曰不慊於心，曰勿忘助長，隱隱"心"字上說去矣。

"持志"，只是持守持養之謂，與"集義"工夫不同。今左右所引曰以直養、曰慊於心、曰勿忘勿助者，以愚觀之，皆是集義之事，而必作持志，何也？所謂"隱隱心上說去"者，尤未可曉。然則所謂"養氣"者，只守得一"氣"字，而無所事於其心耶？

〔8〕孟子不赴齊王之召，而明日出弔。如未及出弔，而問疾醫來，則孟子之對之，宜如何？

孟子未出弔而問疾醫來，則恐當直告以不往之本意，觀其與景丑問答，可知。

〔9〕"說大人則藐之章"，龜山以爲"以己長，方人之短"，有不足孟子之意。然曾子"彼以其富，我以吾仁"之說，與孟子此章之言，出如一套。愚故曰學未到聖處，當常存孟子此言之心，庶免爲下流之歸。

欲學孟子，先從其三"不爲"處學去，自然其氣剛大，不爲崇高富貴所壓了。不然而徒欲藐視大人而已，則鮮不爲妄人矣。

答俞擎汝

人生孟子之後，孰不知性之善也？且生朱子之後，孰敢曰性之惡也？然徒襲前人之言，而不究其然之故，則此正百姓之日用不知者，而道之所以不明也。蓋觀四端之善，而可揣性之善之本然矣。然四端亦有不善，【此亦朱子語。】此則何所本乎？

諭及性說，見既難眞，言亦易差，不敢率爾奉對。今承俯督，粗舉其概。

蓋性雖不能離氣而獨立，氣非性耳，理乃性也。理安有不善也？雖以其發處言之，亦有理氣之分，凡情之有不善者，皆氣之所爲也。何以明其然也？惟有目也，故色之欲發焉；有耳也，故聲之欲發焉；有口鼻也，故臭味之欲發焉。

此非氣之所爲而何？乃若惻隱、羞惡、辭讓、是非之粹然者，果何所本而發歟？豈非理之本然者耶？以此知性之果善也。如是劈破，大綱已明。

又就其中細分之，則氣之所發，或有善者，此所謂"聽命於道心"者也。四端之行，亦有過不及之差，此則爲氣所掩而然耳。【來書朱子四端，亦有不善之說，其意亦應如此。若曰四端本有不善，則大不可。】學者於此，正要密察而明辨之，以施其克復之功。不然而徒見方寸之間善惡錯出，便意性本如此，則此眞荀、揚之見耳，豈不殆哉？

所擧"昔日所聞曰氣曰質，皆出於天"云者，雖未知當日語意之如何，而人之所以爲氣質者，卽陰陽五行之所爲，則謂之出於天，有何疑乎？若論天之氣質，則亦不過曰陰陽五行而已。然古人未嘗推說及此，無乃近於馬肝之說耶？

答俞擎汝

"忠"主於己者也，故曰體；恕及於人者也，故曰用。大本、達道亦是此意，與《中庸》"已發、未發"之說，不相干。

聖人"一貫"之妙，最難形容。曾子低一層，借學者忠恕之目而明之，所以曉門人也。《集註》旣正釋此意，而猶恐其未著，則又上一層，以天道證之，於是乎"一貫"之實，可得以見矣。然"忠恕"也，"一貫"也，"天道"也，其實只是一理，由學者之忠恕，可至聖人之一貫。聖人之一貫，則固與天道合矣，何謂無着手下工之地耶？

仁有安仁、利仁，知有生知、學知。以安仁對學知，則仁爲至；以生知對利仁，則知爲大。《論語》、《中庸》，特其所從言之異耳，謂之"一理可互言"者，殊欠別白。

富貴本是公物，不當得而得之，可恥之甚。雖當得而不得，亦不可有怨尤營求之念，是則然矣。貨物既我所有，若非理見失，君子於此，須有道理，豈皆任之而已？二者，恐有不同。

答兪擎汝

禫事，聞又不遠，情理可想。雖未行卜日之禮，恐須前期告之，仍行齋戒似宜。沙溪吉與微吉之說，此據古禮六變服之義而云爾。然《家禮》則無此等節拍，且今世無許多服色，只當仍祭時所着而已。世人之或以墨笠、布直領行祭者，則自是別說，亦非沙溪之所定也。

　禫祭亦無參神，其出主後皆哭，便是參神。其義與大、小祥無異。

　禫後大小祭享，禫雖吉禮，猶與吉祭有間，且待吉祭而後，復常似宜。如今仕者禫月雖付職，必待吉祭而行公，可以傍照也。出入之節，恐亦倣此，晨謁則似無妨矣。

　　禫而飲醴酒，食乾肉，固有禮說，或餘哀未已，而欲踰是月，又何足爭也？

答兪擎汝

〔1〕人心、道心皆已發。有人心而後，方可言善惡，其
　　未發之際，心亦純善已耶？

心之未發，固無不善。然直謂之渾然純善，則非所以狀心之體段。加一“亦”字於其上，便若與性幷立而爲二，尤爲語病。

〔2〕“人心卽道心”，朱子說，無亦有初、晚之異耶？

“人心卽道心”之說，不能活看，則果多窒礙處，只當以《中庸》序爲正。

〔3〕察夫二者之間而去彼取此之謂“精”耶？

察夫兩間而辨其孰爲人心、孰爲道心，此所謂“惟精”也。若去彼取此而聽命道心，則已屬“惟一”工夫。

〔4〕“精”者，謹獨也；“一”者，戒懼也。“道心爲主”，所以
　　守其本心而爲戒懼也；“人心聽命”，所以察夫兩間而爲
　　謹獨也。如何？

如此分屬，亦似近之。然未若朱子說以擇善固執爲“精一”之

事。

〔5〕雲峰所謂“人心本危”者，說得無太重否？

雲峰說，未見有病。

〔6〕堯、舜之“執中”，子莫之“執中”。

孟子曰：“執中無權，猶執一也。”此一語，已說盡子莫之病，無容更贅。若堯、舜則隨時而處中，此其所以不同也。

〔7〕“不偏不倚”。

“不偏不倚”，朱子《記疑》說儘明白，今錄去。

朱子曰：“不偏者，明道體之自然，卽無所倚着之意也；不倚則以人而言，乃見其不倚於物耳。”

〔8〕朱子謂“天命之性兼言氣，則說率性之道不去”，愚謂此說猶緩。天命之性，若有純雜之不齊者，則大本已汚了，何止率性之道說不去而已耶？

朱子恐人誤認此性爲兼氣之性，故卽其下句承接處，明其不然，何謂緩耶？既曰“說率性之道不去”，則大本之汚雜，固亦在其中矣。

〔9〕南塘曰：“天爲一原，而性爲分殊；性爲一原，而道爲分殊；道爲一原，而教爲分殊。”朱子明言“性、道

同", 則何處見得分殊意乎?

朱子之言性, 主乎理; 湖中之言性, 兼乎氣, 宜其節節相戾。

〔10〕"率性"之"率", 朱子謂"不是就行道人說", 此言道原自在, 不待用意行去也。此不難知, 如花木之榮悴、山水之流峙, 是不曾用意, 率之而爲道, 則何獨於人而不然乎?

"率性之道", 只是懸空說, 循此性以去, 則自有當行之路云爾, 非待人物率之而後有也。用意、無意, 不須論。

〔11〕南塘曰:"天以陰陽之天字, 卽太極也。"謂太極動靜, 自生陰陽則固然, 太極以陰陽五行而命令之, 其果說得去否? 此"天", 恐只以形體看如何?

大概得之。然"天"字, 不可但以形體言之, 兼有主宰意。

〔12〕"性卽理也", 謂萬物不本於一理則已, 本於一理則何能多於人而寡於物乎? 湖中論性, 未始不以天命、率性爲本。然而其於人、物之性, 則曰"成形之氣不同, 所稟之理亦異", 依舊以氣質當之, 誠有所不敢知爾。

湖中論性, 其說雖多, 大致以善惡爲氣質, 偏全爲本然而已。善惡之爲氣質, 固無議爲, 偏全其可謂本然乎? 來論雖頗詳明, 而於此處, 却欠勘破。

〔13〕"氣稟或異, 不能無過不及之差", 此似可疑。然此

亦承率性之道，人、物所同而言，人與物之過不及，只由於氣稟之異耳。其必曰"過不及"者，方論中庸之道，故語勢然耳。如何？

"氣稟或異，不能無過不及之差"者，大概主乎人而言，而物亦包在其中。朱子所謂"於人較詳，於物較略"者，正謂是爾。

〔14〕"修道"之"修"，前輩或欲以"修省"義看，何如？

以"修省"義看，則於此章"戒懼謹獨"之意，雖若親切，自天命率性，已兼人物說來，故下文有盡人盡物之說，此意，"修省"字包不盡。

〔15〕"道不可離，可離非道"，此兩句冒下二節。以其不可離，故戒懼而存天理之本然；以其可離非道，故慎獨而遏人欲於將萌。如此看如何？

此兩句，只是一意相呼應。今以分屬於二節，祇見其破碎耳。

〔16〕"戒懼"當通動靜。然着"不覩不聞"於"戒慎恐懼"之下，而與"慎獨"相對，則恐當屬之"靜"一邊。如何？

此段，看得甚精。

〔17〕朱子曰："與人對坐，心中發念，亦是獨處。"所謂"發念"，情耶？意耶？

情與意，分言之則有先後，合言之則亦只是一事。所謂"心中發念"，所謂"遏人慾於方萌"，皆是合言者爾。

〔18〕南塘曰：“太極，超形氣而稱之，故理之所以一而萬物皆具是理；五常，因氣質而名之，故分之所以殊而五行各專其一。” 夫太極亦何嘗兀然孤立於陰陽之外耶？是亦在氣質之中，動生陽，靜生陰耳。五常雖是物所賦者，而太極渾然之全體，各具於一物之中乎！

朱子之論理氣，每言“雖不相離，亦不相雜”。此兩句，如車輪、鳥翼，捨一不得。今此“超形氣、因氣質”之論，則太極只是不雜一邊，五常只是不離一邊，其於朱子之旨，何如也？嘗欲究其說而未暇也。然不食馬肝，未爲不知味，姑舍之，而一守朱子之訓，亦可以寡過歟！

〔19〕道者，日用事物當行之理，是著乎外者，而修道之功，不過曰“戒懼”、“謹獨”二端而已，蓋欲求之內也。能敬則心存而理得矣，君子之學，豈可他求哉？

戒懼、謹獨，固學者根本工夫。然從茲以往，大有事在。如所謂“窮理以致其知，力行以踐其實”者，皆是也。不可徒守“戒懼謹獨”四字，而謂修道之功不過此也。

〔20〕南塘曰：“未發之際，心體惺惺湛然虛明，而虛明之中，隨人氣稟，不能無偏全美惡之不齊。” 夫未發之前，非無氣也，所謂“虛明”者，亦氣也。以其虛明，故理爲之主，而百邪退伏，瀅澈無滓，烏得有偏全美惡之可言乎？

未發氣質之說，嘗所未晳，不敢妄爲之對。獨意朱子“氣不用事”一句，最宜玩索。湖中亦引此說，而未知果得本旨否耳。

〔21〕上言“不使離於須臾之頃”，下言“以至離道之遠”。下語煞有分別，如何？

上言存天理之本然，故曰“不使離於須臾之頃”；下言遏人慾於將萌，故曰“以至離道之遠”，語勢自宜如此。

〔22〕朱子以《坤》、《復》二卦，并當未發，晚年以《復》卦爲比者爲非。當以《或問》說爲定論否？鄙意以“戒懼”屬《坤》，以“謹獨”配《復》，似不妨。未知如何？

《坤》、《復》說，恐當以《或問》爲正。以此兩卦，分配“戒懼”、“謹獨”，未見其甚着。

〔23〕先輩或以“愼獨”屬於知，如何？愼獨是省察理欲之幾，則其說不爲無據否？

“愼獨”確是行之事，只觀“愼”字可知。朱子以謹獨爲省察之要，而細論之，則省察後面，更有遏人慾一事，然後方盡愼獨之義，其不可屬於知明矣。

〔24〕“未發”字，經傳無之。以意求之，則當於何處可據乎？

《易》之“敬以直內”，《詩》之“不愧屋漏”，《記》之“人生而靜”，皆是說未發。《語》、《孟》中，亦多此意，特不明言“未發”字耳。

〔25〕“至靜之中”, 指未發境界耶? 抑不睹不聞時節否? 以至靜爲未發, 則其下不合更言“無少偏倚”。 蓋旣曰未發, 則無偏倚, 自在其中故爾。 愚意則欲以“不睹聞時”當之, 未知如何?

承欲以至靜爲未發, 引《或問》所論程子說而證之者, 似亦說得去。 鄙亦曾作如是看, 近思“無少偏倚”之下, 更下“其守不失”四箇字, 則其守不失, 正是敬而持之之謂。 今以“無少偏倚”, 又作“敬而持之”之意, 則無乃重疊而不然乎? 此所以不敢固守前見耳。

〔26〕“吾心正, 則天地之心亦正; 吾之氣順, 則天地之氣亦順。” 中和是性情之德, 則不曰性情, 而以心與氣換言之者, 何也?
此不待他求, 只以“性情”字替換讀之, 則可知其不穩貼。

〔27〕章下“實體備於已而不可離”, 小註以爲“道不可離”。 南塘則以爲“非是。 當以性道言”, 未敢信其必然。
小註說, 自不可易。

〔28〕“中庸”之“中”, 旣兼體用, 則“庸”亦兼體用耶?
“中庸”之“中”, 雖兼中和之義, 要之, “中”義爲主, 故自第二

章以下，朱子皆以"過不及"言之，其旨可見矣。"庸"之兼體用，尤所未聞。

〔29〕有小人之心，則已反中庸，何待於無忌憚耶？雖有小人之心，而能知所忌憚，則其於中庸，雖不可議，亦何至於一切相反乎？"反之"云，與"鮮能"不同。

〔30〕《章句》既言"戒慎恐懼"，而直接以"無時不中"。蓋"戒懼"既兼動靜，則"時中"亦當接上看了耶？"戒慎恐懼"，固是通動靜，"無時不中"，則乃動時事，不可混同看了。

〔31〕"君子時中"之"君子"，朱子以爲"只是箇好人"。然則"君子中庸"之"君子"，同是泛稱之君子耶？上下"君子"，只是一箇君子。凡論君子、小人，或泛以善惡言，或指其極層而言，此則泛言者耳。

〔32〕"民之鮮能中庸"，實由於知愚賢不肖之過不及。《章句》之必以世教爲言者，何也？論學者之過不及，則以知愚賢不肖言之；論凡民之鮮能，則以世教言之，言各有當也。

〔33〕上節既兼言知行，下節單言知者，何也？以《或問》"知味之正"之說觀之，則未始不該行意。如何？

"知味"之"知"，不必專爲知者而言，觀朱子所釋，則可知其通結上意。

〔34〕"人自不察"之"察"字，是"知味"之意耶？
"人自不察"，正是說"鮮能知味"。

〔35〕"擇乎中庸"，似專是知底，而兼言"用中"，何也？但曰"好問"，則何以見"擇中"之義乎？其連書"用中"者，文勢之不得不然，而主意則不在"用"字上也。

此章"中"、"和"字，與首章"中和"，同與不同，何待辨說而明乎？以下四段，皆於至平易處，强費穿鑿，支離破碎，不勝爬櫛。至以中立不倚，爲不偏不倚之事，則殆不成見識矣，不知何故墮落至此？張子"濯舊來新"之訓，恐宜痛加省念也。

〔36〕"半途而廢"，不及而未至者也。雖曰"半途而廢"，初旣遵道而行，則無亦與愚不肖者殊科耶？
半途而廢，非不及而何？旣曰"不及"，則亦同歸於愚不肖之科而已。

〔37〕饒氏曰："依乎中庸，未見其難。遯世不悔，方是難處。"蓋依乎中庸，故自無其悔而不能已，所難，正在於依中庸。饒說恐未然。
"依乎中庸，遯世不見知而弗悔"，合此兩句，方是聖人事。

饒氏主下句，左右主上句，皆不免偏了。

〔38〕費、隱皆是形以上之道，則體固隱，費亦豈可見
　　者耶？因此而或以費爲器，何以明之？
"鳶飛魚躍"，豈不可見？在人而作止語默應事接物，亦豈非
可見者耶？然凡物之當然而然者，乃道之用也，不當然而然
者，豈道也哉？故鳶必戾天，魚必躍淵，人之所爲必當於理
者，方得爲道。若以器言費，則是無當然、不當然之分，正
釋氏"運水搬柴"之說也，其可乎？

〔39〕"理之所以然"，南塘以爲"與程子其然、所以然之
　　說不同"。未知是否？
韓公蓋欲明乎理事之分，而其實灑掃應對，亦是當然者，豈
不可謂道之用乎？如此章"鳶飛魚躍"是費也，而所以飛躍者
則爲隱，此與程子"灑掃"之說何異？其云"理之所以如此"者，
轉入窅冥，令人難曉。

〔40〕費隱之體用，與中和不同。用固在事，體在何處
　　耶？
費隱、中和之不同，來說是矣。費隱之爲體用，不過曰"卽
用而體在其中"而已。如卽事親而孝之理在其中，卽事君而
忠之理在其中，此豈難模者耶？

〔41〕聖人"不知不能"，舉全體而言，朱子曰"不知不能，

是没紧要底事", 然則以没紧要事爲道之全體耶？
朱子何嘗以没緊要事爲道之全體乎？ 全體中, 也有緊要事,
也有没緊要事。 緊要處, 聖人皆知皆能；没緊要處, 則或有
未知未能者。 此所謂"舉全體而言", 聖人固有所不能盡也。

〔42〕南塘曰："鳶飛魚躍, 天命之性也；鳶不能躍, 魚
不能飛, 率性之道也。 此萬物性、道之不同。" 蓋天不
能載, 地不能覆, 是何也？ 局於形氣故也。 以是而謂天
地之道不同, 可乎？
此章以"君子之道"四字唤起, 其下歷言夫婦、天地之事, 以
及乎鳶魚之飛躍, 而末又結之以"君子之道", 卽知天人物我
有形有色, 皆不出此道之外。 何處見得有人物性道不同之
意而硬判如彼乎？ 然此是從前大事端, 難以單辭道破, 亦不
必隨處强辨。 只將《或問》中論天命率性一段, 熟讀精思, 久
後自見脱灑。

〔43〕君子之道, 始於至小, 盡於至大, 兩頭幷舉, 該括
無欠, 所以明"道不可離"之意也。 先儒或以君子體道之
意爲言, 恐非本義。 如何？
大體是矣。 但"盡乎至大"四字, 却成體道之說, 此爲語病。
蓋"察乎天地", 非人察之也, 只是上下昭著之意。

〔44〕"不遠人"之"人", 兼人己說。 "以人治人"之"人", 亦
一意否？

"以人治人"上"人"字，此以所治之人言之。然人之道，亦己之道，則與"不遠人"之"人"，亦非異說。

〔45〕"素富貴，行乎富貴"，先儒以"舜之若固有[7]之是也"。然以富貴而窮富貴之欲，則其可曰"素位"乎？如張文節之作相，如河陽掌書記時，則似非素位本色，而朱子取以編之《小學》書。然則"素位而行"，必連貼"不願外"之意，然後理義方周洽耶？

"素富貴，行富貴"，豈窮富貴之欲之謂乎？但必與所以"行乎貧賤"者不同。張文節自奉之儉，固爲可法，而如孟子"後車千乘，從者數百人"，亦有這般道理，未可執一而論也。且"行乎富貴"，非止自奉一事。

〔46〕"素位"、"不願"，本非兩件物事，而朱子分屬二節，何也？先儒或謂"素位難於不願"，未知是否？

"素位"、"不願"，作一事亦得，然亦有能素位，而不能無願外者。如貧賤者能行貧賤之事，而不免有歆羨富貴之念之類是也，朱子之分爲二事，不亦宜乎？二者之孰爲難易，便是閑講，但自體驗可矣。

〔47〕饒氏以"妻子合"爲"宜室家"，"兄弟翕"爲"樂妻孥"；或又以"宜室家"貼"兄弟"，"樂妻孥"貼"妻子"。兩說不牽

---

7 有：底本에는 "有訂"．《中庸章句大全》小注에 근거하여 "訂" 삭제．

强否？

此詩六句，意似重併。然上四句，從妻子兄弟而言；下二句，從宜之樂之者而言。如是看，較有層節。不然而强加分排，終欠明白。未知如何？

〔48〕鬼神，氣也。此道神妙活潑之機，自然昭著於是氣之上，何必主理然後始得以明道也哉？

鬼神，固氣也，亦有以理言者。以理言者，非專以鬼神爲理也，特就靈與良能，指言其實然底耳。此章許多句語，雖若泛論鬼神，而至其末端，以"誠之不可揜"結之，則便見以上所論，皆是這箇意思。故章下註直以"不見不聞"、"體物如在"爲費、隱，此非以理言而何哉？

〔49〕鬼神乃二氣，良能是氣之流行發見，卽是太極之呈露處。然則"不見不聞"、"體物如在"者，不害以氣論定。而天命流行之理，昭著於其上，初無二本，則朱子之直屬以費、隱，又何疑乎？

謂鬼神爲氣，則知爲德亦是氣；謂鬼神爲理，則知爲德亦爲理。"爲德"之云，特未可據耳，何以知其偏主乎氣耶？且子思明言"君子之道，費而隱"，而左右以"不見不聞"、"體物如在"爲氣，是謂費、隱爲氣也。費、隱是氣，則凡物之妖孽不正、人之猖狂妄行，亦可謂君子之道乎？

〔50〕鬼神，靈機圓活，無物不體，而必須致吾心之誠

敬，可以感召得來。在我苟無實然之心，則天地之鬼神，徒存其理而已，於我何有哉？祭祀之鬼神，其氣存在子孫身上，能畏敬奉承，則自然有"洋洋如在"之理。未知如何？

此章只言鬼神之德之盛，未及乎人之事鬼神處，只觀"使天下"一句可知。今此所論，與此章不相干。

〔51〕"誠"是一篇之樞紐，而至此始剔出者，爲下文"天道"、"人道"之張本矣。如何？

"誠"固一篇之樞紐，而謂聖人有意剔出於此，以爲下文張本，則便不可。須知聖人心胸廣大，義理周足，信口說出，自然成章，非如後世文人區區於結撰之間。

〔52〕周公雖始行追王之禮，而《武成》已有"大王"、"王季"、"文王"之稱。豈武王有天下之後，即有追王之志，已有稱號，而至周公，方成其追上之禮耶？

《語類》有問如來疑者，朱子曰："武王時，恐只是呼喚作王，至周公制禮樂，方行其事，如今奉上冊寶之類。然無可證，姑闕之可矣。"

〔53〕《章句》以武王之有天下，爲繼志述事。伐商，豈文王之志事歟？

謂文王有伐商之志，則固不可。然觀《武成》言"文王誕膺天命，克受方夏，予小子其承厥志"，則文王亦非塊然無事者。

以此而謂之繼述其志事，不亦可乎？

〔54〕"通于上下"之義，可得聞歟？

此蓋承上文"達乎諸侯、大夫、士、庶人"之語，而言此祭祀之禮，亦上下之所通行云爾。

〔55〕祭祀之禮，制自周公，則必以"達孝"兼稱武王，何歟？

武王、周公之同稱"達孝"，以其有上章"繼述"之大者也。制作禮樂，雖是周公之事，亦因武王之成功而爲之，不必太分開。

〔56〕此章，祭祀雖從孝道，達乎治道，而蓋惟仁人能饗帝，孝子能饗親，此可見人心誠然之理，無乎不在，已將鬼神之誠、達道‧達德‧九經之誠，一線相通矣。

此章未有"誠"字，空費架鑿。

〔57〕"修道以仁"之"仁"與三德之"仁"，語意稍別否？

"修道以仁"，是專言之仁；三德之仁，亦不可謂偏言，而只是行一邊，此爲小異。至於"仁也者，人也"，則乃是偏言者，故《章句》以"惻怛慈愛"釋之。

〔58〕"能仁其身"，"仁"與"道"似若有分，而混而言之，何也？

言"能仁其身"，則"道"自包在其中，而亦非混"仁"與"道"而一
之也。

〔59〕"仁也者，人也"，只言三德而遺却"知"者，何歟？
　　下文"知人"、"知天"，乃所以補其上文未盡之意歟？
上段言仁、義、禮而不言知，下段言仁、義、知之事而不
言禮之事，參互看來，其說自備，亦有以見禮、知與之相爲
流通處。

〔60〕"思事親，不可以不知人"，蓋謂事親之道，必由尊
　　賢取友而明。若果如此，則知人、知天，獨不由於尊賢
　　乎？《語類》曰"不是思事親，先要知人，只是更要知
　　人"，又與"必由尊賢"之說不合。如何？
《語類》泛論"知人"，《章句》主言"尊賢"，此其所以不同，而
大義亦無甚遠。

〔61〕《章句》於"修身"、"事親"，則仍用"不可以不"本文，
　　"知天"、"知人"，則易以"又當"二字者，何也？
"又當"二字，最活動，不可謂變文。

〔62〕五達道，只言其品者，何也？朋友，添"之交"二字，
　　何也？
只言五者之品，則教在其中，"之交"二字，亦無深意。

〔63〕三知、三行，先儒或以爲“分以理言，等以氣言”，未知然否？三知、三行之爲三等，誰則不知？而必分屬於知、仁、勇者，亦夫子本意否？

“分以理言，等以氣言”，雖亦說得去，如此分屬，畢竟有何發明？知、仁、勇之爲三等，《或問》已詳之，豈有未契而云耶？更細玩之爲可。

〔64〕“三近，勇之次”，此似以分言。以等而言，則當在“困”、“勉”之次歟！

“三近，勇之次”，雖以分言，“次”字，亦兼“等”意。

〔65〕“天下畏之”，“懷”是德底意多，其曰“畏之”，何也？

“懷”與“畏”，若不相應，而所懷在諸侯，所畏在天下，何疑之有？

〔66〕“齋明盛服，非禮不動”，《或問》以爲“動靜不違，內外交養”。齋明盛服，豈可專屬於靜耶？

齋明盛服，亦可言於動處，而旣與非禮不動，相對爲言，可知專屬於靜。

〔67〕“凡事豫則立”，其下四條，亦包達道、達德、九經之屬而言否？“豫”與“素定”，言“先立乎誠”也，與“甘受和，白受采”之意相類。如何？

“此下四條，亦包達道、達德、九經”者，未見有此意。所論

"豫"字之意，大概得之。但"甘受和，白受采"，是論文質，又與此不倫。

〔68〕"在下位"一節，節目雖多，而其本在於"誠身"。身既誠矣，則"順親"、"信友"、"獲上"、"治民"，無所施而不利歟！

既誠乎身，則固無所施而不利。然聖人既論許多層節，必有所以然，未可如是輕肆說去。

〔69〕三近是入德之事，故屬之勇之次。擇善、固執、學、問、思、辯、篤行，恐皆未及乎達德，而朱子直以擇善、學、問、思、辨，屬之"知"，固執、篤行，屬之"仁"者，何歟？

博學、篤行、五不措之類，與好學、力行難分高下，而三近在於"知之、成功一也"之下，卽知未及乎達德而爲求以入德之事。擇善、固執是"誠之者"之事，上於此一等，則生知、安行矣。這豈非學、利以下之謂乎？況其下又以"雖愚必明，雖柔必强"結之，則卽所謂"知之成功而一"者也。此其所以不同者歟！

〔70〕朱先生屢說"謹思"一句，至曰"思之不謹，則便有枉用工夫"。謹思之術，可得詳言歟？

"愼思"之義，《或問》言之已詳之。更就自己身上，察其做病處，默默加功爲佳。

〔71〕"自明誠"，當兼學、利、困、勉而言，則明者，擇
　　善之事；誠者，固執之功。如此分屬，亦得否？生知、
　　安行，既以"知"言，"自誠明"則似以"仁"言。未知如何？
自明誠與擇善、固執，立語差別。擇善、固執，各是一項工
夫，是橫說底；自明誠，由此而至於彼，是豎說底。誠便是
地位，故曰"誠者，不思而得，不勉而中"。"知"、"行"都在其
中，不可偏以一"仁"字當之。

〔72〕《章句》盡人物之性，着"能"字；參贊化育，着"可
　　以"字，何也？
能與可以，語有參酌。贊化育、參天地，其事至大，故不曰
"能"，而曰"可以"也。

〔73〕人物之性，同是天命之性耳。所賦形氣不同，而
　　性亦隨而異耳，盡之者，隨其所異而處之，得其宜也。
　　然則此諸"性"字，當就"氣"上論耶？
三"性"字，皆天命之性；盡人盡物，乃是修道之事，故《章
句》兼帶形氣說。然性只是一箇性。

〔74〕"致曲"，先儒皆屬之"仁"。然是卽"自明誠"之事，則
　　不害兼知說。如何？
以"致曲"屬之"仁"，未知誰說，而多見其支離可厭也。既取其
說，則又欲兼屬乎知，何也？

〔75〕善端發見，人孰無之？而能善推之爲難。方其發時，涵養導達，不使客心間之者，是爲推極之道否？

"涵養導達"，說得未確。"致曲"云者，如孟子因齊王愛牛之心，以極之於保四海之類是也。

〔76〕禎祥妖孽，禍福之兆眹，非至誠則難知。乃若天災時變，徵象亦旣昭著，何待至誠然後可知耶？

徵象之已著者，衆人可見。方其微也，非至誠，不能知。

〔77〕"自成"、"自道"兩"自"字，《語類》說與《集註》不同，未知如何？且《章句》釋"自成"則下"所以"字，"自道"則着"所當"字，似皆有微意。如何？

《語類》"自成"之說，與《章句》不同者固多，恐皆是未定之論。誠與道，豈得無分？道卽如二十章所謂"五達道"者是也，誠卽其所謂"行之者一也"者是也。誠則自成，不誠則不能自成，是懸空說，故着"所以"字；道是就行處說，故着"所當"字。

〔78〕朱子又曰："'誠者，物之終始'，是解'自成'；'不誠無物'，是說'自道'。"然則"物之終始"之誠，似當曰心，而曰理；"不誠"之誠，似當曰理，而曰心。蓋理與心一本耳，乃所以交互爲說者耶？

"當曰理"、"當曰心"，未詳。所謂"理與心一本"云云，大不分曉。

〔79〕“而道自道”，於“道”不着“者”字而加“而”字，何歟？
大抵此章，主言誠，而道則帶說了，故其立文不同。

〔80〕“自成”，兼人物說者，蔡虛齋以爲“其辭則兼物，其
　　　意則專指人言”，恐似得之。
虛齋說，大意固是，而所謂“其辭則兼物”者，亦有語病。

〔81〕雲峰以爲“誠卽天命之性，道是率性之道”。“道”則
　　　然矣，以“誠”直當以天命之性，說得去否？
雲峰說，與《章句》“誠以心言”之旨相戾。

〔82〕“誠以心言，本也”，何不曰“體”而曰“本”也？
此“本”字，與“林放問禮之本”之“本”相似，猶曰本質也。

〔83〕旣以“誠”與“道”竝揭，而下文獨言“誠”者，何也？
雖不言道，而道之意自在。故《章句》曰“道之在我者，亦無
不行”，又曰“道亦行於彼矣”。

〔84〕程子所謂“至誠事親，成人子；至誠事君，成人臣”
　　　者，正道出“自成”之意。朱子之解“自成”，必兼人物說，
程子之言，無亦於物說不去耶？物之自成，雖不如人之
誠之，而至若鷄之司晨、犬之守盜之類，亦只以實心自
成其鷄、犬之職。以此推之，物物皆然。至於“道自
道”、“不誠無物”處，正是於人較詳者。未知如何？

固是。但"道自道"，於物不着。

[85] 仁、知旣是合內外之道，則是各有體有用，而《章
　　句》之分而爲言者，何歟？
仁、知固各有體有用，而在此則仁爲體，知爲用，言各有當
也。

[86] 朱子曰："'不息則久'此下五'則'字，只一個至誠已
　　該了，豈復有許多節次？"此誠然矣，而註中"悠遠故"、
　　"博厚故"兩"故"字，亦似微有漸次。
此等處，闊看可也。

[87] "悠久卽悠遠"，"悠遠"專以外爲言，則"悠久"之兼
　　內外，果何以也？
"悠"是"悠遠"之悠，"久"是"不息則久"之久，謂之"兼內外"，不
亦宜乎？

[88] "天地之道，博也厚也"，註"各極其盛"，是以形體
　　言乎？是以性情言乎？天地之悠久，亦可以兼內外乎？
旣曰"天地之道"，則不專以形體言可知。悠久只是一悠久，
豈有異乎？

[89] 末節，統言天與聖人合德之妙，而"不已"與"不顯"
　　字，似皆以功用言之。

"不已"、"不顯"，皆所以明夫"至誠無息"之意，豈可但以功用言之也？

〔90〕"洋洋發育"，是就氣上說，莫是因氣以見理否？劈頭說"聖人之道"，而繼之以"洋洋發育"，則洋洋發育，非道之所爲而何？

〔91〕十二章"其小無內"，此章"其小無間"，何也？十二章"大小"，以道而言；此章"大小"，以物而言，立文宜不同也。

〔92〕"至德"是得於己者，而所得者，亦不過曰道而已。則道與德，又何以分開說耶？雖有是道，人不能體行而有得，則道無湊泊處。

〔93〕朱子以"尊德性"以下五件，屬之"存心"；"道問學"以下五件，屬之"致知"。"致知"，知也；"存心"，行也。明儒多以"尊德性"屬存心，"道問學"兼知行，"盡精微"、"知新"屬知，"道中庸"、"崇禮"屬行，何也？明儒說，未見其然。"存心"亦未盡"行"底工夫。大抵聖賢論學，自有多般，必欲以此準彼，一一配屬，則鑿矣。

〔94〕所引《烝民》詩，新安以爲"証無道默容"，未見其必是。

此詩，本說仲山甫之事，豈得爲無道之時耶？

〔95〕“親疏貴賤相接之體”、“次序之體”，兩“體”字，未
　　知何義？

“體”猶“四體”之體，蓋言親疏貴賤相接之節，各不同也。

〔96〕《論語》言“宋不足徵”，《中庸》言“有宋存焉”，二說
　　不合，何也？夏禮言“說”，殷、周之禮言“學”，亦有意
　　否？

雖存而不足徵，兩說自是一意。“說”與“學”，較有淺深。

〔97〕言“三重”而以“寡過”爲言者，終覺意短，上下文義，
　　亦不甚活。謂王者之寡過，則不成文義否乎？

呂氏解，亦不敢謂必然，而無他可易，姑從之而已。謂王者
寡過，則語尤不着。

〔98〕“天地者，道也”，此與“一陰一陽之謂道”，同一語
　　氣，而直以“天地”訓“道”，古有是例否？此“鬼神”，似是
　　蓍龜之鬼神，而亦訓以“造化之迹”者，何歟？旣以“天地
　　之鬼神”爲訓，而截去“天地之功用”一句者，又何歟？

義理無疑，則古例有無，不須論。此“鬼神”，何以言蓍龜之
神？未聞王者制禮作樂，必問於蓍龜也。只“造化之迹”一句，
意無不足，何必連說“天地功用”耶？

〔99〕《章句》"兼內外、該本末"之義，愚謂堯、舜之道，內而本也；文、武之法，外而末也。堯‧舜之道、文‧武之法，要亦不外乎"上律下襲"而已。故下文專言"天地之道"，而以"大德敦化"、"小德川流"贊之。小德，末而外也；大德，本而內也。未知如何？

若如此說，則《章句》"皆"字，何以區處？

〔100〕"幷育幷行，不害不悖"者，氣也；"小德川流，大德敦化"者，道也。故經文不曰"天地之大也"，而曰"所以爲大"。朱子以"幷育幷行，不害不悖"，分解大德、小德，而亦加"所以"字，可知其微意。未知如何？

大概得之。但經文"所以"字，實舉幷育‧幷行、大德‧小德而統言之，與《章句》之意差別。

〔101〕大德，只小德之運化不息者便是否？

許多小德之一本處，是大德。只運化不息，不足言大德。

〔102〕此章言至誠之德，而先之以生質之氣者，何也？

仁義禮智，人所同得，惟聖人別有聰明叡智之質，此章極論聖人之德，故列以書之。

〔103〕"中正"，《太極圖》分屬"禮"、"智"，此章專屬於"禮"者，何歟？

分屬、專屬，皆無不可。

〔104〕“莫不尊親，故曰配天”此一節，蓋極言聖德神化之盛，言之鄭重而娓娓，有若屬意而言者。莫是贊明夫子之道之大否？ 大抵此書之發揮， 要以孔子爲準的。故第一節言三達德，而以“吾不能已”結之；第二節歷敍大舜、文、武、周公之事，而以孔子論政次之，明其所傳之一致； 三節反覆乎天道、人道， 而“祖述憲章”以下，直露出仲尼，而其下極論道德表裏之蘊。 愚見如是，未知如何？

《中庸》所以明道學， 而夫子是萬世道學之祖宗， 故一篇之中，自多稱述。觀來意，若以此書專爲贊揚夫子而作，則誤矣。“露出”之云，尤不好。

〔105〕“自然之功用”，此從裏面說，而以功用爲言，何歟？

裏面亦有裏面功用，功用猶言效應也。

〔106〕“惡其文之著”，此與老、莊玄默之旨相近歟？

未須論彼此同異。聖人必不欺人，便默默從事於這工夫，方是切已。

〔107〕 雲峰以“不顯篤恭”爲未發之中， 雙峰以“無聲無臭”爲天命之性，未知是否？

二家說，推演及此。然“無聲無臭”，實非未發之謂也。

〔108〕首章言“道”，末章言“德”，道以理言，德以心言。

將散爲萬事，故言理；將合爲一，故言心否？

始言道，終言德，子思未必有意，後人枉費裝定爾。

三山齋集

卷六

書

書

答李學泳

當初埋主，大是過舉，旣覺其然，則何可一日仍置也？若以久埋還奉爲疑，則公私自多其例。如人家遇兵亂，埋主以出者，亂定而還，又如學宮或有黜享之舉，而後得復享者，雖在累年之後，豈得不還奉？此皆可據也。告文草構去。

〔附記〕曩在乙未，家禍孔酷，一子一孫相繼夭折於五日之內。子婦有遺腹，又不得男，叫號喪性。誓將棄家遠遁，念考妣香火，猶可託之族人，而孺人神版，誰復主者？遂乃率意埋置於墓側而且去矣，旋被隣里挽執，不得自遂。而最後得再從孫學泳，立爲亡子之嗣，則身後之事，亦有分付處。方悟向來所處，大違情禮，顚妄之咎，無以自贖。而旣埋還奉，亦涉重難，因循荏苒，遂至十二年之久。冥冥之中，豈能無痛傷於斯耶？今始博採衆議，改成新主，謹以酒果陳此事由，惟靈俯垂鑑照，是憑是依！

答李春馥

〔1〕"無極而太極"，不曰"無極卽太極"而下"而"字，何也？

無極、太極，雖只一理，旣曰無極，又曰太極，則亦各有其義。豈合都無轉折而直曰"無極卽太極"乎？"而"字，正是轉折之辭，熟觀本註，則可以了然矣。必言"無極"者，朱子答陸子美曰："不言無極，則太極同於一物，而不足爲萬化之本。"豈未詳乎此耶？

〔2〕太極之生陰陽，陰先於陽耶？陽先於陰耶？

陰陽無始，若有先後，則豈"無始"之云乎？

〔3〕"周子《太極圖》，從上始；邵子《先天圖》，從中起；朱子《大易圖》，從下生。"三圖之以上、中、下爲言者，何也？曰始、曰起、曰生之義，亦難曉得。

太極、陰陽，非有上、下、中邊之別，特言之者，或從那邊說來，或從這邊說去。周子《圖》，明造化之本源；朱子《圖》，明卦畫之次第；邵子《圖》，又以見卦氣運行之妙。故其爲圖各有不同，而其實一箇太極、陰陽而已。曰始、曰起、曰生，亦只是一義。

〔4〕《洛書》二方之位，與《河圖》相易置。朱先生謂"陽不可易，而陰可易"，皇明桂氏謂"五行相克，子必爲母

復雠”。未知桂氏之言，與朱先生訓義相合耶？

“陽不可易，而陰可易”，乃正義也。桂氏所論，別是一說，不可攙合。

〔5〕心有時隨氣質而淪於不善，乃氣之罪歟？

近是而有語病。大概心有作用，故氣質之罪，亦可謂心之罪也。

〔6〕性發爲情，心發爲意，情無關於心，意無關於性耶？

“性發爲情，心發爲意”，各隨其指而觀之，則本非不當。而胡氏不合兩下對說，有若心性各占界分，不可以相通，此其所以未安也。栗谷於《聖學輯要》，辨之甚明，今錄在下。

〔附記〕栗谷曰：“性發爲情，非無心也；心發爲意，非無性也。只是心能盡性，性不能檢心；意能運情，情不能運意。故主情而言，則屬乎性；主意而言，則屬乎心。其實則性是心之未發者也，情意是心之已發者也。”又曰：“夫心之體是性，心之用是情。性情之外，更無他心。故朱子曰‘心之動爲情’。情是感物初發底，意是緣情計較底，非情則意無所緣。故朱子曰：‘意緣有情而後用，故心之寂然不動者，謂之性；心之感而遂通者，謂之情；心之因所感而紬繹思量者，謂之意。’心、性果有二用，而情、意果有二岐乎？”

觀上栗谷說，則兩言之得失可知。

〔7〕《語類》論意與情處，朱先生謂"欲爲這事是意，能爲這事是情"。此與先生前後議論不同，何也？
《語類》此說，未及檢出。然朱子嘗曰："情是會做底，意是去百般計較底。"所謂"能爲"、"欲爲"者，大約似是這意思，未見其甚疑。

〔8〕《鄉飲酒禮》，玄尊下置小板，謂之"斯禁"。斯禁何義？其行禮也，以狗爲牲，何也？至射禮而有賓無介，飲禮畢後，介當何以去就也？禮既畢，而賓及大夫降出門，主人則西南拜送，而賓、大夫不答拜者，何也？
禁，承酒壺之器，謂之禁者，酒戒也；斯，澌盡之意，以其切地無足，故名以斯禁云。牲用狗，取其擇人。皆註疏說如此。《鄉射禮》，雖先之以飲酒，自其飲酒時，已有賓無介，非至於射而後去介也。然則飲酒後介之去就，非可論者。賓退，主人拜而賓不答拜者，非獨《鄉飲酒》爲然，古人賓主之禮皆如此。鄭氏以爲"禮有終"是也。

〔9〕"人心未可便謂之私欲"，乃朱先生訓也，栗翁於《人心道心說》，亦用此語。及考圖式，則以人心，特表之"人慾之橫生"，而謂"反害於四端"者，何也？
栗谷《人心道心圖》，人心雖橫生於道心之傍，然觀其脈絡，則始曰人心，而與道心雙書於"善"字之上；至其末端，乃曰

人慾，而書於“惡”字之下。正所以明夫人心未便是私慾，至
流於惡而後，方謂之慾也，圖與說，豈有異乎？此外數條，
先人曾有答人問者，別謄以去。【別謄闕】

〔10〕凡人以聖人自期者，性同故也。心統性、情，則
　　　雖謂之心同，可乎？
凡人之以聖人自期者，固以其性之同耳。然苟此心不同，性
雖善，其誰能運用發揮以盡此性之分量耶？

〔11〕性發爲情時，理先主張耶？氣先用事耶？
氣用事時，便是理主張時，不可分先後。

〔12〕鬼神是形而下也，不可謂之理也。若以人身上言
　　　之，則屬性境界乎？屬心境界乎？
鬼神是陰之靈、陽之靈二氣之良能，則其不得屬之形而上
者明矣。然陰陽二氣，非鬼神，靈與良能是鬼神。語其分，
則雖不離乎形而下者，而其一往一來一屈一伸，無非理之自
然恁地者，是孰使之然哉？豈非氣之極精英而至妙，而不可
測者乎？若就人身而言之，心便是那靈與良能，性、情便是
那理之自然，氣質便是那陰陽二氣。大抵《中庸》鬼神是箇
天地公共鬼神，心是箇人身上鬼神。

〔13〕禽獸不能推，而亦有一點明處。若論一點明處，
　　　則與人無異耶？

雖一點明，其明處亦不可謂與人異。但不能推，故不得同於
人耳。

答任聖白

伏承僉賢猥以寒水齋先生配享集成祠事，辱賜反復。顧此
蒙識，何足以與聞？惶愧惶愧。然事關斯文，不容無對。

　夫以寒水齋先生之爲尤翁嫡統，而尤翁實傳朱子之道，
則從以配食於兩夫子之傍，其誰曰不可？而區區於此，猶有
所難愼者，抑有說焉。

　蓋朱子以上，大賢多矣，朱子以後，亦豈無其人？而先
生獨以兩夫子享于此祠，而名之曰"集成"，豈不以朱子集群
賢之大成，尤翁集群儒之大成，惟此二字，兩夫子爲可以當
之云爾耶？然則其事體之至嚴，與他祠院有絕異焉。此愚於
今日諸賢之議，恐其未及深思而或失於先生當日之本旨者
也。

　今以大成殿爲援者，亦似矣。然"大成"之名，惟先聖一
人當之，雖顏、曾無與焉。故群弟子得以從享而無嫌。至於
考巖之以寒水齋配享，亦惟以正位爲主，故其所無嫌，亦與
大成殿同也。

　若此祠則不然。竝正位、配位而通稱"集成"，今又有追
配之位，則千載之下，將孰知此號之設限於何位而得無疑眩
於其間乎？其異同之辨，不待多言而明矣。

大抵此等大事，不必以速成爲貴，務在十分審量，期於俟百世而不惑，然後方爲尊奉先賢之道。故頃於祠儒所稟，妄有云云，而欲其博議於有識。今僉賢乃於三兩日之頃，不知聽得幾箇所論，而遽以爲議定，其於事面，無乃少輕矣乎？

所要文字，鄙見旣如此，且今病狀無以議此，未克奉教，只增悚惕而已。稟目中一人，曾有私嫌，不可通問答。故原紙白還，敢私於執事如此，竝須諒之。不宣。

答崔愼之

〔1〕父母之喪禫，宗家有喪慽，則不得行祭，次子當於
　　其家而行禫耶？宗子旣不得來參，則當從"有故無禫"之
　　說耶？
禫是變除之大祭，宗子雖有故不行，次子何敢行之於其家
耶？但未詳所謂"故"者何故，若必不可行而至於踰月，則過
時不禫，自有禮家之定論矣。

〔2〕出繼子旣承父母之命爲人後，而其兄無子身死，以
　　古禮則當還歸本家。未知如何？
爲宗子立嗣最正。罷繼歸宗，雖有其法，必兩家父俱存，相
議而後得行之，非爲子者之所敢自遂也。

〔3〕出繼子其本生父母之喪，只有兄嫂，則葬後題主，
　　當以何爲？禮無婦女主祭之義。或者曰："以出繼子某
　　題之，以待其兄之立後。"此果有可據耶？

婦人無奉祀之義，必無他男主，則出繼之子姑爲權攝，以待
立嗣而還之，猶爲勝於彼耶！若然則先以此意告於柩前，其
題主則曰"顯伯父【所生父於所後父爲弟，則曰顯叔父。】某官府君"，
而闕其旁題。祝辭自稱，則曰"攝祀從子某云云"爲是。

〔4〕出繼子其兄亡後當忌故，無祝行祭可乎？

旣有攝主，則忌祭祝，自當依上例行之。

答崔道光

今據所引諸書，文憲公九齋遺墟，在於松京明甚。其海州之
九齋，則不過後人追慕德義，摸其制而爲之者，而實非遺墟
也。非遺墟而謂之遺墟，至於立石以紀之，無乃虛乎？此非
難辨之事，而同宗之間，相持不決，意其間別有委折而然，
此則非愚之所能知也。

答金義集

有一知舊家遭故，旣題主，將安趺方時，趺方直紋遽坼。

倉卒罔措，遂爲懷祝返魂，而旣坼之跌方，不可仍因。
則議者以爲"主身，神之所依，不可更造，以他木改跌合
宜"云，或以爲"主身之於跌，如人之肢，只改其跌，則豈
其神道之所安？告由後，竝爲改造爲宜"。何以則可以
合於情禮耶？

神主新成，因跌方之有傷，旋復改造，甚未安。無已則只改
跌方爲得耶！蓋跌方，只以安乎主身者，輕重固不同也。以
跌方譬人之肢體者，似不察古人作主之意，欲神之憑依乎
此，而非像神以爲之也。旣非像神，又何肢體之有？其說近
於白撰矣。

答金義集

禮，爲長子服斬，有正體之論。而今有二人焉，甲者則
其父以庶子傳重，是於祖爲體而不正也，遭長子喪而服
斬；乙者則其父出繼傳重，是於祖爲正而不體也，遭長
子喪而不服斬矣。

《喪服·傳》："庶子不得爲長子斬。"註曰："爲父後者，
然後爲長子三年。"遂庵曰："禮，'爲人後者爲之子'。旣
曰'爲之子'，則與所生子何別？"又曰："四種說，取他子
爲後者，指他姓也。如此則適適相承之家，中間一代雖
繼後，以此降服，似無其義。"由此觀之，甲者之服斬固
宜矣。

《備要》曰：“繼祖及禰已三世者，當服斬。”尤翁曰：“適適相承者，謂祖父以上皆以長子相承。其間如有支子傳重，養他子爲後者，雖屢代之後，亦不可爲長子服斬。”以此觀之，乙者之不服斬，亦有所據矣。幸賜指教。俯詢庶子傳重與爲人後者長子之服，所引尤翁說，已極明白。卽此而二家所行之得失著矣，更何待多辨乎？遂翁所論，別是一義。其以養他子爲他姓，則尤恐未安。後世雖有遺棄兒收養之法，此何可參錯於古禮，而三年、不三年云哉？然遂翁於此，亦謂不敢自信，而其答金龜瑞之問，則舉《喪服·傳》“正體傳重”之文，以爲“必有此三義俱備，然後乃可服斬。養他子爲後者，只有傳重一義，故疏說如彼”。此則又與尤翁說無異，惟在擇以從之而已。

答李錫

積阻，忽拜二書，驚慰可知。第審間遭賢閤之喪，仰惟伉儷義重，摧慟難堪。況先夫人禫制纔訖，又有此慽，侍下情理尤當如何？種種爲之傷歎。卽此寒沍，服履更何似？惟願深自寬抑，以慰慈念。

履安年來老病轉甚，便成癃廢，值此歲暮，尤無悰況，奈何？寄來問答冊子，荷此勤錄，披復以還，不勝悲感。謹藏之，以備後考耳。

“父在，爲妻不杖”之說，尤翁嘗以爲“古有其禮，然《家禮》不論父在與父亡，通爲杖期，杖則禫矣。今之行禮者，若一遵《家禮》，則無此疑矣”。近世士夫家皆從此論，便成通行之例，那中不然乎？

設或遵古禮而夫雖不杖不禫，子之於母杖期已是降也，豈有又降而不杖不禫之理？然則於其禫也，恐當依下方所錄朱子之說，舅主其祭，而子行變除。然係是變禮，不敢斷其必然。莫如謹守《家禮》成法，爲可以寡過也。強德僅此。不宣。

〔附記〕問：“子爲母大祥及禫，夫已無服，其祭當如何？”【宋時，仍唐之舊，父在，爲母亦三年，故其問如此。】

朱子曰：“今禮，几筵必三年而除，則小祥、大祥之祭，皆夫主之。但小祥之後，夫卽除服，大祥之祭，夫亦恐須素服如弔服可也。但改其祝辭，不必言爲子而祭也。”【禮，凡喪，父在，父爲主。故夫雖無服，大祥之祭，猶自主之。今祖在，則祖當主祭也。】

答張受教

有一人喪其長子、長孫而身亡者，其曾孫方在幼稚，題主雖以此兒名字傍題，至於將事一節，不得不替行，而其祝文措語，將何以爲之？“孝曾孫某，幼不卽事，攝祀孫某，敢昭告于顯祖考云云”，無已甚謬否？去“攝祀”二字，但書"孫某"，亦或無妨耶？

俯詢宗孫幼而支子攝祭之禮，朱子答李繼善此問，曰："攝
主但主其事，名則宗子主之，不可易也。"今詳來意，似欲以
攝者之屬稱，稱其所祭而告之。是不但主其事，而且易其名
矣，豈所以嚴宗支之大分乎？愚意恐當曰："孝孫某，幼未將
事，使某親某敢昭告云云。"攝者爲尊行，則"使"字改以"屬"
字較穩。曰使、曰屬，雖若非幼兒所能，既爲之替行，則便
是使之、屬之也，似不必深拘。如何如何？

答張受教

出繼之孫，還奉生家遞遷之祀，大非不貳統之義。坐見高祖
祠版之埋安，雖有所不忍，先王制禮，亦末如之何也已，孰
敢以非禮之禮，隨意變通於其間耶？愚見如此，惟在量處。

答金翼顯

〔1〕《五服圖》"男爲人後"云云。

女適人者，不降其正統之服，與爲人後異者，南塘所謂"無二
統之嫌"者，已自得之。只觀爲人後者稱其所生爲伯、叔父
母，而女適人則不然，可以明之矣。爲兄弟之妻不降，別是
一義，其說具於《喪服》小功章"夫之姑姊妹"註疏。"歸宗"云

者，婦人，父雖卒，猶得歸宗子之家也。

〔2〕虞祭、時祭《設饌圖》云云。

《要訣·設饌圖》，魚、肉外，別有湯，未見所據。豈參之以國俗歟？今家貧力乏，不能具多品，則遵《家禮》，只用魚、肉，夫誰曰不可？古禮，魚、肉皆熟而升之於俎，與今之所謂"湯"者，固不同。而《家禮》則又未詳如何，然此則隨時制宜，或用湯，或用煮，只準魚、肉二品之數，恐亦無妨，不必是此而非彼也。

〔3〕沐浴後，即行襲禮云云。

始死之有奠，所以憑依乎神。曾子曰："始死之奠，其餘閣也歟！"此見聖人用意深微，有不容暫緩者。而《家禮》移之於沐浴之後，蓋仍《書儀》之舊，而終有所悵然者。今以新沐、進襪爲象生之義，非不新奇，而朱子本意，果如是否？不如姑置之闕疑之科而已。飯含在卒襲之前者，卒襲則設瞑目，何以行飯含耶？此則非所疑也。

〔4〕沙溪說"爲母爲祖"云云。

引朱子說，以證"代父受服"之義，則固然矣。但"父喪中服母期"之說，果恰當而可行者耶？先賢之論，多以爲難從。沙溪所疑，恐亦在此。

〔5〕不杖期條《喪服小記》云云。

"生不及祖父母", 鄭註雖如此, 已被張亮駁正。 其說詳見於
《問解》"稅服"條, 沙溪蓋以張說爲是也。 其所謂"己未生之
前已沒"者, 居在異國, 久而後聞喪, 故追計其年, 知其如此
也。

　　〔6〕朝哭條楊氏說云云。
朱子說是論夫爲妻喪, 《小記》說是論舅爲婦喪, 二義本不
同, 而楊氏以此證彼, 固不相着。 然所謂"夫若子主之"者,
亦非夫、子互主, 有夫則夫主之, 須無夫而後, 子得主之。
楊氏之取以爲證, 意或如此, 非故意脫去"若子"二字也。
　　愼齋說, 常所未解。 蓋曰"舅使子某云云", 則是爲舅主
之, 豈子主之耶? 舅旣主之, 則又何必使子代行也? 尤翁則
一主《奔喪》"父爲主"之文, 雖與《備要》註有礙, 自是一大議
論, 今士大夫家皆遵以行之, 便成不刊之典, 未可容易論斷。
更須熟講, 待有定見, 然後還以見教如何?

　　〔7〕俗節奠, 上食後別設歟?
俗節奠兼設、別設, 未知孰爲輕重, 而一日三奠, 稍似重
疊, 兼設或無妨耶? 人家多如此。

　　〔8〕弔禮云云。
弔禮之先後拜, 《家禮》成法, 何可違也? 但今人多不知有
此, 主人雖欲行禮, 爲客者往往駭惑失措, 不成禮貌。 先人
嘗以爲"與其如此, 寧從俗一拜, 客致慰後, 以哭爲答, 亦或

無妨"。故不肯居憂時，果遵以行之耳。

〔9〕婦人首飾云云。

婦人喪中首制，其見於《儀禮·喪服》篇者，初非難曉，亦無難行，只今人不肯講以行之耳。如欲從俗，則簇頭新令之後，聞皆以白色裹簇頭，而斬衰簪用竹，齊衰用木，以挿於後髻而已。

答高時沃

俯詢不遷之禮，先賢所論不一，有不敢率爾論斷，而大抵從沙溪說，則多有窒礙處。尤翁則力主墓所藏主之論，豈不儘直截有據？而或人家墓遠，子孫不能就居，則恐亦難行，獨其答鄭景由書，有別立祠於宗家之說。愚意每以此爲最善，如是則雖有累代不遷之位，不患其無所處，而旣是別祠，亦不嫌於僭矣。未知如何？旣奉於宗家，則忌祭、節日，自當如禮行之。

考、妣竝祭，人家皆如是，不須疑也。題主當依《家禮》，祭先祖之祝，稱以"先祖"，旁題亦當曰"孝孫"。而但與施於祖考者相混，改以"孝幾代孫"，亦不妨耶！

對客忙撓，不暇盡意。略有所語於胤君者，歸當詳告。尤翁書，亦令錄去，以備參考耳。

答馬游

〔1〕家廟之制，內立寢廟，中立正廟，寢廟、正廟之所以異者何？南向之廟而戶在東，牖在西，恐不成模樣。

廟，以藏主，以四時祭；寢，有衣冠几杖象生之具，以薦新物，《通典》說如此。戶東牖西，是就室之南壁上，左爲戶，右爲牖，非於東西壁相對以設也。來意似誤認。有圖在下。

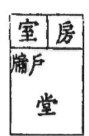

〔2〕別子若有庶子云云。

“別子若有庶子”，此庶子通指衆子、妾子。

〔3〕別子子孫爲卿大夫，立此別子爲始祖云，雖非適長子孫，亦得祖別子否？宗子爲士，庶子爲大夫，立廟當如何？

此亦常意。《大傳》“百世”、“五世”之說，與《王制》“三廟”、“二廟”之法，若有不相合者。古人於此亦必有道以通之，而今不可考，可歎。然宗、支大分，禮意最嚴，支孫雖爲卿大夫，何敢立太祖廟以祭之？此則恐無疑也。

〔4〕伯、叔父母祔于曾祖，若是伯父則在兄弟之序，宜爲宗子，似不當班祔。抑或宗子無后，則次子奉祀否？且或伯、叔之稱，有分別否？

此卽所謂"殤與無后者"也。然後世立後之法漸廣，罕聞有宗
子無後而班祔者矣。

〔5〕祝立於主人之左，跪讀之。讀祝之時，主人跪否？
讀祝時，主人以下皆跪。丘氏《儀節》如此，而《備要》從之。

〔6〕始祖百世不遷，而親盡則藏其主於墓所，何歟？
始祖親盡，而猶奉於祠堂，則僭於諸侯五廟之制，而不敢爲
也。於是乎有藏主墓所之法。然宗孫仍主其祭，則不害其爲
不遷也。

〔7〕大帶、黑履，俗制亦當用否？
古履之制，今人多不能識，或代用俗制亦可。大帶則不可易
也。

〔8〕有官者公服云云。
未冠而有有官者，宋時以父祖之蔭，子孫雖在襁褓，亦得授
官也。

〔9〕女子之笄，鄉俗未有行此禮者。苟欲行之，背子、
　　冠、笄以俗制，則當用何等服也？
女子笄，今人未聞有行之者，不獨鄉俗爲然也。如欲行之，
背子之制，今不可考，代以長衣、唐衣之屬，恐或無妨。笄
制，只依《內則》註"韜髮作髻"之法，而挿笄於其中。冠則未

有恰好者，故闕之亦可。古者婦人不冠故耳。

〔10〕朱子曰：“爲奠雁而拜，主人自不應答拜。”奠雁，
　　是執贄之義，則奠雁而拜，即爲主人。主人之不答拜，
　　何？
《禮》曰：“執贄以相見，敬章別也。”據此則奠雁之拜，乃是
男女相見之禮，非爲主人而拜明矣。

〔11〕柔日、剛日之異再虞、三虞，何？
虞欲安之，故再虞用柔日。柔日，陰也，陰取其靜。三虞則
將祔于祖廟，故用剛日。剛日，陽也，陽取其動。

〔12〕卜日之或丁或亥，何？
《少牢饋食禮》“日用丁、己”，註曰：“必丁、己者，取其令名。
自丁寧，自變改，皆爲謹敬。”又“來日丁亥”，註曰“亥爲天倉。
祭祀所以求福，宜稼于田，故取亥”云。

〔13〕始祖、先祖之祭用腥，何？祝辭稱孝孫姓名，何？
　　始祖、先祖，既不敢祭，則猶當歲一行墓祭。而冬至、
　　立春之祭，既不得行，則獨祭季秋，何？
始祖、先祖是上古之人，故祭用上古之食，上古固未有火化
也。祝辭孝孫稱姓，抑亦以世遠，中間姓氏容有變改故歟？
歲一祭，既行於墓所，則當依墓祭之禮以行之。冬至、立春
之不敢祭，以其嫌於僭耳。禰祭則無是，何爲而不可行也？

〔14〕忌日齋戒，只前一日，似有歉於終身之喪。是日
　　不飲酒、不食肉，獨於齋戒之日不然，未安。欲前期設
　　素，則曾、祖考似有等煞。未知如何？

忌日比時祭爲輕，故只前一日齋戒，而不食肉則不干於齋
戒，不必拘此。自祖以上，似當有差等。

〔15〕墓祭無侑食，何義？

原野之禮，從略也。

答李晉鎬

所諭人心、道心之義，泛論天理、人欲，如是說，亦自不妨。
而乃若人心、道心，則自有界分，自有脈絡，不容相混。食
色之得其當者，謂之人心聽命於道心則可，不可便以爲道心
也；忠孝之未中節者，謂之道心爲人欲所掩則可，不可便以
爲人心也。

竊觀來意，似直以人心爲人欲，此受病之源也。人心若
是人欲，則大舜何以曰"人心惟危"，朱子何以曰"雖上智，不
能無人心"乎？於此勘破，則可以瞭然矣。所謂"人心生於氣
質之性"者，尤大錯。氣質與形氣，雖同一氣，而其旨迥別，
更詳之爲佳。

答趙命彬

有人出後於人，數年之後，其本生父又爲出後，而遭其
所後父之喪。或云：“此人雖先出後，於其本生父之所
後父，當以生祖父一例服之爲宜。”或云：“子先出後，
則本生之親，宜以伯、叔父母稱之。其於伯、叔父之
所後父，豈有祖孫之義而服之乎？”二說，何者爲是？
莫重變禮，何敢輕議？而姑以臆見，則下說恐得之。若如上
說，則設使所生之父又有其所生之喪，此子當何以服之？大
凡服術，恩與義而已。此服旣無所後之義，又無所生之恩，
將何所名而爲服乎？妄意如此，而不敢質言，惟在博詢而處
之耳。

答兪極柱

〔1〕先妣禫祀，過行於四月，而身有第五叔父服，則先
妣禫後居常，服其黲布帶歟？服其白布帶歟？
心喪雖重，不列於五服之內，所謂“身無衰麻之服，而心有哀
痛之情”者也。身旣無服，則雖遇緦、功之輕喪，猶當服其
本服，況於期乎？

〔2〕三從兄得柱之子，今已死矣。雖使復柱只有一子，
當如黃秋浦以黃義州爲後之例，而以其子爲兄之子歟？

先廟旁題，以亡兒名爲之，而此兒已死，則撤几筵，當
據尤菴說，以服盡之日爲定。而先廟改題，以何日爲定
歟？

恐當於立后之日，具由告廟，因行改題之禮。蓋此是"兄亡弟
及"與"爲亡者立后"之禮，宜有不同，不必遲待撤几筵之後。
妄意如此，未知如何？

〔3〕凡喪，父在，父爲主，則妾子不得爲其母主喪，而
其父主之歟？ 虞、卒哭、練、祥祝辭，不可與告妻之
禮同。未知如何？

若從"凡喪，父爲主"之說，則只得如此。然事多窒礙，世亦
未聞有行之者矣。

〔4〕尤菴答人問，曰"外孫奉祀，朱夫子旣斥以非族之
祀"，而終無許焉。然則外孫尙在，而忍埋其主歟？

兩先生之說，其嚴如此，誰敢容他議乎？

〔5〕《備要》"襲"條，未卒襲，有設奠尸東之事；襲後，又
有設奠尸南之事。至小斂時，有始遷襲奠之設，按圖則
此奠乃襲時尸東之奠，非襲後尸南之奠也。

所謂尸南之奠，是置靈座之具，非設奠也。

〔6〕最長房死，祧主當移安於次長房。而尤菴則以爲當
於葬後，同春則以爲當待三年，何所適從歟？

尤庵說誠有意義。然以常禮，則三年後移奉次房似宜。

〔7〕尤庵答人問，曰：“所後服盡，然後方服私親服。”然則爲人後者，所後禫、吉前，不服本生喪服，而常服所後禫、吉服，於心安乎？

尤庵此說，蓋欲致嚴於所後喪制。而但其所謂“服盡”者，不知的指何時。若必至禫後，而猶不許服所生之服，則恐太過矣。

〔8〕《孟子》陳氏註曰：“王子所生之母死，壓於嫡母而不敢終喪。”此王子無乃庶子而承統者歟？按《家禮》“齊衰三年”條，有“士之庶子爲其母同”之說，則庶子之不爲父後者，無所壓降明矣。或云“庶子有嫡母，則爲其母降服”，此豈非誤認《孟子》陳氏說而有此言歟？

禮無“嫡母壓庶子”之文，嫡母在，爲其母降服者，非是。

答朴東蘅

形質、氣質，雖本一氣，然便以形質爲氣質則不可。耳目口鼻、四支百骸之類是形質，氣質則寓於其中而或清或濁，或美或惡者也。朱先生有天氣地質之說，以此意求之，則人身之中，其輕清底爲氣而屬乎天，厚重底爲質而屬乎地。合而言之，又只是一箇物事，大概如此。

答崔光浩

〔1〕第二條云云。

謂“中和，人人一般”，則固不可；今曰“性情，人人一般”，其言豈有病乎？似緣游氏“以性情言之，則謂之中和”之說，而遂以性情爲中和。然黃氏本意，恐未必如此。

〔2〕第三條云云。

形而上、下之義，兩說皆未穩。形而上，猶曰形之上也；形而下，猶曰形而爲下也。蓋形卽是下，非於道器之間，別有所謂“形”者，而分爲三層也。如以諺釋，則恐當曰“形【으로】上”、“形【이오】下”，未知如何？

〔3〕第七條云云。

《太極圖》陰、陽圈，左邊白底是陽，而中間黑底，以見陰根陽之意；右邊黑底是陰，而中間白底，以見陽根陰之意。然則陰、陽各是一圈而已，何以謂之三圈耶？

〔4〕第八條云云。

班祔神主，或以龕室狹窄，而不得祔於正位，則東壁下西向設之，是人家通行之例也。

〔5〕第九條云云。

爲人後者於其本生親祭時，祝辭規式，只當依朱子定論，以伯、叔父母爲稱，自稱則以從子。生家兄弟之有無，不須論也。

答李鉉

《間傳》“輕包重特”之義云云。

“輕包重特”之說，又蒙反復，深仰不明不措之意。然此義本無難曉，特明者偶滯於先入耳。病昏不能詳對，姑論其概。

麻者，凶之極也；葛者，凶之殺也。故麻得包葛，葛不得包麻。重者必特，所謂“尊者不可貳”也；輕者得包，所謂“於卑可以兩施”也。此果有何疑乎？包之爲含，字義甚明。如所謂“包大小兼費隱”、所謂“專言則包四者”，非含之意耶？

如必以兩物俱有者爲包，則未論其他，左右博觀古書，何曾有頭戴兩經，腰着兩帶，這般差異之服耶？今反以爲穩便，信乎人見各不同也！如是而猶未契，則只俟異日面究而已。

答李鉉

練後朝夕展拜，退、尤所論，雖本於人情，《家禮》旣無其文，且朱先生“常侍無拜”之說，恐是禮意，故鄙家則從前未嘗行之，亦未知果如何耳。

小祥後爲後者，其受服行祭之節，禮無可據，不敢質言。姑以臆見推之，則已過之小祥，旣不可疊行；饋奠之拖過四五年，不以時入廟，亦極未安。到再期之日，只得直行大祥，仍撤几筵。而主人之變除，則却從公文來到日始計，翌年受練服，又翌年受禫服，又中月而吉服，皆不祭，只哭以行之而已。

《喪服小記》曰：「期而祭，禮也；期而除喪，道也。祭不爲除喪也。」據此，祭與除，自是二事。以其事在同時，故因祭以除，而其實祭爲之主。然則如上所値者，先其祭而後其除，或不至甚悖否。若其爲後在大祥之後，則如來示以素衣終其餘月，似得之矣。

《間傳》「輕者包」之義，尤翁所謂「兼服輕服之経帶」者，似本於橫渠，而頭戴兩経，腰着兩帶，終涉差異。愚意則「包」與「兼」不同。包者，乃是以此含彼之謂，觀於《中庸》註「兼費隱、包大小」之文，可知矣。然則此所云「輕包」，亦言以麻包葛，非旣服麻，又服葛也。註疏說正如此，更詳之如何？

《家禮·昏禮》篇「同居尊於舅姑者」，據《祠堂》章「同居」之文，蓋指傍親之屬尊者耳。尤翁幷與舅之父母而當之，似失照檢。且舅父而在，則是爲宗子，宗子退處私室，而其子乃敢據正堂見婦，尤恐不然。愚意只依見宗子之禮，先見舅姑於私室，而舅姑以婦詣拜祖舅姑之堂，其或可歟！奠贄當否，諸說不同，而世俗多行之者，從之亦何妨？

父新葬，母改葬而合封者，先行父虞，翌日詣墓，爲母設奠似宜。

凡此多關於禮之大節，而又與先賢之論，不能無小出入，極令人皇恐。如有謬誤，痛加指摘，以回敎之爲幸。

答金濟亨

小生先祖監司公、贈左議政公兩代衣履之藏，本在廣州地，而兵燹之餘，屛孫流落嶺表，塋域失傳，展掃無處，則相與怵惕而悲之。監司公則就其胤子參議公墓後設壇，議政公則就其伯氏判書公墓右設壇，原墓歲一祭時，略設望奠於壇所，以紙榜將事。未知刱於何時，而蓋出於子孫追遠之私情，非有禮經可據之援例也。禮無明證，則罷之爲得耶？

尊門設壇之祭，固出於孝孫追遠之至情，而揆之以禮，未有所據。蓋墓者，體魄所在，與魂氣之無不之者，其理不同。故《曾子問》雖有"望墓爲壇"之文，此則正以有墓可望，而要必在兆域之內耳。今旣失墓，乃於數百里之外，强附於其兄若子之墓，于以行祭，殊無意義，而事面亦不尊矣。旣知其然，則恐不合引之無窮，有若不刊之成法。故曩對上舍君有所云云。然此大事也，不可以一人之言，有所判決。更博詢於知者而處之如何？

書

答楊峙岳

〔1〕《中庸章句序》歷敍道統之傳而不言濂溪，於《集解序》則言之。且皋陶、伊、傅既入於此，則朱子之尊濂溪，豈在此數賢之下耶？

《中庸序》論道統處，不及於濂溪，朱先生於此，必有斟量而然。觀《孟子》篇末，直承以明道墓表，其旨亦可見矣。至於《集解序》，則只言《中庸》一書始終顯晦之故，體面自不同也。謂"朱子之尊濂溪，豈下於皋陶、伊、傅"者，稍涉粗疏，更思之爲善。

〔2〕"似有得其要領"，所謂"要領"，指何而言歟？

"要領"，不須以某章某句指定爲說。"戒懼謹獨"，謂之學問切要處則可，豈必爲此書之要領乎？

〔3〕程、朱兩先生釋"中庸"二字，立言不同。許東陽謂"程子之言，兼舉動靜"，未知如何？

"不偏之謂中"，《或問》首章，明以爲"在中之義"，則後人難容他說。而其下又曰"一事之中，亦未嘗有所偏倚"，許氏"兼動靜"之說，其或本於此耶！然推說則可如此，而終非正義也。

〔4〕《中庸》無說"心"處，而朱子於《序》中明言之，何
　　耶？
《中庸》雖未嘗說出"心"字，而其實自"戒懼"而至於"致中和"、
自首章而至於末章，夫孰非心之所爲耶？朱子之以心爲言，
不患其無所據矣。

答或人

庶子無母，父命他妾養之者，謂之"慈母"，齊衰三年。其
母雖存，已改嫁，其父自幼時，命他妾養以爲子者，亦
謂之"慈母"乎？其母則旣再嫁，爲慈母三年，則當以何
母爲外家乎？

母雖已嫁，與無母不同。雖以父命謂他妾爲母，然此別是一
事，非禮經所謂"慈母"也。非慈母而行慈母之服可乎？似聞
此子非男而女也，則女無爲後之義，尤無所可論矣。愚意依
《喪服》篇鄭氏註說，以庶母慈己者之服，服小功似宜。未知
如何？禮，爲慈母之父母無服，釋者以爲恩不能及。慈母且
然，況其不爲慈母者乎？只以所生母黨，爲外家無疑。

答道基書院講儒

〔1〕“《序》文‘氣質之稟’”云云。

氣質，統言之，則一物也，故言氣而質在其中，言質而氣在其中；分言之，則氣自氣，質自質，故或有氣清而質未粹者，或有質粹而氣未清者。古人氣質之說，蓋如此。今曰“氣出於質”者，未詳其所本，更示之如何？

〔2〕“王宮國都”云云。

四代學制，王宮之東，或有小學，或有大學，其說在《王制》“有虞氏養國老”章註中。於“王”言“宮”，於“國”言“都”，互文也。

〔3〕“《曲禮》、《少儀》”云云。

夫子則誦傳先王之法，此數書者，蓋後儒因夫子之所誦而著焉者居多，豈夫子反誦此數書而傳之也？觀於《大學》，可知其如此。

〔4〕“篇題‘初學入德之門’”云云。

非以“明德”、“新民”爲初學之事也。以古人爲學次第在此書，學者必由是而進焉，故謂之“入德之門”。

〔5〕“明德”云云。

只觀《章句》“虛靈”以下十四字，則其爲主“心”言明甚。然說“心”亦有多般，此則正如《孟子》所謂“本心”、“仁義之心”耳。

〔6〕“大學之道，‘學’字、‘道’字”云云。

雖是一般字，義有難明處則釋之，無則不釋，此等不必深究也。

〔7〕“第二章‘作新民’”云云。

民之自新，如第十章“興孝”、“興弟”、“不倍”云者是矣。然則其作之之道，亦不外於絜矩。其間豈無禮樂刑政之施？而以本之不在是，故篇內無及耳。

〔8〕“第三章‘與國人交’”云云。

文王之未爲君，宜有與人交之事，雖其爲君之後，也有以君道臨之處，也有以友道交之處。如是通看似好。

〔9〕“第四章‘無情者不得盡其辭’”云云。

小註本無“至善”字，然自然服民而至於無訟，豈不是新民之至善？朱子亦以虞、芮讓田事當之矣。

〔10〕“第五章‘莫不有知’”云云。

兩“知”字，分屬體用，沙翁之旨，固有在矣。第以《章句》準之，則只曰“知猶識也”，未見有分體用之意。此章之末，雖有“全體大用”之語，是則心之體用，而非知之體用也，凡此終不能無礙。今但依《章句》，章內五“知”字，并作“知識”義看定，莫或無妨否？恨不及摳衣而仰質也。

〔11〕“《章句》‘善惡之不可揜’”云云。

上言“小人閑居”, 是惡; 下言“心廣體胖”, 是善。此段居中而兼善惡, 有通貫上下之妙。此意亦不可不知。

〔12〕“第七章‘四有所’”云云。

不正故不存, 只是一串病痛。

〔13〕“第八章‘賤惡而辟’”云云。

“賤惡”、“敖惰”, 較有輕重。《或問》中說“敖惰”處曰: “其惡未至於可賤, 其言無足去取, 而其行無足是非也。”觀此, 可知其等品矣。

〔14〕“人之其所”云云。

四“其¹所”之上, 雖不提出“人”字, 看來, 亦是衆人之事。

〔15〕“莫知其苗之碩”云云。

“莫知其苗之碩”, 雖若無所貼於上文, 亦偏之爲害者, 而爲不能齊家之大端, 不可只以帶去說看了。

〔16〕“第九章‘孝’、‘弟’、‘慈’”云云。

“孝”、“弟”、“慈”, 人倫大綱, 自《小學》之敎, 無非此事。此篇則只就其“上行下效”處言之, 故始見於“齊治”章。

1　其 : 底本에는 “有”. 《大學章句》傳 第8章 第1節의 “人之其所”에 근거하여 수정.

〔17〕"反其所好"云云。

"仁"與"暴"皆然。

〔18〕"第十章'上卹孤而民不倍'"云云。

"倍"，猶違也。言不違上之所行而亦卹孤也。

〔19〕"有國者不可以不慎"云云。

"不可不慎"，是尋常兢畏之意，不止好惡一事。

〔20〕"其如有容"云云。

"如"字，意思寬廣，最好看，不可只作虛字讀。

〔21〕"畜馬乘"云云。

"不察"，雖有之而不察也；"不畜"，則初不畜也。

〔22〕"此謂國不以利爲利"云云。

此句重言，特致丁寧之意，未見有別義。

答道基書院講儒

〔1〕"第一段註"云云。

所謂"先覺"，無論先賢與同時之賢，先乎我而覺者皆是也，年齒不須論。

〔2〕"末段'不亦君子'"云云。

學而時習之，未可便謂之成德；朋來之樂，猶是順境。到不知不慍，則造詣最高，正《文言》所謂"不見是而無悶"之事，非成德者，不能也。

〔3〕"人不知"云云。

"人"，泛指眾人，非必君、大夫也。

〔4〕"末段小註"云云。

大概得之，而"全體"字猶欠的確。愚意仁有以性言者，如《孟子》"仁義禮智"之"仁"是也；有以德言者，如《中庸》"知仁勇"之"仁"是也。性非地位，不可言至；德則有地位，可以言至。"日月至焉"，亦以德言者也。

〔5〕"曾子曰章"云云。

兩程子"忠"、"信"之訓，造語不同，而其義則一。《論語》取叔子，《大學》取伯子者，亦未見各有攸當，恐欲兩存之，以示不敢偏主之意也。

〔6〕"小註胡氏"云云。

新安說恐長。然一貫之後，亦豈無三省工夫？要之不必屑屑然分其先後。

〔7〕"道千乘之國"云云。

"敬事"之"事"，只是尋常事爲，非政之謂也。

〔8〕"子曰：君子"云云。

以威重爲質，如"義以爲質"之"爲質"。若以稟質言之，則稟質之不重者，將不可爲學乎？

〔9〕"曾子曰：愼終"云云。

誠、信必欲分別，則似誠以心言，信以事言。

〔10〕"子禽問於子貢"云云。

胡氏此論，蓋本於朱子。若論全體，須如"子溫而厲，威而不猛，恭而安"之說。然未論全體與一節，聖人氣像無非中和之發，今以無"威"、"厲"等字，而謂有未足乎此，則如程子之論"申申夭夭"，何以曰"惟聖人便自有中和之氣"耶？可謂粗矣。饒氏抑揚之說，尤未可曉。

〔11〕"有子曰：禮之用"云云。

"和"，固是自然底。然初學豈能無勉强？而至於純熟，則自然矣。此"和"字，與《中庸》"中節之和"不同。"中節之和"，當和而和，固和也；當嚴而嚴，亦和也。此和則只是和而已。"知和而和"兩"和"，本皆無病，到不以禮節之處，始做病耳。

〔12〕"有子曰：信近於義"云云。

先主之依劉表，正是有勢力可依者，非有二也。師友則固不在此科，然亦有失於始而後或有悔者，尤不可不審也。

〔13〕"子曰：《詩》三百"云云。

下說爲順。然"直指"是對"微婉"說，"全體"是對"各因一事"說，其意則與上說亦無不同。

〔14〕"道之以政"云云。

只朱子"資稟、信向之不齊"一句語，已自明白。"淺深"，以"信向"言；"厚薄"，以"資稟"言，而其曰"信向"者，卽感發興起之謂也。以此意看定似好。

〔15〕"攻乎異端"云云。

"攻"之爲"專治"，字義本如此，非朱子自以意釋之。大抵人之陷於異端者，將謂其必有要妙勝乎吾道者，故專心以治之，而畢竟無此理，徒見其爲害而已。夫子之意，似是如此，非謂略治則可，而必專治然後爲害也。

〔16〕"周公制禮樂"云云。

成王之賜、伯禽之受，到程子始言其非，其前無此議論。想當時亦以爲當然而有所放過耳。

〔17〕"季氏僭八佾"云云。

以文勢則誠如來說，而事理似不如此。熟味兩章夫子之言，亦未見有追咎當初與受之意，活看可矣。

〔18〕"子夏問曰"云云。

二子可與言《詩》則同，而子貢之引《詩》，不過以贊歎聖人言外之旨而已。子夏則初間問答，只是"繪素"之說，忽地推到"禮後"處，聖人也未曾思量及此，故特以"起予"稱之。

〔19〕"禘自既灌"云云。

禘，固魯國所當諱，但不可顯斥耳，何至不得說"禘"之一字？雖不欲觀，亦豈無或觀之時耶？

〔20〕"或問禘之說"云云。

"禘"之名義，《爾雅》疏曰："禘，諦也，欲使昭穆之次審諦而不亂也。"春曰祠，夏曰禘，秋曰嘗，冬曰烝，此夏、殷之祭名。周則改之，春曰祠，夏曰礿，以禘爲殷祭，五年一行，其說在於《王制》註疏。今論周之禘而以爲夏祭，誤矣。不王不禘，隆殺之分然也，又何疑乎？冬至祭始祖，乃程子之所義起，非所以語古禮也。

〔21〕"祭如在"云云。

"祭先，主於孝；祭神，主於敬"，其理自如此，何待將事之際，方有所分排乎？以心與貌分言者，亦未是。

〔22〕"王孫賈問"云云。

先設主，後迎尸，先王制禮之意，未易窺測，而姑以臆見論之，則主者，神所依也；尸者，以生人而像乎神也。既事之以神，又事之以生人之道，如是而後，其禮乃備，豈疊祭之謂也？神明會聚之疑，似本於朱子"二主不可分離"之說，而自與此意義不同，更詳之如何？尸固重於主也，而自曾子已疑"祭必有尸"，後來尸遂廢而主獨存。古禮不可復見，可勝惜哉？五祀之主，未詳其制，恐只如今之位版。

〔23〕"子曰：周監於二代"云云。
周之禮自文，故聖人稱其文，何必兼言質耶？至其後來之末弊，則亦不足謂之文矣。

〔24〕"子曰：管仲之器"云云。
此"器"字，朱子以局量、規模言之，與"不器"之"器"不同可知。蘇、楊說亦好，故《集註》取之。

答道基書院講儒

〔1〕"子曰：不仁者"云云。
"久"與"長"，恐無甚異。"利仁"，朱子以"深知篤好，必欲得之"爲言，則便是下章"好仁"之事，而夫子歎其未見者也。二子雖賢，或未必及此。胡氏恐看得"利仁"稍粗。

〔2〕"子曰：惟仁者"云云。
理有未明，則雖無私心，好惡未必得當者有矣。然此蓋論衆

人之事，則所謂"無私"，豈必眞如仁者之無私哉？若仁者，
則無私處，便自當理，非二事也。

〔3〕"子曰：參乎"云云。
後世學者雖或言一本萬殊之義，類不過口耳之習耳，何可與
曾子之實踐眞知者，比而同之？夫子出而始問於曾子者，可
見師道尊嚴處。

〔4〕"程子說'動以天'"云云。
分以言之，則"忠"爲未感，"恕"爲已感，而合以言之，則要皆
屬行處。所謂"動以天"者，乃是合言者耳。

〔5〕"子曰：以約失之者鮮矣"云云。
此"約"字，只是不侈然自放之意，如所謂"簡約"、"儉約"也。
與"守約"之"約"，精粗不同。

答道基書院講儒

〔1〕"《公冶長》篇首"云云。
嫌有不當避者，亦有當避者。程子之言，蓋指不當避而避者
也。瓜田李下之類，雖似小節，亦是在理當然，何敢忽也？
古人云"嫌疑之際，不可不愼"，恐難一一概說。

〔2〕"子貢問曰"云云。

瑚璉，舊註所釋，雖與《禮記》不同，或別有他據，亦未可知，朱子所以從之者，其以此歟！瑚璉與簠簋，制度同異及內圓外方、外圓內方之義，皆未有考，此等亦不必深究。

〔3〕"子路好勇"云云。

當時諸子散處四方，其於出處行止，未必一一就質於夫子。子路之仕出公，恐亦如此，其"正名"問答，安知不在於既仕之後耶？

〔4〕"子曰：臧文仲"云云。

既云臧文仲居蔡，則非國君之守龜可知。縱逆祀之失，固大於作虛器，而或論此，或論彼，自無不可，何能每每兼舉耶？

〔5〕"子在陳"云云。

"斐然成章"，雖或與《大學》中"有斐君子"，地位不同，何至無可觀處耶？

〔6〕"子曰：雍也"云云。

洪氏說，儘有斟量，若曰"通指帝王之位"云爾，則聖人豈得輕以許人也？

〔7〕"可也簡"云云。

夫子非可其不衣冠而處也，外此，安知無可取者耶？聖人之言多少含蓄，未可如是迫狹觀。

〔8〕“子華使於齊”云云。

程子說已盡，復何疑乎？朱子所謂“看來聖人與處却寬”者，尤好玩味。

〔9〕“季康子問”云云。

冉有雖多病痛，其才必有過人者。故在四科中，首以政事見稱，夫子之許之也，不亦宜乎？季子然問“可謂大臣”，則又深抑之，言固各有當也。

〔10〕“樊遲問知”云云。

上下“仁”字似不同，上“仁”是爲仁之人，下“仁”是仁之德，而必加“仁者”於“先難後獲”之上者，惟如是而後，方見得所謂“難”者是爲仁之事，所謂“獲”者是爲仁之效。若無此二字，則“難”與“獲”，未知是甚底意，如此看似是。

〔11〕“子曰：齊一變”云云。

齊、魯之風氣，固有不同，合下周公、太公亦豈無差殊？周公而非聖人則已，聖人爲之，豈有不可行王道之地耶？

〔12〕“子曰：君子博學於文”云云。

博文約禮，是聖門教人之大法，由是而欲罷不能，旣竭吾才，則爲顏子，雖或未然，亦可以不畔於道矣。

〔13〕“子貢曰：如有博施”云云。

心之德、愛之理，已上說、人上說，雖若有兩般，其實只是一箇物事，特所從言之異耳。子貢既以“博施濟衆”爲問，故夫子告之以“立人”、“達人”，與答顏淵之辭不同者，不亦宜乎？

〔14〕“子曰：默而識之”云云。

此三言，推以極之，固有非聖人不能及者，而要是下學之事，何可謂聖人之極至乎？

〔15〕“子曰：德之不修”云云。

先孝悌，後學文，先修德，後講學，本末之緩急然也。博約文禮，又以爲學次第爲先後，兩者各是一義也。以“志道”爲“格致”，豈有所據耶？

〔16〕“子曰：甚矣吾衰”云云。

“無是心”，非忘世也，只謂無復行道之志耳。“從心所欲不踰矩”，所謂“存道者心，無老少之異”者也；“志慮衰而不可以有爲”，所謂“行道者身，老則衰”者也。如舜“無爲而治”，宜若無關於老少，而猶不免耄期倦勤，此理暸然，非所可疑。

〔17〕“六藝中五禮”云云。

六藝之肇自何時，雖未能詳，要皆是上古聖人之所爲。其數之或奇或偶，亦曰自然而已。書、數諸法，未曾深究，不敢强對。世或有專治者，問之如何？

〔18〕"子曰：不憤不悱"云云。
憤、悱，未見有深淺。朱子因程子"沛然"二字，雖有"時雨化之"說，豈必謂顏、曾當之，而他人皆不當耶？如是則聖人啓發之化，其所及者亦狹矣，恐宜活看。

〔19〕"齊戰疾"云云。
夫子雖未嘗行軍，言辭之間，豈無可驗者耶？所謂"臨事而懼，好謀而成"，"暴虎憑河，吾不與也"者，亦其一也。

〔20〕"子在齊聞《韶》"云云。
夫子自衛返魯，然後樂正，其未也，固有不正者矣。然則《韶》之在齊、魯者，容有不同。

〔21〕"子曰：天生德"云云。
也有合謙讓處，也有合自信處，何必同也？然此與"畏於匡"兩章，皆似有爲而發，但未可質言耳。

〔22〕"大王時，商德雖衰"云云。
朱子答或人之辭，直是爽快，一洗俗儒拘攣之見，今反以彼說爲當，殊未可曉。誠如是，則泰伯何爲逃荊蠻，而夫子之獨以至德稱泰伯者，又何事耶？

〔23〕"曾子有疾，孟敬子問"云云。

"動"、"正"、"出"三字，朱子以爲"雖不是做工夫底字，然便是做工夫處"，此說恐最精。

〔24〕"子曰：如有周公之才之美"云云。

驕吝雖有盈歉之殊，其爲私小之累而梏蔽此心則同。朱子詩意，恐是如此。

答道基書院講儒

〔1〕"《子罕》篇首"云云。

"計利"之"利"，不專是"利欲"之"利"，來諭所謂"病在計字"者甚是。先言"利"者，蓋以爲戒尤深也。

〔2〕"子絶四"云云。

"意"、"必"、"固"、"我"，雖歸宿在"我"上，四者又各是一種病痛，而聖人都無了，故記者詳察而歷言之。

〔3〕"子畏於匡"云云。

夫子人臣也，故欲行周公之道。若論道統之傳，則固不得舍文王而稱周公也。

〔4〕"顏淵喟然歎"云云。

雖以文王之聖，猶謂之“望道而未之見”，顏子之“如有所立”，有何疑乎？

〔5〕“欲居九夷”云云。

九夷與魯地相近，夫子之欲居之者，似或以此。先儒說，未見的證。

〔6〕“子曰：譬如爲山”云云。

曰“往”曰“進”，皆可，然“往”字較有力。

〔7〕“子曰：可與共學”云云。

“權”與“經”，固有別矣。然謂之“反經”，則便若有意反之，而其流弊甚大，程子之斥之，不亦可乎？

〔8〕“《鄉黨》篇首節”云云。

與下大夫言，上大夫言，只說隨其位之尊卑而所以待之者不同而已，不必局定爲承上接下之事也。馮氏之意，蓋言己爲上大夫，則與彼齊等，不必誾誾云爾。然其說亦似太丁寧。

〔9〕“趨進翼如”云云。

爲擯時，固亦有趨進之事。

〔10〕“緇衣羔裘”云云。

中衣、褐衣俱有此章，三衣卽褐衣也。

〔11〕“《先進》篇首章”云云。

先進於禮樂，文質得宜，雖聖人得位而用禮樂，大概只如此，亦非謂一無損益也。

〔12〕“子曰：從我於陳、蔡”云云。

言語、政事、文學，未見有輕重之序。

〔13〕“子曰：由之瑟”云云。

子路雖不足於中和，其剛勇之稟，本自過人，又能學以成之，故能造乎正大高明之域。若更渾化，則便是聖人地位，奚但曰“升堂”而已耶？“麤質”二字，殊未安。

〔14〕“季氏富於周公”云云。

富如周公者，不知有誰，而雖有之，獨稱周公，亦何害耶？非所疑也。

〔15〕“柴也愚”云云。

“愚”、“魯”、“辟”、“喭”，未見有次第。

〔16〕“季子然問”云云。

二子，聖門高弟，雖其察理未精，所行或不滿人意，而豈有甘心從逆之理？故夫子之言如此，其必有以取之矣。若曰“姑欲陰折季氏而爲是過情之譽”，則聖人誠心應物之道，恐不如是，無乃未安乎？

〔17〕“《動箴》‘習與性成’”云云。

“習與性成”，本出於《太甲》篇“茲乃不義，習與性成”之文，此亦可以本性看耶！先儒說，恐無可疑。

〔18〕“司馬牛憂”云云。

“死生有命”，非必指正命而言，只如俗說“壽夭長短，莫不有命”之意。

〔19〕“子張問崇德辨惑”云云。

愛欲其生，惡欲其死，正《大學》五辟之病，非理明心公之君子，未易免也。竊恐子張平日，亦有近於此者，故夫子之言如此。

〔20〕“子張問士”云云。

“質直”，比“忠信”更有不修飾之意，正與下文“色取仁”相反，所以爲“達”與“聞”之分也。《集註》不只曰“忠信”，而必加“內主”二字，其旨亦可見。

〔21〕“前日問目”云云。

“臨大節”之義，復此見扣，深仰“不明不措”之意。所論儘亦有理，但此“節”字，不作“節操”看，而只以死生之際言之，則所謂“不可奪”者，知是甚底？此似有礙，更教之如何？

〔22〕“子路曰：衛君待子而爲政”云云。

觀夫子答辭，子路之意，蓋以爲不必正也。

〔23〕"定公問"云云。
一章上下"幾"字，難作二義，故《集註》皆以"必期"釋之。謝氏說，亦無甚異。其曰"邦未必遽興喪也，而興喪之原分於此"者，言其終必至於興喪也，此豈非"必期"之謂乎？

〔24〕"子夏爲莒父宰"云云。
"放於利"之"利"，利己之事也；"見小利"之"利"，利民之事也，其義固不同。

〔25〕"葉公語孔子"云云。
因其自至而取之，是則所謂"有因而盜"，兩解未見不同。

〔26〕"子貢問曰"云云。
"必信必果"，雖未必皆合於義，不害其爲自守也，故夫子亦以士許之。

〔27〕"子曰：不得中行而與之"云云。
"中行"、"狂"、"狷"，概言聖人所以取人者，有此三等則可。今必歷舉及門之士，謂之"某也中行，某也狂、狷"，則鑿矣。

〔28〕"《憲問》篇首章"云云。
朱子此說，概以憲之爲人與下章問"克伐怨欲"之意，參互而

知其如此耳。

〔29〕“四者不行”云云。
仲弓之“堅壁清野”，即夫子所告“敬”、“恕”之事，而其效至於私意無所容而心德全矣，與彼强制於外而未能拔去病根者，奚啻不同？

〔30〕“子曰：邦有道”云云。
所謂“危行”者，非故爲嶄絶矯激之行也，特不變其平生之所守而已。

〔31〕“上句則先說‘言’”云云。
“言”與“行”俱危，君子持身之常法，其或“言遜”者，不得已而有變也，故言遜在“危行”之下。

〔32〕“子曰：有德者”云云。
此“德”字，只是“德行”之“德”，所謂“行道而有得於身”者也，與“四德”之“德”不同。

〔33〕“有德者亦可有勇”云云。
德有淺深，未必皆有勇。仁道至大，能言不足道。

〔34〕“南宮适問於孔子”云云。
羿、奡有如彼之才力，不得其死，禹、稷則躬稼而有天下。

此是文字轉折處，故下"然"字。

〔35〕"子曰：爲命"云云。

"辭命"之義，得之四者，優劣不必論也。

〔36〕"或問子產"云云。

兩說皆是稱許之辭，而貶意亦自在其中。

〔37〕"子路問成人"云云。

末節之首，無"子路"字，則以爲夫子之言，不亦宜乎？特舉四子之所長者，《集註》所謂"就子路之所可及而語之"者是也。

〔38〕"子貢曰：管仲"云云。

"未仁"、"非仁"，語意略有淺深，蓋二子所見如此。

〔39〕"聖人以匹夫匹婦之諒"云云。

此章問答，初不及於召忽之死，"以匹夫匹婦比召忽"云者，何也？

〔40〕"子言衛靈公"云云。

祝鮀之治宗廟，蓋取其習於籩豆之事而已，豈謂其能盡誠敬也？

〔41〕"子曰：古之學者"云云。

“爲己”、“爲人”，是君子、小人大界分處，辨之亦非甚難。患在不能察耳，察焉而寧有不自知者乎？天理、人欲，說得闊，非止“爲己”、“爲人”。其辨往往只在毫釐間，此則誠至難。來說似倒了。

〔42〕“或曰：以德報怨”云云。

“指意曲折反覆”，是通論一章之旨，何以謂只就“報怨”上說耶？

〔43〕“子曰：賢者避世”云云。

聖人行藏，何敢妄測？姑以學者之常法論之，則商紂之暴虐，只當避之而已。至於周末，則衰亂雖甚，猶有可救之理，自視力量，或隱或見，庶乎其可矣。

〔44〕“原壤夷俟”云云。

原壤以老氏之流，自放於禮法之外，其道本如此也。故聖人不能深責，而姑全故舊之情也歟！妄意如此。

答道基書院講儒

〔1〕“知德者鮮”云云。

人能知德，則患難憂戚不足以動其心。子路惟不知德，故有慍見，謂之“不受命”者，未見其襯當。

〔2〕“子張問行”云云。

《中庸》註，以“篤恭”爲篤厚其敬，然此處則與“忠信”相對説，以“篤且敬”之義看定似好。

〔3〕“人無遠慮”云云。

以時言、以地言，兩義俱有。然以時言者，人皆易曉，以地言者，或致放過，故《集註》如此歟！舉其一，則亦可以兼該矣。

〔4〕“誰毀誰譽”云云。

“斯民也，三代之所以直道而行也”者，歸宿正在“民”字，猶曰“曾經如是之民”也。來説非是。

〔5〕“師冕見”云云。

聖人矜不成人之意，何間於貴賤少長乎？非所疑也。

〔6〕“舍曰欲之”云云。

上“欲”字，只是伐顓臾之事；此“欲”字，則直言人之貪利，旨意淺深不同。

〔7〕“《陽貨》篇首章”云云。

陽貨雖本家臣，既專國政，則蓋已爲大夫矣。待以大夫之禮，不亦宜乎？

〔8〕“民有三疾”云云。

習俗之染, 亦豈無之? 而聖人旣謂之“疾”, 則是以氣質言也, 故陳氏之說如此。

〔9〕“微子去之”云云。

所謂“以難易爲先後”者, 蓋以微子爲易, 而箕子、比干爲難, 來說恐倒了。 箕子固最難, 而人莫難於殺身, 以比干爲最難, 亦無不可。

〔10〕“柳下惠爲士師”云云。

柳下惠所言, 只是平說事理, 無悻悻之意, 故謂之“雍容”耳。

〔11〕“長沮、桀溺”云云。

四人優劣未可知, 然觀沮、溺直呼聖人姓名, 而其言極無禮, 蓋不可與之有言矣。

〔12〕“泰伯、虞仲”云云。

泰伯不可但以逸民稱之, 柳下惠賢而隱於下位, 亦可謂之逸民也。

〔13〕“柳下惠、少²連”云云。

柳下惠比之夷、齊, 雖可謂降志辱身, 其爲降辱, 不過不羞

2　少 : 底本에는 “小”로 되어 있으나, 人名의 오류이므로 수정.

汚君，不卑小官之類而已，何至爲枉道也？

答集成祠儒

寒水齋先生道德淵源，其於配享此祠，孰敢曰非宜？況有道儒太學通文，則一世之公議，亦可見矣。而區區所慮者，獨未知於先生當初建祠命名之旨，果如何耳。此是至重至大之事，更博議於當世有識，以求十分穩當之地而行之，恐爲得宜。

旣有吉日，如是奉告，殊涉悚惶，而實出於審愼之意，諒之如何？告祝文字，待議定後請得未晚，而目下賤病，亦無以自力爲此矣。

答孤山院儒

愚於此事，每以官決爲言者，非避事也，只以身坐遠地，無由親審其形局故耳。第於彼此論辨之際，亦有所默揣者。

主脈來龍，雖未知如何，壓臨則壓臨矣。只此壓臨，已不啻未安，士林之論，烏可已也？只緣中間舉措多錯，或先諾後悔，或私自毀撤，以致尹氏不肯心服，遂生相抗之計，輾轉層激，便成鬪鬨，此則彼此共分其責可也。

雖然，士林所戴者，先賢院宇也；尹氏所惜者，私家舊基也。大體之輕重如此，則畢竟勝負，亦不難知。尹氏苟能念及於此，則必有及今善處之道，何待官決而爲之也？須以此意明言善諭，期於改圖。如是而猶不從，則官決之外，更無他策，非愚之所能及也。

答咸昌儒林

承諭孔、朱二夫子影幀奉安事，顧此蒙識，何敢與聞？而旣承俯詢，不可無對。

先聖影幀，私家亦多奉安，自橫渠先生而已有其事矣。況於多士講誦之地，豈有未安之理？朝家雖有影堂、精舍之禁，此則恐俎豆一事。今旣無此，而只用櫃藏，以時瞻敬而止，則宜不在此科。且初不奉來則已矣，旣奉來而忽復疑貳，許久權安於曾不議到之地，其於道理果如何也？

愚意則然，如以爲未審，則呈于禮曹，詳聞其禁條本意之在於俎豆與否而更議之，尤似完備矣。

答湖南道儒

今此三賢追享之論，實出於士林尙德之意，令人感歎。而院宇新建，旣有朝禁，若合享於謙川，則其亦可矣。但三位俎豆，一時竝舉於累百年之後者，事極重大，不可以不愼也。

姓鄉設祠，雖有光州近例，實非古今通行之事。至於位次，則以樹立、以年甲，俱有齟齬而不安者。愚意則與其輕舉於不審之地，或致辭說，無寧姑寢其事，以待百世論定之日，恐合事宜。且諸賢既各有賜額之院，雖不汲汲更享於此地，亦足慰後人追慕之情，而不至爲大段闕事矣。惟在商處。

答謙川院儒

三先生追享之禮已成，士林之幸，當復如何？第此當初難慎之說，實出於爲先賢重事體之意，而到今未免爲不足論之異議，慙悚之極，若無所容。

且本院行此大事，而身帶任名，不得與聞於論定之日，如此山長，不足爲有無。繼今幸毋以此二字相加如何？膰儀及稟目，謹此還納。

答淳昌華山祠儒林

俯詢祠宇位次之疑，愚亦先有所聞，頗費思量，而殊未得恰好道理，今不敢强所不知質言可否，徒取僭汰之罪。且於貴道儒林，方有持戒之端，尤不容率易開口，諒之如何？

三印臺下，別建一祠之論，儘有意見，而新創既有禁令。且士林所以尊奉冲菴者，不止爲乙亥疏一着，則今爲二公之腏享，自此移彼，亦未見其可。幸博議而審處也。

答莘巷院任

官帖覽還。鄙見曾悉於年前禀題，今不必更費辭說，有若上下論議者然。如謂官令不敢不從，則亟先割去鄙名於案中，俾勿得罪於栗翁門墻而後，任行已志也。

著者 金履安

1722年(景宗2)~1791年(正祖15). 18世紀에 活動한 文人으로, 本貫은 安東, 字는 元禮, 號는 三山齋, 諡號는 文獻이다. 서울 地域에 世居한 安東 金門의 嫡統으로서 金昌協의 曾孫子이자 金元行의 아들이다. 家學을 잘 繼承하여 金長生과 金集 父子에 比喩되곤 하였다. 1759年(英祖35) 38歲에 進士試에 及第하여 이후 報恩 縣監, 錦山 郡守, 密陽 府使 等을 歷任하였다. 學行으로 薦擧되어 經筵官에 起用되었다. 63歲 되던 1784年(正祖8)에는 持平, 輔德, 贊善 등을 거쳐 1786년 祭酒에 除授되었으나 모두 辭職疏를 올리고 나가지 않았다. 北學派 學者인 洪大容, 朴齊家 및 아버지의 文人이자 性理學者인 朴胤源, 李直輔, 吳允常 等과 交遊를 맺었다. 禮說과 易學에 造詣가 깊었다. 著書로 《三山齋集》 12卷이 있다.

校勘標點 李霜芽

1967年 全北 井邑에서 태어났다. 公州師範大學 中國語教育科, 成均館大學校 漢文古典飜譯協同課程 碩士 및 博士課程을 卒業하였다. 民族文化推進會(現 韓國古典飜譯院) 附設 國譯研修院 研修部 및 常任研究部에서 漢文을 受學하였다. 韓國古典飜譯院 飜譯專門委員을 거쳐 現在 成均館大學校 大東文化研究院에 在職하고 있다. 碩士 論文은 〈茶山 丁若鏞의 『嘉禮酌儀』譯註〉, 博士 論文은 〈茶山 丁若鏞의 『祭禮考定』 譯註〉이다. 飜譯書로 《無名子集 7, 8, 15, 16》, 《三山齋集 1, 2》, 《日省錄》(共譯), 《國譯記言 1》(共譯), 《大學衍義 1, 2, 3, 4, 5》(共譯), 《國譯儀禮(喪禮篇)》(共譯), 《校勘學槪論》(共譯), 《注釋學槪論 1, 2》(共譯), 《四庫全書 理解의 첫걸음》(共譯) 등이 있다.

圈域別據點研究所協同飜譯事業 研究陣

研究責任者　李昤昊(成均館大學校 HK 敎授)

共同研究員　李熙穆(成均館大學校 漢文學科 敎授)

　　　　　　陳在敎(成均館大學校 漢文敎育科 敎授)

　　　　　　安大會(成均館大學校 漢文學科 敎授)

責任研究員　金榮植

　　　　　　李霜芽

　　　　　　李聖敏

先任研究員　李承炫

　　　　　　徐漢錫

研究員　　　林永杰

校正　　　　鄭美景

校勘標點

三山齋集 1

金履安 著 | 李霜芽 校點

初版 1刷 發行 2018年 12月 31日

編輯·發行 成均館大學校 出版部 | 登錄 1975. 5. 21. 第1975-9號

住所 (03063) 서울市 鍾路區 成均館路 25-2

電話 760-1253~4 | 팩스 762-7452 | 홈페이지 press.skku.edu

組版 고연 | 印刷 및 製本 영신사

값 20,000원

ISBN 979-11-5550-301-0　94810

　　　979-11-5550-300-3 (세트)